U0109253

古典文獻研究輯刊

三 編

曾 永 義 主編

第 **17** 冊

《西遊記》及其三本續書研究（上）

翁 小 芬 著

國家圖書館出版品預行編目資料

《西遊記》及其三本續書研究（上）／翁小芬 著－初版－新
北市：花木蘭文化出版社，2011〔民100〕
目 2+176 面；19×26 公分
（古典文學研究輯刊　三編：第 17 冊）
ISBN：978-986-254-559-1（精裝）
1. 西遊記 2. 研究考訂
820.8　　　　　　　　　　　　　　　　100015010

ISBN-978-986-254-559-1

古典文學研究輯刊
三　編　第十七冊　　　　　　ISBN：978-986-254-559-1

《西遊記》及其三本續書研究（上）

作　　　者　翁小芬
主　　　編　曾永義
總 編 輯　杜潔祥
出　　　版　花木蘭文化出版社
發 行 所　花木蘭文化出版社
發 行 人　高小娟
聯絡地址　新北市永和區中正路五九五號七樓
　　　　　　電話：02-2923-1455／傳眞：02-2923-1452
網　　　址　http://www.huamulan.tw 信箱 sut81518@ms59.hinet.net
印　　　刷　普羅文化出版廣告事業
初　　　版　2011 年 9 月
定　　　價　三編 30 冊（精裝）新台幣 48,000 元

《西遊記》及其三本續書研究（上）

翁小芬　著

作者簡介

翁小芬，1970 年出生，台灣省嘉義縣人，現職修平技術學院國文教師。取得台灣東海大學中國文學學士、碩士，以及香港珠海大學中國文學博士。研究領域以小說為主，涵蓋現代小說及古典小說，著有碩論《鍾理和及其《笠山農場》寫作研究》、博論《《西遊記》及其三本續書研究》、單篇論文〈噶瑪蘭的燭光——陳五福醫師傳評介〉、〈道教養生思想與現代社會人文素養〉、〈論鍾理和農民文學的寫作風格〉等。

提　　要

《西遊記》以唐玄奘西行取經的史實為基礎，歷經長時間的神化演繹而成，在內容與形式上，傳承先秦寓言、志怪傳統、神話、傳說、歷史故事、說話、平話、戲曲、佛經翻譯等創作，又雜糅政治、社會、宗教等因素，促使小說富於虛幻想像的特色，也增加作品更多解讀的空間，因此，包含《續西遊記》、《西遊補》、《後西遊記》等續書，都賦有諸多意涵。

對於《西遊記》及其續書的學位論文，歷年鮮少從寓言特質的角度來探究，本論文即以《西遊記》、《續西遊記》、《西遊補》、《後西遊記》為範圍，探討其寓意及寫作藝術。採用「文獻分析法」、「歷史研究法」、「文本歸納分析法」，在文獻蒐集及文本分析方面，力求完備。除查考相關書籍之外，並實際查訪文獻館藏機構之網站及相關館藏。

研究之目的，包括：探討寓言及寓言小說之界定、明清長篇寓言小說之分類，以及《西遊記》及其三本續書之作者考、版本考、創作背景淵源、寓意及寫作藝術等，並提出結論與建議。

本論文研究的結論有六點，即：（一）、明確界定寓言及寓言小說之異同性。（二）、將明清長篇寓言小說的類型，分為神魔寓言小說、幻境寓言小說、動植物寓言小說。（三）、對《西遊記》及其三本續書之作者考證有明確論述。（四）、將創作背景淵源分為：1、政治黑暗腐敗，即專制集權宦官弄權、內憂頻仍外患危殆、科舉取士之害、逐利拜金奢侈相競、沉溺宗教迷信；2、儒釋道三教合流，包括小說中的儒釋道思想、小說中的佛道事件、小說中的佛道神譜；3、時代思潮轉變，包括作家自覺、晚明個性解放思潮；4、對前代文學之傳承，包括傳承說話、戲曲與平話，以及與其他文學之傳承。（五）、寓意方面，先提出歷來學者不同的主張；再闡述此四部小說的寓意，並將其分為「寓意一『修心破情以證佛道』」及「寓意二『諷刺人性與社會亂象』」二項。（六）、寫作藝術方面，分為四項，即：1、修辭技法豐富圓熟，包括擬人、誇飾、隱喻、象徵、雙關；2、角色多樣琳瑯滿目，包括人物角色、動物角色、植物角色、神仙角色、魔怪角色；3、奇幻想像超現實性，包括擬人化、神魔精怪、法術寶器、奇幻異境；4 形象生動詼諧幽默，包括人物形象生動與詼諧風趣筆法，其中人物形象生動方面，從人物之肖像描寫、語言描寫、行動描寫來論析；詼諧風趣方面，從充滿童趣、對比性格與喜劇衝突、風趣遊戲筆墨、豁達樂觀的態度、不協調的怪誕情節來論述。

鑑往知來，本論文對於未來的研究方向，提出三點建議，即：（一）、完整蒐輯明清長篇寓言小說，並作詳盡分類；（二）、針對《西遊記》及其全部續書作一整體研究；（三）、明定《西遊記》及其續書之文學史評價及其影響。

目

次

第一章　緒　論

第一節　研究動機與目的

　　本篇論文選定以《西遊記》、《續西遊記》、《西遊補》及《後西遊記》作為研究範圍，主要的原因，在於古典白話長篇章回小說於明清已臻至高峰，其寫作手法成熟，題材多樣，但常礙於明清社會政治的顧忌，令許多作者不敢於小說中直接表明意旨，而僅能藉由虛構手法來間接呈顯。加之西遊故事是以唐玄奘西行取經的史實為基礎，歷經長時間的神化才演繹成《西遊記》，其在內容與形式上，傳承了先秦寓言、志怪傳統、神話、傳說、歷史故事、說話、平話、戲曲、佛經翻譯等創作，又雜糅政治、社會、宗教等因素，促使小說富於虛幻想像的特色，增加作品更多解讀的空間。基於以上的因素，使小說充滿豐富的意涵，在不同讀者的解讀之下呈顯出多元寓意。

　　但對於明清長篇小說歷來的研究成果，較少學位論文專從寓言特質的角度來探究，因此本篇論文以寓言特質來探究《西遊記》、《續西遊記》、《西遊補》《後西遊記》，先界定「寓言」及「寓言小說」之異同，次將明清長篇寓言小說進行分類，再針對此四部小說之作者考、版本考、時代背景及淵源、寓意、寫作藝術進行論述，希冀對其能有更深入徹底的瞭解。

第二節　研究文獻

　　關於《西遊記》、《續西遊記》、《西遊補》、《後西遊記》歷年來的研究成果，以《西遊記》最為豐碩，在大陸及台灣以《西遊記》作為研究的學位論文及期刊相當浩繁。茲以與本論文著重的寓意及寫作相關之論著提出論述，

以瞭解此四部寓言小說在寓意及寫作藝術方面之研究成果。

一、專　書

　　在寓意方面，明代《李卓吾先生批評西遊記》認爲《西遊記》著重於修心之旨。〔註1〕清代汪象旭與黃太鴻《西遊證道書》、陳士斌《西遊眞詮》、張書紳《新說西遊記》、劉一明《西遊原旨》，以宗教的角度詮釋《西遊記》，將《西遊記》看成是一部證道小說。〔註2〕清代謝肇淛《五雜俎》〔註3〕以「求放心」來詮釋《西遊記》。胡適〔註4〕及魯迅認爲《西遊記》爲遊戲之作，魯迅進一步認爲，若勉求大旨，則僅在「求放心」而已。周錫山將魯迅《中國小說史略》作釋評，提出不同看法，認爲《西遊記》和其他長篇巨著一樣，具有多角度的文化含義，故也存在多重主題，然其核心目的在表達三教合一的修煉思想。〔註5〕孫遜、孫菊園《明清小說叢稿》對《西遊補》寓意進行試探，認爲寓有譏彈明季世風、亡國之憂及宗社之痛。〔註6〕王旭川《中國小說敘書研究》認爲《續西遊記》、《西遊補》、《後西遊記》中有談道與諷世的特色。〔註7〕

　　在寫作方面，王增斌、田同旭《中國古代小說通論綜解》（上）論《西遊記》、《續西遊記》、《西遊補》、《後西遊記》之主題；並述《西遊記》之情節、人物、藝術特色；《續西遊記》之僧眾形象意蘊、妖魔形象與結構；《西遊補》

〔註1〕吳承恩：《李卓吾先生批評西遊記》（鄭州：中州書畫社，1983年1月），第1版。

〔註2〕黃周星定本：《西遊證道書》（北京：中華書局，1993年10月），第1版，主張《西遊記》爲仙佛同源之書。悟一子批點：《西遊眞詮》（上海：上海古籍出版社，乾隆四十五年庚子版影本），主張《西遊記》是講金丹大道之書。張書紳，《新說西遊記》（上海：上海古籍出版社，1990），主張《西遊記》在證聖賢儒者之道。劉一明：《西遊原旨》（上海：上海古籍出版社，1990），主張《西遊記》在闡明三教一家之理，傳性命雙修之道。

〔註3〕謝肇淛撰、郭熙途校點：《五雜俎》（瀋陽：遼寧教育出版社，2001年2月），初版。

〔註4〕胡適：〈《西遊記》考證〉，見《中國章回小說考證》（安徽教育出版社，1999年9月），頁233～280。

〔註5〕魯迅著、周錫山釋評：《中國小說史略》（釋評本）（上海：上海文化出版社，2005年1月），第1版，頁140～149。

〔註6〕孫遜、孫菊園：《明清小說叢稿》（台北：中國文化大學出版部，1992年9月），第1版，頁236～249。

〔註7〕王旭川：《中國小說敘書研究》（上海：學林出版部，2004年5月），第1版，頁200～208。

之藝術特色。〔註8〕金鑫榮《明清諷刺小說研究》指出《西遊記》帶有誇張與諧謔之特質；以及《西遊補》之諷刺藝術。〔註9〕林庚《西遊記漫話》從喜劇角色、動物王國、童話世界論述《西遊記》。〔註10〕劉勇強《中國古代小說史敘論》則述《西遊記》之寓意、風格、結構與人物。〔註11〕

二、學位論文

在寓意方面，陳俊宏《西遊記主題接受史研究》〔註12〕以明清至二十世紀八〇年代之《西遊記》主題接受為研究對象，擇取比較著名、影響較大或較具代表性的評論為論述依據，包含大陸及台灣學者不同之主張。李嘉珣《西遊記反諷意識之研究》〔註13〕以《西遊記》寓有針砭朝政之意涵作為主要論述，分為宗教的反諷、人物的反諷、災難的反諷、時代的反諷。吳璧雍《西遊記研究》〔註14〕認為《西遊記》是一個修道歷程的展現，表現出「空」的智慧，主張妖怪各具象徵意涵。徐貞姬《西遊記八十一難研究》〔註15〕認為《西遊記》中的八十一難是在闡明人的本性，以及使人蛻變的歷練過程。鄭明娳《西遊記探源》〔註16〕認為《西遊記》是一本寓言小說，主要在於心靈的修持以求達「空」的終極境界。莊淑華《西遊記續書論——人物主題轉變與新類型之建立》〔註17〕從諷刺觀點看《西遊記》、《續西遊記》、《西遊補》、

〔註8〕 王增斌、田同旭：《中國古代小說通論綜解》（上）（北京：中國文聯出版社，1991年1月），第1版，頁385～413、420～427。

〔註9〕 金鑫榮：《明清諷刺小說研究》（南京：鳳凰出版社，2007年12月），第1版，頁143、154～165。

〔註10〕 林庚：《《西遊記》漫話》（北京：北京出版社，2004年1月），第1版。

〔註11〕 劉勇強：《中國古代小說史敘論》（北京：北京大學出版社，2007年10月），第1版，頁267～284。

〔註12〕 陳俊宏：《《西遊記》主題接受史研究》（台北：政治大學中國文學研究所，碩士論文，2001年6月）。

〔註13〕 李嘉珣：《《西遊記》反諷意識之研究》（台北：國立台灣師範大學國文在職碩士專班，碩士論文，2005年6月）。

〔註14〕 吳璧雍：《《西遊記》研究》（台北：師範大學國文研究所，碩士論文，1980年6月）。

〔註15〕 徐貞姬：《《西遊記》八十一難研究》（台北：輔仁大學中國文學研究所，碩士論文，1980年6月）。

〔註16〕 鄭明娳：《《西遊記》探源》（台北：台灣師範大學國文研究所，博士論文，1981年6月）。

〔註17〕 莊淑華：《《西遊記》續書論——人物主題轉變與新類型之建立》（台北：淡江

《後西遊記》之諷刺意涵。黃芬絹《董說西遊補新論》〔註18〕第六章探討《西遊補》中心主題之象徵意涵，包括象徵主題及象徵人物事件。林雅玲《清三家西遊評點寓意詮釋研究》〔註19〕針對《西遊證道書》、《西遊眞詮》、《西遊原旨》三家評點，探究其寓意主題及宗教文化詮釋意涵。

在寫作方面，傅世怡《西遊補初探》〔註20〕從探究《西遊補》之主題、內容、技巧探究，主題著重「心」論；內容包括故事取材及三界六夢分析；技巧從結構及描寫手法著手。葉有林《明代神魔小說中的法術研究》〔註21〕對《西遊記》中精怪的法術描繪著墨甚多。胡玉珍《西遊記中的精怪與神仙研究》〔註22〕將精怪分爲人間精怪與天上精怪，並將人間精怪分爲動物精怪、植物精怪、昆蟲精怪、鬼魅精怪；天上精怪分爲動物精怪與禽鳥精怪，並大篇幅列表分析各精怪相同神通與特殊神通，及其使用的武器與法寶。林景隆《西遊記續書審美敘事藝術研究》〔註23〕描寫《續西遊記》、《西遊補》、《後西遊記》之敘事模式及主題表現方式。張家仁《西遊記與三種續書之比較研究》〔註24〕比較《西遊記》、《續西遊記》、《西遊補》、《後西遊記》中神魔世界、故事結構、情節描述、取經五聖人物形象及主題思想。

三、期刊論文

在寓意方面，羅龍志〈西遊記的寓言和戲謔特質〉〔註25〕主張《西遊記》

大學中國文學研究所，碩士論文，2006 年 6 月）。
〔註18〕黃芬絹：《董說《西遊補》新論》（台北：國立台灣師範大學國文在職碩士專班，碩士論文，2005 年 6 月）。
〔註19〕林雅玲：《清三家西遊評點寓意詮釋研究》（台中：私立東海大學中國文學研究所，博士論文，2002 年 7 月）。
〔註20〕傅世怡：《《西遊補》初探》（台北：台灣師範大學國文研究所，碩士論文，1984 年 6 月）。
〔註21〕葉有林：《明代神魔小說中的法術研究》（台北：中國文化大學中國文學研究所，碩士論文，1999 年 6 月）。
〔註22〕胡玉珍：《《西遊記》中的精怪與神仙研究》（台灣：南華大學文學研究所，碩士論文，2003 年 6 月）。
〔註23〕林景隆：《《西遊記》續書審美敘事藝術研究》（高雄：國立中山大學中國語文學系研究所，碩士論文，2000 年 6 月）。
〔註24〕張家仁：《《西遊記》與三種續書之比較研究》（台北：中國文化大學中國文學研究所，碩士論文，2001 年 6 月）。
〔註25〕羅隆治：〈《西遊記》的寓言和戲謔特質〉，《書評書目》第 52 期（1977），頁 11～20。

寓有現實批判性，且其批判饒富趣味性。張靜二〈論西遊記的結構與主題〉〔註26〕從五行生剋的觀點來詮釋《西遊記》，認爲唐僧三徒都以「悟」字排行，悟字有領會、心解虛無之義，故全書的主題在「空」，而「悟」是達到「空」的過程。吳達芸〈天地不全──西遊記主題試探〉〔註27〕主張《西遊記》在闡明天地不全之義。張天翼〈西遊記札記〉〔註28〕將西遊故事中的神魔聯想到封建社會中的階級，認爲神魔之間的對抗是在反映統治階級和農民間的抗爭。朱彤〈論孫悟空〉〔註29〕指出吳承恩所處的時代資本主義已萌芽，新興市民社會已開始展露頭角，而《西遊記》於此歷史背景問世，故主要反映的是新市民社會勢力的思想。朱式平〈試論西遊記的政治傾向〉〔註30〕主張西遊取經故事的主題是在「安天」，此安天思想貫穿全書。羅東升〈試論西遊記的思想傾向〉〔註31〕認爲小說誅奸尚賢的傾向是明顯的。劉遠達〈試論西遊記的思想傾向〉〔註32〕主張《西遊記》中的取經過程是用心學去私欲的修心過程。丁黎〈從神魔關係論西遊記的主題思想〉〔註33〕指出書中的神魔關係是統治者與被統治者間的關係，而《西遊記》是一部鎮壓和瓦解人民反抗之經。傅繼俊〈我對西遊記的一些看法〉〔註34〕歌頌孫悟空由造反轉而皈依，是一部爲統治者而作的反動之作。金紫千〈也談西遊記的主題〉〔註35〕認爲《西遊記》所反映的是一個曲折的人生道路，一個精神發展的曲折過程。王

〔註26〕張靜二：〈論《西遊記》的結構與主題〉，《中華文化復興月刊》第 13 卷第 3 期（1980），頁 19～26。

〔註27〕吳達芸：〈天地不全──《西遊記》主題試探〉，《中外文學》第 10 卷第 11 期（1982），頁 80～109。

〔註28〕張天翼：〈《西遊記》札記〉，見《西遊記研究論文集》（北京：作家出版社，1957），初版，頁 1～16。

〔註29〕朱彤：〈論孫悟空〉，《安徽師大學報》第 1 期（1978），頁 68～79。

〔註30〕朱式平：〈試論《西遊記》的政治傾向〉，《山東師範學報》第 6 期（1978），頁 53～61。

〔註31〕羅東升：〈試論《西遊記》的思想傾向〉，《遼寧師院學報》第 1 期（1979），頁 31～37。

〔註32〕劉遠達：〈試論《西遊記》的思想傾向〉，《思想戰線》第 1 期（1982），頁 27～32。

〔註33〕丁黎：〈從神魔關係論《西遊記》的主題思想〉，《學術月刊》第 9 期（1982），頁 52～60。

〔註34〕傅繼俊：〈我對《西遊記》的一些看法〉，《文史哲》第 5 期（1982），頁 65～70。

〔註35〕金紫千：〈也談《西遊記》的主題〉，《文史哲》第 2 期（1984），頁 62～66。

齊州〈孫悟空與神魔世界〉〔註36〕認爲取經是爲封建統治者服務的政治行爲，而孫悟空皈依的目的是爲了實現聖君賢臣、政治清明的社會理想。張錦池〈論孫悟空形象的演化與西遊記的主題〉〔註37〕是借描寫群魔世態來探求掃除妖魔者，所反映的是人才觀的核心問題。諸葛志〈西遊記主題思想新論〉〔註38〕認爲《西遊記》是一部反映唐僧五眾將功贖罪的小說。周克良〈明尊暗貶神道儒，中興佛教成大道：西遊記主題辨析〉〔註39〕從弘揚佛教思想的觀點，認爲《西遊記》主要在目的在中興佛教。田同旭〈西遊記是部情理小說——西遊記主題新論〉〔註40〕認爲《西遊記》是一部反映情理，鞭撻理學之作。

在寫作方面，夏志清〈西遊記研究〉〔註41〕將妖怪分爲天宮動物及地上生物兩類。李福清〈西遊記與民間傳說〉〔註42〕詳細描寫《西遊記》的神怪世界。張橋貴〈西遊記與明代道教〉〔註43〕主張《西遊記》在寓明代道教之陰暗面。鄭志明〈西遊記的鬼神崇拜〉〔註44〕將鬼神分爲多重至上神、三教多神、自然精怪三類。方瑜〈論西遊記——智慧的喜劇〉〔註45〕認爲《西遊記》是一篇精心設計的喜劇，尤以孫悟空和豬八戒的對比爲著眼點。

綜觀以上的研究成果，寓意各家不同，寫作藝術亦並非主要研究重點，故從寓言小說所應具備之寓體及本體，亦即故事及寓意兩方面作爲研究重

〔註36〕王齊州：〈孫悟空與神魔世界〉，《學術月刊》第 7 期（1984），頁 72～79。

〔註37〕張錦池：〈論孫悟空形象的演化與《西遊記》的主題〉，《學術交流》第 5 期（1987），頁 87～93。

〔註38〕諸葛志：〈《西遊記》主題思想新論〉，《浙江師大學報》第 2 期（1991），頁 13～18。

〔註39〕周克良：〈明尊暗貶神道儒，中興佛教成大道：《西遊記》主題辨析〉，《大慶師專學報》第 2 期（1993），頁 25～33。

〔註40〕田同旭：〈《西遊記》是部情理小說——西遊記主題新論〉，《山西大學學報》第 2 期（1994），頁 67～72。

〔註41〕夏志清著、何欣譯：〈《西遊記》研究〉，《現代文學》第 45 期（1971 年 12 月），頁 77～122。

〔註42〕李福清：〈《西遊記》與民間傳說〉，《歷史月刊》第 103 期（1996 年 8 月），頁 53～60。

〔註43〕張橋貴：〈《西遊記》與明代道教〉，《道教學探索》第 8 期（1994 年 12 月），頁 361～372。

〔註44〕鄭志明：〈《西遊記》的鬼神崇拜〉，參見鄭氏著《神明的由來——中國篇》（嘉義：南華管理學院，1997 年 10 月），初版，頁 237～292。

〔註45〕方瑜：〈論《西遊記》——智慧的喜劇〉，《中外文學》第 6 卷第 5 期、第 6 卷第 7 期（1977），收於《昨夜微霜》（台北：九歌出版社，1980 年 7 月），初版，頁 155～178。

點，希能對寓言小說《西遊記》、《續西遊記》、《西遊補》、《後西遊記》的研究有更全面的認識。

第三節　研究範圍與研究版本

　　《西遊記》的續書有《續西遊記》、《西遊補》、《後西遊記》、《天女散花》、《新西遊記》、《雲遊記》、《大話西遊》，而本論文擇取《續西遊記》、《西遊補》、《後西遊記》三部續書作為研究對象，將其他續書排除，其原因在於《天女散花》雖是續寫唐僧取經歸唐返回西天之後，然主要情節著力描寫仙女散放仙花以消災之事，著意在勸除兇惡，斬妖除魔，哲理較薄弱。〔註46〕晚清以後的《新西遊記》、《雲遊記》、《大話西遊》，則是截取《西遊記》中的唐僧師徒四人，寫出另一部新的《西遊記》來，與原書的情節內容無太多關係，純粹僅是藉用原書中深具知名度及影響力的人物另創他書罷了，故已跳脫原書而自創一格，內容上也加入許多新事物和遊戲筆墨，現實性和諷刺性濃厚，完全不同於晚明至清中葉的古典小說續作。〔註47〕基於上述原因，遂將這幾本小說排除，不列入續書研究的範圍。

　　本論文以《西遊記》、《續西遊記》、《西遊補》、《後西遊記》四部長篇小

〔註46〕陳蒲清：《中國古代寓言史》（湖南，湖南教育出版社，1996 年 10 月），第 2 版，頁 412。

〔註47〕陳景韓著（筆名冷血）、董文成校點：《新西遊記》，收錄於《中國近代珍稀本小說》第 18 輯（瀋陽：春風文藝出版社，1997），頁 481，書敘唐僧師徒四眾求得正果後的一千三百年，奉如來法旨至犀牛賀洲考察新教，來到上海見到許多新的事物，如電話、電線、電扇等，運用荒誕筆法袪除迷信。柏楊：《雲遊記》，收錄於柏楊，《柏楊全集》（台北：遠流出版社，2000），寫唐僧取經東歸之後，成為皇帝寵臣而名噪一時，但因小人趙高讒言於皇帝，差一點餓死於華山，不得已，師徒們只好再前往車遲國朝聖，內容描寫許多社會亂象，如紅包國中之紅包寶物，足以使人六親不認，開會國中之議臣因不斷開會，無法決議而餓死於議程中，賦予強烈的諷刺性。鄧偉雄：《大話西遊》（台北：堯舜出版社，1983），書敘唐僧師徒取經之後，因貪汙而名聲敗壞，只得再度西遊，內容已完全跳脫原書面貌，延途所見皆荒謬可笑，如苦學城的孩童戴著厚厚的鏡片，口中唸唸有詞，以升學為要；報告國中講究凡事都要寫報告，但寫報告不須實地考察，只寫心得即可；面具國中的人民皆戴著面具，人藉由面具來表達自己，而不戴面具者反而被視為離經叛道，全書皆取材自現代社會中之教育、政治等諸多亂象，諷刺性強烈。相關敘述可參見莊淑華，《《西遊》續書論——人物主題轉變與新類型之建立》（台北：淡江大學國文研究所，碩士論文，2006 年 6 月），頁 12～15。

說作爲研究文本，以寓言文學特質的角度分項論述。文學背景參考歷來學者對寓言的定義，釐清其相同與差異處進行析論，以對寓言及寓言小說作界定。並參酌小說史、文學史、寓言史，主要以陳蒲清《中國古代寓言史》〔註48〕爲主，將明清寓言小說進行分類。還蒐尋明清時期的社會、政治、文學背景，以與《西遊記》等四部小說的文本內容作對照，以清楚小說創作之相關背景。

小說背景部分，針對作者進行考證，並說明歷年來版本的流傳狀況。文本研究，則以寓意及寫作藝術特色作爲主要探討的面向。並藉由文本的例證，以顯現小說故事的社會、政治背景，以與眞實的時代背景與文學背景相呼應。

本論文採用的小說版本，《西遊記》採台灣古籍出版公司及上海古籍出版社所出版之版本。〔註49〕《續西遊記》採建宏出版社所出版之版本。〔註50〕《西遊補》採世界書局所出版之版本。〔註51〕《後西遊記》採老古文化事業公司所出版之版本。〔註52〕

第四節　研究步驟與方法

本論文主要以文本爲論述對象，分項論述其作者、版本、時代背景、寓意、寫作藝術、寫作特色，著重於寓言小說背後所呈顯的寓意，以及其創作藝術兩方面，以凸顯此四部小說的寓言文學特性。

論文所採用的研究方法包括「文獻分析法」、「歷史研究法」、「文本分析歸納法」。

一、文獻分析法

運用「文獻分析法」將前人對寓言定義之研究文獻進行分析探討，歸結出其相同與相異處後，再闡述對寓言與寓言小說的看法。並針對歷年來學者對《西遊記》等四部小說之寓意進行分析，以作爲論述寓意之依據。另參酌

〔註48〕陳蒲清：《中國古代寓言史》，頁399～439。
〔註49〕吳承恩：《西遊記》（台北：台灣古籍出版有限公司，2005年5月），初版。吳承恩著、李保民配圖：《西遊記》（圖文本）（上海：上海古籍出版社，2004年7月），第1版。
〔註50〕季跪：《續西遊記》（台北：建宏出版社，1995年7月），初版。
〔註51〕董說著、楊家駱主編：《西遊補》（台北：世界書局，1983年12月），第3版。
〔註52〕天花才子評點：《後西遊記》（台北：老古文化事業股份有限公司，1980年8月），臺灣初版。

歷來學界對《西遊記》等四書之作者考以作為論證之主張。

二、歷史研究法

　　搜尋相關的明清歷史以瞭解小說創作的時代背景，並舉出小說中的事例作為對照。還分項列出與《西遊記》故事內容及寫作相關的文學作品，以瞭解《西遊記》的成書歷程，以及《西遊記》與其他文學的關係。

三、文本歸納分析法

　　採「文本歸納分析法」歸納出小說中和明清社會、政治相關的事例，並將歷來學者所主張的不同寓意分項歸納，還針對文本內容，將各類寫作技法、人物角色類別、施行的法術與寶器，以及人物描寫，包括肖像、行動及語言等描寫進行論述分析，以瞭解小說之文本時代背景、寓意及寫作藝術與特色。

第二章　明清長篇寓言小說概述

　　本章先將寓言及寓言小說作界定，希冀能找出二者之異同性，以作爲論述依據。再將明清長篇寓言小說作分類，以期能對明清的長篇寓言小說有概括性的瞭解。

第一節　寓言及寓言小說界說

一、「寓言」界說

　　中國「寓言」一詞，始見於《莊子・寓言》：

　　　寓言十九，重言十七。巵言日出，和以天倪。寓言十九，藉外論之。
　　〔註1〕

又《莊子・天下》：

　　　以天下爲沉著，不可與莊語，以巵言爲曼衍，以重言爲眞，以寓言
　　　爲廣。〔註2〕

此處提出「寓言」、「重言」、「巵言」三種不同名稱。

　　莊子認爲天下人處於沉迷汙濁之世，不明大道，無法用嚴肅端莊的語言與之交談，僅能借助外界的故事，或引用先哲的言論來闡明大道，增加思想的可信度，而這些即所謂之「寓言」、「重言」、「巵言」。

　　關於「寓言」，其中「寓言十九」，歷來學者有不同解讀，一種言「十言而九信」，著重寓言之功效，如郭慶藩於《《莊子》集釋》中言：

　　　寓，寄也。世人愚迷，妄爲猜忌，聞道己說，則起嫌疑，寄之他人，

〔註1〕郭象註：《莊子》（台北：藝文印書館，2000年12月），初版，頁495～496。
〔註2〕郭象註：《莊子》（台北：藝文印書館），頁581。

則十言而信九矣。故鴻蒙、雲將、肩吾、連叔之類，皆寓言耳。〔註3〕

又言：

寓，寄也。以人不信己，故託之他人，十言而九見信也。〔註4〕

另一種言「寄寓之言，十居其九」，強調寓言於《莊子》中的份量，如王先謙在《《莊子》集解》中述：

寓言十九，寄寓之言，十居其九。〔註5〕

又林希逸《《莊子》口義》：

十九者，言此書之中十居其九，謂寓言多也。〔註6〕

而「藉外論之」之「藉外」，或曰「假託外人」，或曰「出於外人」，或曰「假借外物」，或曰「托一事」。〔註7〕然而不管是借人、借物或借事，均以假借外在來論述道理，故王先謙《《莊子》集解》：

寓言十九，寄寓之言，十居其九。意在此而言寄於彼，藉外論之，

言出於己，俗多不受，故借外耳。〔註8〕

王先謙認為《莊子》中的寓言佔十分之九，都以「藉外論之」為方式來表達，即假借他人的言談或另一事件來表達所欲寄託的事理，因為嚴肅的道理若由自己口中說出，人多不信，故借由他人來闡明。而郭慶藩認為寓言是一種寄託之言，即借他人之言來闡明事理，且其功效極大，說十句話有九句可為他人所信。此先不管何種說法為是，但明顯地可以看出兩者說法之共同性，在於寓言是藉他者來寄託寓意的一種文學作品，具有「藉外」及「寄託」的特點。

所謂「重言」，《莊子·寓言》：

重言十七，所以已言也。是為耆艾，年先矣，而無經緯本末以期年耆者，是非先也。人而無以先人，無人道也。人而無人道，是之謂

〔註3〕郭慶藩：《《莊子》集釋》（台北：木鐸出版社，1982年9月），初版，頁947。

〔註4〕郭慶藩：《《莊子》集釋》（台北：木鐸出版社），頁947。

〔註5〕王先謙：《《莊子》集解》（台北：文津出版社，1988年8月），頁245。

〔註6〕林希逸：《《莊子》口義》（台北：弘道文化事業有限公司，1971）。

〔註7〕郭象注、成玄英疏、郭慶藩集釋：《《莊子》集釋》：「藉，假也。所以寄之也。人十言九信者，為假託外人論說之也。」（台北：廣文書局，1971），頁238。林希逸：《《莊子》口義》：「不出於己，而出於他人曰外。」（台北：弘道文化事業有限公司，1971）。楊起元輯：《諸經品節》中之《南華經品節》：「藉外者，謂己之言未能印證，假借外物以此相彼物。」（台南柳營鄉：莊嚴文化事業有限公司，1995），初版。宣穎：《南華經解》：「托一事以論此事。」（上海：上海古籍出版社，2002）。

〔註8〕王先謙：《《莊子》集解》（台北：文津出版社），頁245。

陳人。〔註9〕

王先謙注「重言十七」爲「引重之言，十居其七」，〔註10〕認爲重言佔寓言的十分之七。而「重言」之義，陸德明《《莊子》音義》言：「爲人所重者之言」，爲人所重者乃指權威之士，在古爲往聖先賢，在今爲先輩宿學，即莊子所謂之「耆艾」。〔註11〕故「重言」是引用年長賢者的話來闡明事理，以說服他人的一種寓言形式。

所謂「巵言」，《莊子・天下》：

> 古之道術有在於是者，莊周聞其風而悦之，以謬悠之説，荒唐之言，無端崖之詞，時恣縱而不儻，不以觭見之也。以天下爲沉濁，不可與莊語，以巵言爲曼衍，以重言爲眞，以寓言爲廣。〔註12〕

「巵」是裝酒的容器，成玄英《《莊子》注疏》云：「夫巵滿則傾，巵空則仰，空滿任物，傾仰隨人，無心之言，即巵言之。」「巵言」是因任物理本然而立說。〔註13〕是一種隨不同情境顯示不同意義的情境式語言。〔註14〕故巵言可任意發揮，無一定式與預設，其立意遣詞不受限制，可隨意曼衍，隨境而發。

莊子以「巵言爲曼衍」是說巵言無預設，隨和而發。「以重言爲眞，以寓言爲廣」，是說寓言可擴大經驗及想像，而不僅限於個人經驗。不管是隨意曼衍或引重之言，都是藉他者來闡明思想主張的一種文學表現方式，其共同點在於強調「寄託性」。

由於《莊子》中的「寓言」僅強調文章的寄託性，而無明確的界定，以致於古人對寓言的範圍劃分極寬，幾乎一切有寄託之意的文學作品都可稱之爲寓言，但亦有將風格詼詭，帶有奇幻色彩的文學視爲是寓言者。例如王安石〈寓言十五首〉，實爲政治說理詩而非寓言。而古代的小說家和批評家也常將小說稱之爲寓言，如宋洪邁在〈夷堅乙志序〉中言：「干寶之《搜神》，奇章公之《玄怪》，鬼谷子之《博異》，東河之記，《宣室》之志，《稽神》之錄，

〔註 9〕郭象註：《莊子》（台北：藝文印書館），頁496。

〔註10〕王先謙：《《莊子》集解》（台北：文津出版社），頁255。

〔註11〕顏崑陽：《人生是無題的寓言——莊子的寓言世界》（台北：躍昇文化事業有限公司，1994），初版，頁150。

〔註12〕郭象註：《莊子》（台北：藝文印書館），頁581。

〔註13〕顏崑陽：《人生是無題的寓言——莊子的寓言世界》（台北：躍昇文化事業有限公司），頁150。

〔註14〕沈清松：〈莊子的語言哲學初考〉，國立台灣大學創校四十週年《國際中國哲學研討會論文集》（台北：國立台灣大學哲學系，1986），頁97～112。

皆不能無寓言於其間。」明吳植在〈剪燈新話序〉中，稱該書「其詞則傳奇之流，奇意則子氏寓言也。」胡應麟在《二酉綴遺》中也指出《夷堅》、《齊諧》二書，「因極詼詭，第寓言爲近，紀事爲遠。」陳忱的《水滸後傳論略》亦認爲「《水滸》，憤書也。宋鼎既遷，高賢遺老，實切於中，假宋江之縱橫而成此書，蓋多寓言也。」世德堂本《西遊記》陳元之序言：「其書直寓言者哉」。紀昀《閱微草堂筆記》卷十八《姑妄聽之・四》在描寫鄉人遇奇鬼後道：「此當是奇寓言，未必眞有。」張竹坡《金瓶梅寓意說》論《金瓶梅》、劉廷璣《在園品題》評《女仙外史》，均以寓言目之。而近代學者黃人的《明人章回小說》亦言：「獨小說之寓言十九，手揮目送，可自由抒寫，而內容宏富，動輒百萬言，莊諧互引，細大不捐。」〔註15〕對此，陳蒲清就曾言：「《莊子》原義中的『寓言』，主要是強調寄託，不強調故事性，其外延要寬得多。因此，古人把很多寄託理想或諷刺現實而並無故事情節的詩文都稱爲寓言。」〔註16〕故早期不管是無故事情節的詩文；或是有故事情節的小說；或是帶有神鬼奇幻色彩，不管是否含有寄託意涵的文學皆視爲是寓言，顯示以往對寓言並沒有明確規範。

現代許多學者對「寓言」有不同的解讀，茲整理列表爲《現代寓言定義表》，參考如下。

表一、現代寓言定義表

學者或辭典	寓　言　定　義
許義宗	寓言是用淺近假託的事物，<u>隱射</u>另一件事，來闡述<u>人生哲理</u>，表達道德教化，含有啓發性、積極性、教育性的<u>簡短故事</u>。（許義宗：《兒童文學論》，台北：成文出版社，1981 年，頁 61）
大英百科全書	寓言：以散文或詩歌體寫成的<u>短小精悍、有教誨意義的故事</u>，每則故事往往帶有一個<u>寓意</u>。（《大英百科全書》，台北：中華書局，1986）
吳淡如	寓言是一則<u>短篇故事</u>，以散文或韻文爲之。其主要角色可包括<u>生物或無生物</u>。故事本身有一個<u>核心意義</u>，包括在<u>虛構</u>的故事情節之中。運用隱喻的技巧，使得故事中的人、物，在文學敘述中能發揮意在言外的效果。（吳淡如：《郁離子寓言研究》，台北：臺灣大學中文研究所碩士論文，1988 年，頁 12～14）

〔註15〕皋于厚：《明清小說的文化審視》（北京：學苑出版社，2004 年 12 月），第 1 版，頁 141。

〔註16〕陳蒲清：《寓言文學理論・歷史與應用》（台北：駱駝出版社，1992 年 10 月），頁 2～3。

譚達先	寓言就是民間作者根據從生活和社會實踐中得到的某種哲理概念或處世教訓，<u>虛構</u>出一個和這兩者相合拍、相適應的巧妙<u>故事</u>，以便更好地印證<u>哲理或教訓</u>，增強其說服力，務使聽者相信。這樣，故事中寫人也好，記事也好，全都是作爲說明哲理或教訓的隱喻而虛構出來的。（譚達先：《中國民間寓言研究》，台北：台灣商務印書館，1988 年 8 月，頁 1）
顏瑞芳	寓言，是由<u>故事體</u>和<u>寓意</u>構成，二者缺一不可。故事情節或爲完全<u>虛構</u>，或爲部分虛構；寓意可以於篇末直接點明，亦可以直接由情節、對話中呈示。（顏瑞芳：《劉基、宋濂寓言研究》，臺北：國立台灣師範大學，中國文學研究所碩士論文，1990 年 5 月，頁 3）
凝溪	寓言本質特性的三大要素——<u>寄託性</u>、<u>故事性</u>、<u>哲理性</u>。一篇作品無論缺少其中的任何一個要素，都不能稱之爲寓言。（凝溪：《中國寓言文學史》，昆明：雲南人民出版社，1992 年 1 月，頁 3）
中國大百科全書	文學體裁的一種，是含有<u>諷刺或明顯教訓</u>意義的故事。它的結構大都簡單，具有故事情節。主人公可以是<u>人</u>，可以是動物，也可以是<u>無生物</u>。多用借喻手法，通過故事借此喻彼，借小喻大，使富有教育意義的主題或深刻的道理，在簡單的<u>故事</u>中體現出來。（《中國大百科全書·中國文學（2）》，錦繡出版社，1992 年，頁 1150）
陳蒲清	寓言是作者另有寄託的故事。寓言有兩個必不可少的要素：一是它的<u>故事</u>；二是它的<u>寓意</u>。（陳蒲清：《寓言文學理論·歷史與應用》，台北：駱駝出版社，1992 年 10 月，頁 4、11～12）
顧建華	寓言是<u>寄寓</u>著某種<u>哲理</u>的<u>小故事</u>。（顧建華：《寓言：哲理的詩篇》，臺北：淑馨出版社，1994 年，初版，頁 1～5）
李悔吾	寓言故事是一種<u>短小</u>精悍而又富於諷刺力量的文學樣式。其特點是透過<u>假托的</u><u>故事</u>，說明一個抽象的<u>道理</u>。（李悔吾：《中國小說史》，台北：洪葉文化事業有限公司，1995 年 4 月，頁 17）
陸又新	寓言，是<u>故事</u>的一種，屬於記敘文。它具有鮮明的<u>哲理</u>，強烈的教訓意味。在形式上，故事簡短、語言精煉。在內容上，具有鮮明的<u>寓意</u>。由於故事是手段，教訓是目的，通常運用譬喻的手法隱喻主題。（陸又新：〈臺港及大陸小學國語科寓言教材比較研究〉，《八十四學年度師範學院教育學術論文發表會論文集》，1996 年，頁 5）
李富軒、李燕	寓言是一般由<u>寓體</u>（故事）和<u>寓意</u>組成，主要用於勸誡諷喻，而較少用於讚頌抒情和展現理想。（李富軒、李燕：《中國古代寓言史》，臺北：志一出版社，2001 年，頁 1～5）
皋于厚	寓言，指的是具有言外意旨的敘事話語，通俗言之是<u>寄寓著一定道理</u><u>的簡短故事</u>。（皋于厚：《明清小說的文化審視》，北京：學苑出版社，2004 年 12 月，頁 142）
蔡尚志	寓言是一種用來闡釋哲理、揭露世態、諷刺人事、勸誡人生故事或寄託道德教訓、啓發思想觀念等實用目的的<u>簡短風趣故事</u>。（陳正治、蔡尚志、林文寶、徐守濤合著：《兒童文學》，第六章，〈寓言〉，臺北：五南圖書出版有限公司，2005 年，初版，頁 267）

　　針對以上各位專家學者對寓言的定義，雖然略有相異之處，但可看出其共同點在於「故事性」及「寓意性」，乃藉由故事來寄託哲理思想或教訓意義，以達到諷刺勸諫和闡明事理的目的。如同陳蒲清所說，寓言和一般故事最大的不同之處，在於寓言含有故事性和寄託性兩大要素。亦即，寓言含有「寓體」和「本體」兩個部分，寓體是指表層結構的故事，它包括具體的形象和情節，是寓意的載體。本體是深層的結構，是寓言的寓意，為作者所寄託的思想觀念。所以，寓言是結合邏輯思維與形象思維，藉由故事中的鮮明形象和犀利簡潔的語言來呈現寓意，以此影響讀者的情感和理智。〔註17〕

　　在故事體裁上，雖然陳蒲清、譚達先並沒有強調寓言的長短，但其他說法，則大多指出寓言的形式是簡短的，這是因為寓言主要在闡明寓意思想，情節不須長篇鋪敘，僅描寫重要情節即可，如同林文寶、徐守濤等人所主張的，「寓言因篇幅短小精悍，故事情節須儘量緊湊集中，只交代事件重點；又寓言敘述精簡，著重高潮與結局，開端與發展可從簡，不必講求故事情節的發展」，〔註18〕故寓言故事的形式是簡短的。在故事內容上，譚達先、吳淡如、顏瑞芳等人強調寓言故事是虛構的；顏瑞芳更言，故事情節或完全虛構，或部分虛構。不管完全或部分，筆者以為，寓言呈顯的寓意是間接的，而非直接表露的，故作者必須虛構另一事件，藉由虛構的故事情節來表明言外之意，林淑貞就於《中國寓言詩析論》中，對故事情節的虛構提出看法，言「寓言的構寫方式與一般文類略有不同，它是透過迂曲的故事來彰顯寓意，故事只是表象之部分，用來吸引讀者好奇或聯類取譬或引人入勝，最重要的是要以易知易曉的故事來指涉事理，或將隱微難言之諷刺置入其中，也就是用『以彼喻此』，或採『欲顯還隱』的方式來呈現。」〔註19〕故寓言故事是為了寓意而虛構的。為了間接呈顯寓意，作者虛構了一個簡短的故事，故事的寫作，也運用隱喻、象徵、雙關等手法來表現，陸又新、譚達先及中國大百科全書，就明確指出寓言的寫作，通常運用譬喻、隱喻、借喻等手法表現。而故事的角色，既是為了寓意而虛構的，就可能是人、動物、植物或無生物，吳淡如認為角色可包括「生物或無生物」；中國大百科全書中指出，可以是「人、動

〔註17〕陳蒲清：《中國古代寓言史》（湖南：湖南教育出版社），頁1。
〔註18〕林文寶、徐守濤、陳正治、蔡尚志合著：《兒童文學》（台北：五南圖書公司，1996），初版，頁281～291。
〔註19〕林淑貞：《中國寓言詩析論》（台北：里仁書局，2007年2月），初版，頁17。

物、無生物」，故寓言富於擬人色彩。

　　承上所言，筆者認為「故事性」、「虛構性」、「寄託性」是寓言最根本的三大要素及屬性。在界定上，寓言是「以短篇的虛構故事，運用擬人和譬喻等手法來間接呈顯寓意，藉以作為諷喻勸誡，寄託哲理教訓的一種文體」。

二、「寓言小說」界說

　　從字面上來解讀「寓言小說」，顧名思義，寓言小說即帶有寓言性質的小說，或言，是以小說形式，藉故事情節來寄託寓意的一種文體。關於寓言小說的內涵，皋于厚曾指出：

> 寓言體小說是指稱某些含有較多的寓言式故事和寓言意象、帶有一定的寓言色彩的小說。它寄託著深刻的寓意，表現了強烈的批判、諷刺精神和主體意識的小說。其創作中的藝術虛構手法以及隱喻、象徵、暗示、影射、諧音雙關等藝術技巧，這些風格和技巧又是寓言中經常使用的。故由於寓言概念內涵的豐富性，小說寓言化的特徵也呈現了多元化的形態。〔註20〕

陳蒲清亦在《中國古代寓言史》中說明寓言小說的特點：

> 寓言小說是小說和寓言的結合。它除了具備小說的特點之外，重要特徵就是：它既能描述出一個具體的藝術世界，反映出現實生活的特殊畫面；又能透過人物與情節中的荒誕性、超現實性，與現實生活中的具體事件拉開距離，表現出一種深厚的具有普遍性的群體意識或情節、宗教意圖。〔註21〕

《寫作大辭典》亦明確記載「寓言小說」的定義及特性：

> 是具有寓言性質的小說。由寓言發展而來，其特點是內容的虛構性，它不僅集中和概括社會生活，而且可以違反人類存在和行動的方式。寓意深刻性，既有歷史沉思，又有現代感受，參差交融，映照出某一民族的過去和將來。同寓言的區別在於，寓言形象完全是概念的衍生物，只能從屬於觀念而不能自由擴張，常說明個人行為規範。而寓言小說的理性概念和感性形象相對平衡、互相依存，形象塑造有更多的個性，常說明人類群體和民族、國家等重要範式。它

〔註20〕皋于厚：《明清小說的文化審視》，頁142。
〔註21〕陳蒲清：《中國古代寓言史》，頁399。

的創作，要把故事置於特定的歷史眞實之中，人物的生平、心理、性格都要寫得合情合理，使荒誕和眞實相統一。〔註22〕

以上三種寓言小說的解釋，說法雖略有不同，但明顯可以看出，寓言小說含有寓言及小說的特質，它是一種富有寓言色彩的小說體裁。至於寓言色彩，於前段已明確指出其具備「故事性」及「寄託性」，寓言小說乃以小說形式呈顯出所欲寄託之寓意，即以「虛構的故事情節」、「寄託寓意」、「小說體裁」作爲基本要素，若缺一要素，便不可稱之爲寓言小說。

寓言小說的創作特點，仍以呈顯寓意爲最終目的，所以故事情節及人物多爲了寓意而虛構。寓言小說和寓言在寫作上的共同點，常是根據物性做擬人化的虛構，並對反面人物的性格和行爲較多誇張描繪。然寓言小說與寓言之不同處，乃在於寓言小說屬小說體式，其篇幅較長，亦有較複雜的情節結構，因小說本身具備一個完整的故事情節，必須具備許多要素，如哈德遜認爲小說應具有「情節」、「結構」、「人物」、「對話」、「活動的時間和場所」、「風格」和「人生觀」；〔註23〕李喬認爲含有「主題意識」、「人物」、「情節」、「結構」和「敘事觀點」；楊昌年認爲應含有「情節」、「人物」和「背景」。〔註24〕然而寓言的故事體裁較簡短，無法像短篇小說，甚或長篇小說般在故事情節、寫作技巧、人物刻畫及環境塑造上，可以細膩豐富地描繪書寫。如人物的刻劃，長篇小說趨向於圓形，而寓言則趨向扁平；〔註25〕且寓言因篇幅短小精悍，故事情節須儘量緊湊集中，只交代事件重點，故不必如長篇小說般鋪敘細節；又寓言敘述精簡，著重高潮與結局，開端與發展可從簡，不必如長篇小說講求故事情節的發展；寓言對話簡潔有力，不用多餘的解說與議論，不似長篇小說常有許多小說人物或作者的意念闡發。〔註26〕

另外，寓言小說與一般小說之不同處，在於一般小說的主題思想，可從故事情節中直接顯現出來，而寓言小說之意涵，卻是借由虛構的故事及人物間接影射，不直接說明表露，而由讀者自己聯想，即藉由「言在此而意在彼」的表達方式呈顯出來。

〔註22〕李初喬：《寫作大辭典》（上海：漢語大詞典出版社，2003 年 8 月），頁 350。

〔註23〕張健：《文學概論》（台北：開明書局，1983），頁 183～188。

〔註24〕楊昌年：《現代小說》（台北：三民書局，1997 年 5 月），頁 7～8。

〔註25〕洪志明：〈談寓言〉，《語文教育通訊》第 16 期（1996 年 6 月），頁 89～92。

〔註26〕林文寶、徐守濤、陳正治、蔡尚志合著：《兒童文學》（台北：五南圖書公司，1996），初版，頁 281～291。

第二節　明清長篇寓言小說類型

　　明清是中國古典白話小說的黃金時期，大量白話小說的出現，標誌著白話已取代文言的主流地位。在傳統文化氛圍與文藝思想的薰陶下，小說非常著重勸懲作用，因此著名的小說評點家如金聖嘆、毛宗崗、張竹坡等人，都認為一切小說均具有寓言的特點，含有勸懲的寓意成分，如張竹坡言：「稗官者，寓言也。其假捏一人，幻造一事，雖為風影之談，亦必依山點石，借海揚波。故一部《金瓶梅》，有名人物不下百數，為之尋端究尾，大半皆屬寓言。」〔註27〕然而就寓言的特點來看，寓言的寓意是間接顯露的，但《金瓶梅》的勸懲意味是直接表露的，故不可謂是寓言小說。又寓言小說的整個故事情節是為寓意而虛構設計的，若僅情節中某一部分呈顯意涵並不能看成是寓言小說，如《儒林外史》全書充滿直接諷刺的寫實筆墨，其間雖亦有以寓言手法書寫的，如第三十八回中老虎形象的描繪，有如現實社會中凶惡爪牙的象徵，但其全書的諷刺性濃厚，並非以間接虛構的寫作手法，明顯在諷刺士人及科舉制度，僅於部分情節具有寓言寫作手法，故並不能視為是寓言小說。

　　寓言小說主要的目的是為了呈顯寓意，故題材的選擇可依作者喜好來決定，或歷史虛構、或神鬼虛構、或人物虛構、或異域虛構、或擬人虛構。此多樣化的題材也讓角色的取材有更多選擇的空間，或人物、或鬼神、或動物、或植物、或無生物等。

　　今參酌陳蒲清《中國古代寓言史》中對於明清長篇寓言小說的分類，〔註28〕依寓言小說的題材特色重新劃分，將明清長篇白話寓言小說分類為三大類型，第一類以宗教、鬼魅、歷史故事為寓體的長篇寓言小說，其特點在於衍生出許多神魔精怪，將其統稱為神魔寓言小說，宗教故事代表作有《西遊記》、《後西遊記》、《續西遊記》、《西遊補》、《掃魅敦倫東度記》、《天女散花》、《三寶太監西洋記》；鬼魅故事代表作有《斬鬼傳》、《平鬼傳》、《何典》；歷史故事代表作有《封神演義》、《女仙外史》、《平妖傳》等。第二類以幻境故事為寓體的長篇寓言小說，代表作如《警世陰陽夢》、《鏡花緣》、《希夷夢》、《常言道》、《新石頭記》、《新三國》、《馬屁世界》、《獅子吼》等。第三類以動植物故事為寓體的長篇寓言小說，代表作如《蝸觸蠻三國爭地記》、《草木春秋演義》等。

〔註27〕張竹坡：〈《金瓶梅》寓意說〉，參見朱一玄編：《《金瓶梅》資料彙編》（天津：南開大學出版社，2002 年 6 月），第 1 版。

〔註28〕陳蒲清：《中國古代寓言史》，頁 399～439。

一、神魔寓言小說

（一）宗教故事

佛教與道教長久以來，一直對中國文學產生極大的影響，無論詩歌、散文或通俗文學，都有大批文學作品深深烙印著佛、道的痕跡，明清就有許多長篇白話寓言小說，以奇幻的神魔故事寄寓著深奧的宗教思想，其中以禪佛故事爲寓體的長篇寓言小說，代表作如《西遊記》、《後西遊記》、《續西遊記》、《西遊補》、《續證道書東遊記》、《天女散花》等。例如鄭明娳認爲《西遊記》是一本寓言小說，具有言外之意，絃外之音，此言外深意才是作者的創作目的。〔註29〕陳文新、魯小俊、王同舟也明言《後西遊記》、《西遊補》、《續證道書東遊記》（《掃魅敦倫東度記》）是「以發揮象徵性寓言爲主，藉神魔題材表達人生哲理」的文學作品。〔註30〕

1、《西遊記》

明代吳承恩的《西遊記》，共一百回。

故事內容約可分爲三部份，第一回至第七回，主要描寫孫悟空從誕生到大鬧天宮至被壓於五行山下。第八回至第十二回，交代唐三藏取經的緣起。第十三回至第一百回，寫西行取經的歷程及途中所經歷的八十一難，此部分可分爲三段，即第十三至九十八回之西行取經爲一段；第九十九回返歸東土爲一段；第一百回之五聖成眞爲一段。

全書以唐三藏師徒西天取經爲故事脈絡，滲透著佛教哲理，從虛構的奇幻故事中，運用寓言寫作的手法來諷刺世事，具有濃厚的寓言色彩，故明代謝肇淛在《五雜組》曾說：

> 《西遊記》漫衍虛誕，而且縱橫變化，以猿爲心之神，豬爲意之馳，
> 其始之放縱，上天下地，莫能禁制，而歸於緊箍一咒，使心猿馴服，
> 至死靡他，蓋亦求放心之喻，非浪作也。〔註31〕

可見，《西遊記》在馳騁想像中寄予寓意，爲一本象徵意味濃厚的寓言小說。

〔註29〕鄭明娳：《《西遊記》探源》（台北：臺灣師範大學國文研究所，博士論文，1981年6月）。

〔註30〕陳文新、魯小俊、王同舟：《明清章回小說流派研究》（湖北：武漢大學出版社，2003年7月），第1版，頁168。

〔註31〕謝肇淛：《五雜組》共16卷，該引文參見朱一玄、劉毓忱編：《《西遊記》資料匯編》，頁315。

2、《續西遊記》

明代季跪的《續西遊記》，共一百回。

故事從《西遊記》第九十八回首，「卻說唐僧四眾，上了大路」開始續寫，將《西遊記》自第九十八回至一百回改寫一番。書敘唐僧師徒取得真經後一路東返唐朝，但由於唐僧師徒尚存有機心，因而引來許多磨難，眾多妖魔爭相奪取經卷，幸得如來派大比丘到彼僧、優婆塞靈虛子暗中保護才得以解除厄難，最後，孫悟空等領悟到運用機心是無用的，便篤信真經，滅除機心，從此沿途平安順遂，回到東土長安後，師徒們同證佛果。

內容可分為四個部份：第一回至第二十八回，寫唐僧師徒因不淨根因而引來外界之魔，其間穿插行者兩次盜取金箍棒。第二十九回至五十六回，寫外界之魔向心理欲念之魔的轉化，間述及行者第三次盜金箍棒。第五十七回至第六十九回，由心理欲念之魔的象徵轉向觀念思想的外化擴張。第七十回至第一百回，由思想意念的外化轉為外在行為之喻寫，寫四大比丘試驗唐僧師徒的禪心，直至行者滅機心為止。於第一百回後半回，寫唐僧師徒回到唐朝歸結全書。〔註32〕

從內容的描述中，明顯看出故事主旨在剷除機心，倡導明心見性。作者創造出許多具有象徵性的神魔，如七情大王、六欲大王、陰沉大王，臭穢孩子、迷識魔王、司視魔、司聽魔、逐香魔、逐味魔、馳神魔、消陽魔、消陰魔、耗氣魔等。延途充滿著奇幻色彩，唐僧師徒遇見蛙精、蠹魚精、赤花蛇精、蝮大王、蝎大王等怪；又經過莫耐山、蟒蛇嶺、火焰山八林、平妖里、西梁女國、百子河、通天河、賽巫山九溪十二峰、烏鴉國等地，讓小說的寓言色彩更為濃厚。因此，程毅中說：「整部《續西遊記》是一個寓言故事」。〔註33〕

3、《西遊補》

明末〔註34〕董說《西遊補》，共十六回。

〔註32〕 王增斌、田同旭：《中國古代小說通論綜解》（上）（北京：中國文聯出版公司，1999年1月），頁411～412。

〔註33〕 程毅中：《明代小說叢稿》（北京：人民文學出版社，2006年12月），第1版，頁104。

〔註34〕 傅世怡考證董說生卒年，為明泰昌元年庚申（1620）至清康熙二十五年丙寅（1686），見傅世怡：《《西遊補》初探》（台北：臺灣學生書局，1986年2月），頁22～25。董說曾於庚寅年（1650）作〈漫興〉詩十首，其第四首云：「西遊曾補虞初筆，萬鏡樓空及第歸。」其下自註曰：「余十年前曾補西遊，有萬鏡樓一則。」見董說：《董若雨詩文集二十七卷》，收於《叢書集成續編》（上海：

書穿插於《西遊記》第六十一回（「孫行者三調芭蕉扇」）煽滅了火焰山之火後與第六十二回之間。書敘鯖魚精獨迷孫行者，使行者進入鯖魚精腹內幻歷「三界六夢」後被虛空主人幻醒，方知一切皆為幻境，是自己迷了本性，遂出鯖魚精腹，並將其殺害，後來唐僧師徒繼續往西天取經而去。

其故事梗概為：唐僧師徒在三調芭蕉扇度過火焰山之後，在一牡丹樹下睡著，孫悟空入夢來到「新唐國」，想借秦始皇的驅山鐸助西行取經；夢中行經「青青世界」時，見小月王強令踏空兒鑿天；走至萬鏡台，發現每面鏡中各一世界；在「頭風世界」中見科舉放榜時士人的種種情貌；再入古鏡進入「古人世界」，變為虞美人；後閃進玉門關，落入「未來世界」，替閻羅王審判秦檜，將秦檜製成血酒以敬岳飛；又來到「懵懂世界」，見唐僧娶妻，並被敕封為殺青大將軍，領兵西征，交戰時，遇上波羅蜜國大蜜王，自稱是當年孫悟空進入鐵扇公子肚中後所生的兒子，在孫悟空慌亂時，大蜜王趁機殺害小月王與唐僧；後由虛空主人喚醒，才知是鯖魚精所吐妖氣幻化出來的幻境。

董說於〈《西遊補》問答〉中說：

> 悟通大道，必先空破情根；空破情根，必先走入情內；走入情內，
> 見得世界情根之虛，然後走出情外，認得道根之實。《西遊補》者，
> 情妖也；情妖者，鯖魚精也。〔註35〕

且《西遊補》第十六回文末的評語中也說：「一部《西遊補》，總是鯖魚世界。」此「鯖」與「青青」似都是「情」的諧音，「小月王」也可合成一個「情」字。故鯖魚世界即是感情世界，是作者的所遇所感，於其中必有作者之寄託。

清初，無名氏就曾在《讀西遊補雜記》中說：「書中之事，皆作者所歷之境；書中之理，皆作者所悟之道；書中之語，皆作者欲吐之言；不可顯著而隱約出之，不可直言而曲折見之，不可入於文集而借演義以達之。」〔註36〕

上海書店，1994年6月），頁190，其詩乃據吳興劉氏嘉興堂刊本影印。劉復認為，庚寅是若雨三十一歲（順治七年，1650），以此倒推往上十年是庚辰，若雨二十一歲（崇禎十三年，1640），此時明朝未亡，故《西遊補》為明末小說，載於董說：《西遊補》（北京：文學古籍刊行社據明崇禎刊本重印，1955年6月），文末所附劉復：《西遊補》作者董若雨傳〉，頁23～24。

〔註35〕見靜嘯齋主人：〈《西遊補》問答〉。董說撰、楊家駱編：《西遊補》（台北：世界書局，1983年12月），頁35。

〔註36〕〈讀西遊補雜記〉，參見朱一玄、劉毓忱編：《《西遊記》資料匯編》，頁398，此據汪原放校點：《西遊補》（上海：古典文學出版社，1957），書中之〈讀西

可見，《西遊補》是一部寓言小說，在演繹「心生種種魔生」的哲理，主要在於宣揚破除情根，悟通大道。

又《西遊補》故事塑造極為巧妙，富於情趣，其時空如夢，變化倏忽，或現在，或過去，或未來，真幻莫辨。在青青世界、懵懂世界、頭風世界、古人世界、未來世界中，董說又藉此進行辛辣的諷刺，如皇帝不理朝政、縱慾女色、文化腐朽等，即使在過去世界和未來世界中，也有現在世界的影子，文中借嚴懲秦檜的情節來寄託懲惡揚善的理想。

4、《後西遊記》

清初《後西遊記》，共四十回，不題撰人，僅題「天花才子評點」。

書續寫唐三藏取經返唐，佛經流傳中國兩百年後，因前次取經未能取得真解，無法濟世度民，以致於唐憲宗崇仙好道、僧人牟利、世人墮入邪道之中，故如來佛祖命唐三藏、孫悟空尋覓找尋真解之人，遂促成唐半偈、小行者、豬一戒、沙致和、龍馬一行赴靈山求取真解，其都是《西遊記》人物之後輩，最後一行人皆受封成佛。

從回目的安排上，第一回至第四回，描述花果山水簾洞後天石猴齊天小聖孫履真的出身、求師、大鬧天宮的始末。第五回至第八回，著重描繪西行緣起及大顛和尚的事蹟。第九回至第四十回，敘述行程途中收徒、遇災度厄、完證功果，使佛法重明的歷程。〔註37〕

《後西遊記》以禪的哲學為主，加入儒家思想，作者把「心即是佛」的命題和儒家的「求其放心」結合起來，強調破除心魔，修心養性的功夫。書中塑造許多象徵性的神魔，如「自私和尚、缺陷大王、解脫大王、文明天王、十惡大王、造化小兒、不老婆婆、陰陽大王、冥報和尚」等。師徒一行，經過「不滿山、解脫山、弦歌村、溫柔村、十惡村、上善國、造化山、掛礙關、羅刹鬼國」等地。延途上克服了「名圈、利圈、富圈、貴圈、貪圈、嗔圈、癡圈、愛圈、酒圈、色圈、財圈、氣圈」等法術，這些人物、地名和法術皆具有象徵意義，明顯帶有寓意，使小說蘊含濃厚的禪宗哲學。

作者除了用小說形式來宣揚佛教哲理之外，對於佛教的弊病，如迷信的舉動，亦能以客觀的立場痛掃之，還歸於佛之清淨真如，藉以刺世疾邪。

遊補雜記〉。

〔註37〕林保淳：〈《後西遊記》略論〉，《中外文學》第 14 卷第 5 期（1985 年 10 月），頁 50。

5、《天女散花》

清代的《天女散花》，無名氏撰，共十二回。

敘述唐僧取經歸唐返回西天之後，向如來稟報妖魔橫行，到處爲非作歹之事，如來佛遂宣諭除妖。大首羅漢向如來進言，應延請仙女下凡幫忙，於是仙女前往甘露極樂花園採了十萬八千朵仙花，偕同四仙娥，攜帶花籃騰雲向東除妖。沿途遇妖魔便勸滅警化，見善良便散花消災，於途中滅除了魚蝦妖、魚鱉妖、蜘蛛妖、豬精、大蟒、何首烏精等殘害人類的妖魔。最後，唐太宗於長安天林寺內興建散花高台，將天女自甘露寺極樂花園所採摘的十萬八千朵仙花完全散放，成爲一大善緣。

《天女散花》雖然是續寫唐僧師徒的西遊故事，但著意在勸兇除惡，斬妖除魔。雖然哲理較弱，但有勸懲揚善的意味，如仙女、悟空等進入孫王廟時，悟空見廟中供奉悟空尊像，便攀倒泥像，並將孫王廟改爲樂觀廟，以此爲神仙遊居之處，進而指責供靈塑像是凡人的迷信，對於凡人的迷信，有著勸戒的意味。

6、《掃魅敦倫東度記》

明代《續證道書東遊記》，清溪道人方汝浩所著，又稱《新編東遊記》，簡稱《東遊記》。另名爲《掃魅敦倫東度記》，簡稱《東度記》，共一百回。所謂「掃魅」，指掃除妖魔。所謂「敦倫」，指崇尚倫常，把儒家的孝悌忠信和佛教結合起來，成爲漢化和儒化的佛學。

《掃魅敦倫東度記》是一部宣揚禪學的作品。書敘不如密多尊者在南印度、東印度普渡群迷。繼而達摩祖師率徒弟「道副、道育、尼總持」三人，自南印度至東印度，往震旦闡揚佛教，掃迷度世。故事前十八回，敘寫禪宗第二十六祖不如密多攜徒第，一路以正宗教義隨緣點化眾人的事跡。後八十二回，敘寫禪宗第二十八祖達摩的事跡，達摩由南印度出發，自西而東，經東印度國，再往震旦國宣揚佛法的過程。

作者以寓言的手法，把人性中如酒、色、財、氣、貪、嗔、痴、欺、懶等弱點，塑造出一批生動的情意群魔形象，如酒魔、色魔、財魔、氣魔、貪魔、癡魔、嗔魔等，這些具有象徵意義的邪魔，都是由人心中產生出來的。文中將「酒、色、財、氣」擬化成四個邪魔，誘人作惡，取名爲「陶情」（又名「雨里霧」）、「王陽」（又名「雲里雨」）、「艾多」（又名「浪里淘」）、「分心魔」（又名「膽里生」），還捏造出一群貪、嗔、痴七情六慾的邪魔；以及不悌邪迷、不遜妖魔等。藉以演化「心生魔生，心滅魔滅」的道理，說道意味濃厚。

除此，又勾勒出許多動物妖魔，如狐怪、鼠怪、虎怪、豹怪、蝎精、蛇精、狼精等魔怪，這些光怪陸離，虛幻神奇的描繪，主要的目的是借神魔演世情，展現出明末一幕幕社會與家庭生活的景象，從中揭露出許多社會的弊端與矛盾。

7、《三寶太監西洋記》

明代《三寶太監西洋記》，羅懋登著，一百回。

故事取材於明代史實，將明朝永樂年間三寶太監下西洋的故事進行改編。整部小說以鄭和下西洋為明線，並夾雜了金碧峰長老和張天師之間的較量。這實際上是明代中後期佛、道兩種宗教勢力相互傾軋競爭的反映，最終由金碧峰長老勝出，體現了全書揚佛抑道的思想傾向。

（二）鬼魅故事

鬼魅是中國古代小說的重要題材之一，故以鬼魅世界反映人間現實的寓言小說自然應運而生，而借鬼魅來描寫人情的特色，也是寓言小說和一般人情小說極大的不同之處。

明清以鬼魅故事為寓體的長篇寓言小說，以《斬鬼傳》、《平鬼傳》、《何典》為代表。

1、《斬鬼傳》

清代烟霞散人（劉璋）所著的《斬鬼傳》，又名《第九才子書斬鬼傳》、《說唐平鬼全傳第九才子書》，共十回。

小說以「鍾馗斬鬼」的民間傳說為題材，寫鍾馗含冤死後，受封為驅魔大神，剿滅世間形形色色的惡鬼近四十種。以鬼喻人，借題發揮，在富於詼諧趣味中指斥世俗之玩世不恭，藉以抨擊邪佞。

唐時狀元鍾馗，才華洋溢，為人正直，但貌相醜陋，後因宰相盧杞向唐德宗進讒言而大怒，一氣之下自刎身亡，至陰間，鍾馗奉閻君之命至陽間斬妖除鬼，因陽世間的妖邪最多，多是方寸不正之鬼，可分為謅鬼、奸鬼、搗大鬼、冒失鬼、涎臉鬼、誆騙鬼、不通鬼、醉死鬼、色中餓鬼、假鬼、輕薄鬼、不通鬼、心病鬼等四十種鬼魅。且閻君派咸淵和富曲二人助鍾馗斬鬼，並將盧杞下油鍋予以懲治，鍾馗因而被封為「翊正除邪雷霆驅魔帝君」，咸淵和富曲也被封為真君。

《斬鬼傳》主要不在宣揚鬼，而是藉題發揮，諷刺現實，因而全書的寓

意很明顯。其以不同鬼魅象徵人間各種居心不良之人，寓人間充滿鬼怪。而斬鬼英雄「咸淵」，象徵著「含冤」。「富曲」象徵著「負屈」。

2、《平鬼傳》

清代的《平鬼傳》，雲中道人著，共十六回。

該書亦是以鬼喻人，借題發揮，在富於詼諧趣味中指斥著世俗之玩世不恭，藉以抨擊邪佞，為罵世之作。

《平鬼傳》之內容大致與《斬鬼傳》相同，唯斬鬼二徒改為「神荼」和「郁壘」；又鍾馗被封為「平鬼大元帥」，其持所賜予的寶劍、官服、烏錐馬和平鬼錄，偕同二徒前往陽間除鬼，先後驅除無二鬼、下作鬼、色鬼、賭錢鬼、討債鬼、混帳鬼等。後來，鍾馗被玉帝封為「翊正除邪驅魔雷霆帝君」；而神荼、郁壘被封為「巡行天下驅魔使者左右門神將軍」。

書中情節多具象徵性，如諸鬼是人間品性惡劣者的比喻；鍾馗以「寬心丸」和「大膽湯」來替憂愁鬼治病等。以鬼魅象徵惡習，運用誇張詼諧的手法塑造鬼魅形象，栩栩如生，充滿想像的空間，讓世間眾生的醜貌原形畢露，以達到在嬉笑怒罵中，對邪惡予以諷刺和鞭撻的目的，藉斬鬼諷世。

3、《何典》

清代的《何典》，又名《十一才子書鬼話連篇錄》，張南莊著，共十回。

書敘一名叫做「活鬼」的財主因中年無子，經求神拜佛後終得子，取名為「活死人」，但因酬神而得禍拜家，以致於活死人少小多難，後經仙人指點，跟從鬼谷先生學藝，取得通身本領，在平定大頭鬼的叛亂後，立功受封，並娶得美妻。

該書的特點在於全書形象皆為「鬼」，為一典型的鬼世界，但主要的目的並非述鬼，而是藉鬼魅世界來揭露清中葉的黑暗官場，以及佛道僧儒的無恥和科舉制度的黑暗。另一特點，是喜用方言俚語，使小說風格更顯幽默滑稽，讓讀者在詼諧中體現諷刺的寓意。

以上三書皆是以鬼喻人，借題發揮，在充滿詼諧和趣味中斥責世俗之玩世不恭，藉以抨擊邪佞。然不同的是《斬鬼傳》和《平鬼傳》側重對醜惡世相的諷刺，而《何典》則側重於對官場黑暗的抨擊。

（三）歷史故事

以歷史故事為題材，鋪衍出許多神魔的寓言小說，如《封神演義》、《女

仙外史》、《平妖傳》等。

1、《封神演義》

《封神演義》，又名《封神傳》、《商周列國全傳》、《批評全像武王伐紂外史封神演義》，共一百回。書成於明代隆慶、萬曆年間（1567～1619）。

該書以《武王伐紂平話》爲基礎，以武王伐紂之歷史事件加以虛構，輔以殷、商抗爭，以及釋、道二教之爭；並加入神話、傳說和遺聞軼事，力圖通過描寫商周之爭，表達一種得道天助、失道妖興的歷史觀，因此是一部思想傾向於道教的小説作品。

《封神演義》創造諸多神仙妖怪具有奇形怪狀的容貌和神奇的法術，作者爲了法術和神通的描寫，塑造出許多神仙，建構出一個完整的神譜。故《封神演義》是借「演義」寫「封神」，諸多豐富的「演義」實際上是眾神成神之前的故事總集。

在武王、姜子牙和紂王、申公豹雙方的對戰中神魔盡出，其中佛道助周爲闡教，邪惡之神助商爲截教，各用道術，互有死傷，最後，以姜子牙斬將封神，周武王分封列國以報功臣作結。

書中反映出一定的進步思想，例如對於「武王伐紂」的看法，採取孟軻的觀點，認爲是「弔民伐罪」的義舉，而非臣弒君的行爲，以武王、姜子牙代表有道和正義的一方，以紂王、申公豹代表無道和非正義的一方。寫哪吒出世一段，對於父子綱常的觀念頗加攻擊，摒棄「父要子亡，子不敢不亡」的愚孝觀念。

2、《平妖傳》

明代萬曆年間的《平妖傳》，原名《三遂平妖傳》，共四十回。

描寫貝州王則、永兒夫婦率領平民起事的故事，因得到「馬遂、李遂、諸葛智遂」之幫助最著，故名爲「三遂」。

故事從子和尚盜秘笈《如意冊》寫起，在聖姑姑的主持下，其與左黜兒一道煉就七十二般道術。三十二回以後，寫王則起義及其被鎮壓之事，敷衍出許多妖狐變幻和神怪法術。

對於神魔小説的發展，《平妖傳》可謂首開先河，魯迅在論及神魔小説時，認爲「明初之《平妖傳》已開其先，而繼起之作尤夥。」〔註38〕因此《平妖

〔註38〕魯迅：《中國小説史略》（釋評本），頁131。

傳》是一部早期的神魔小說。

在描繪狐妖之餘，本書也從側面暴露出政治的黑暗面，凸顯平民起事是官逼民反的結果；而起義的目的，主要是在替天行道和除滅貪官污吏。

3、《女仙外史》

清代的《女仙外史》，又名《石頭魂》，呂熊撰，一百回。

小說以明初削藩和反削藩的政治抗爭爲背景，以燕王靖難和建文失敗爲中心，其中貫穿由唐賽兒所領導的山東平民起義，呈現出褒忠殛叛的創作主旨。

書中情節主要描寫靖難之役，但立場與史實相左，將唐賽兒寫成討叛誅逆的女英雄。並將唐賽兒神化，述其爲月殿弟子嫦娥轉世，自幼不凡，後得天書，因此嫻熟法術。待由天王星所脫胎的燕王朱棣篡位後，唐賽兒擁立建文帝爲名，於青州聚眾起事，建都濟南。行事中，請得天上劍仙鮑仙姑、曼陀尼、聶隱娘、公孫大娘等下凡相助。經二十多年的爭戰，最後終於斬朱棣於榆木川，太子繼位後，功成升月宮中。

文中將佛、道、魔中許多的神妖都聚集在唐賽兒的陣線，使小說「雜以神仙幻化之情，海市蜃樓之景」（《女仙外史》第十四回回評），脫離歷史而成爲一部神魔小說。即便充滿幻境，但其中借歷史題材來抒發現實的興亡之感，寄予作者對故國之思和民族淪亡之悲，並借此褒揚和歌頌明清之際抗清反清的民族志士，譴責那些投誠的民族敗類。書中的刹魔公主象徵意味頗爲濃厚，她雖是魔教的首領，法力和地位可與老子和佛祖相並列，其門下之徒有秦始皇、曹操、呂后、武則天等一流的奸雄人物，但她在書中卻是個伸張主義者，象徵替天行道的唐賽兒起義軍，乃代表正義的草莽英雄。

二、幻境寓言小說

以描繪海外幻想或夢境等虛擬世界的特點，它跳脫現實世界進入虛擬夢境、海外國度、文明世界等幻想世界，借以批判現實社會，於其中寄託理想，如《警世陰陽夢》、《鏡花緣》、《希夷夢》、《常言道》、《新石頭記》、《新三國》、《馬屁世界》、《獅子吼》等作品均富有深刻的寓意。

（一）《警世陰陽夢》

明代《警世陰陽夢》，無名氏撰，共十卷四十回。

其中卷一至卷八爲《陽夢》，凡三十回，述魏忠賢諸多可羞、可鄙、可畏、

可恨、可痛、可憐之情事，所舉多為當時在人世間的傳聞。卷九至卷十為《陰夢》，凡十回，寫長安道人在夢境中見魏忠賢與奸黨在地獄受懲的經過，荒誕不經，待長安道人夢醒後，遂寫了《警世陰陽夢》一書。

該書於夢境中借魏忠賢的惡行來闡揚果報觀念，說明善有善報，惡有惡報，表明懲惡揚善的目的。又借夢境，寄寓世間種種，轉頭便萬事皆空的道理。

（二）《希夷夢》

清代《希夷夢》，汪寄撰，共四十回。

書敘韓速、閭丘仲卿二人在海國建立功業五十年，而兩宋興衰已三百年的故事。故事梗概為：周世祖駕崩，趙匡胤遂謀動陳橋兵變，奪取帝位，成為宋太祖。韓速與呂仲卿因欲投奔南唐，借南唐之力復國，但南唐苟安，向宋朝獻媚，並通報韓速與呂仲卿投奔之事，二人因而改裝逃遁。途中，遇見希夷先生之徒吳賀，引二人來到黃山希夷老祖洞府聽道機玄理，但二人不能領悟，在大石上昏昏欲睡，仲卿於夢中巧遇李之英和王之華，見南唐被宋消滅後，三人搭船離開，飄至一島，後遇狂風而失散，仲卿因而來到浮石國，在國中與李之英和王之華相遇。其間，仲卿擔當大任，教導浮石國人引水之法，興利除弊，懲辦貪官奸商，平定邊將的叛亂，擊潰浮金國、天印國、雙龍國的入侵，其忠心保國，疏通河道，任用賢才，誅除奸佞。後來，韓速也來到浮石國，二人之子領兵平叛，至五沙島時，見陳秀夫抱宋朝幼主投海，始知宋已亡國。元蒙入主中原後，又荼毒國人，故事結尾，仲卿因找尋不著追緝逃犯的韓速而驚醒，此時才驚覺正睡在黃山洞中的一塊大石上，仲卿居浮石國五十載，中國卻已歷經三百年的變遷。

書中的夢境，是對宋代三百年興亡史的一種反思。仲卿和韓速在浮石國中雖為國報仇，立德成名，但現實生活中卻是失敗的。此在哲理上，受到佛教因果報應和儒家仁義綱常思想的影響，不僅述天意，也強調人事的作為，因此書中主張奸詐是尚，仁義喪亡，四維若不能修，則國不能久的觀點。故《希夷夢》建構了許多奇幻的境外國度，營造出一股神祕的神話世界，令人置身於奇妙的島國之中，仍具現實性的思維空間，達到幻中帶實的藝術效果。

（三）《鏡花緣》

清代《鏡花緣》，李汝珍撰，二十卷，共一百回。

故事虛擬一海外國度。前半部，寫武則天下詔書，令百花齊放，眾神不

敢違逆，因此被玉帝貶於人間，其中爲首的百花仙子，托生爲唐敖之女唐小山，其後赴試，考取探花，但被告發曾與叛臣徐敬業等人結義，因而被除去功名。其遂看破紅塵，一心求仙訪道，隨妻兄林之洋和舵工多九公等人出海貿易，遊歷過許多國家，其間，看盡風土人情，並營救了一些由花神轉世的女子。之後，唐小山又因爲尋父而再度出海，遊歷過各處異境，因不遇而歸。後半部，寫武則天開女試，由花神托生的一百個女子均考中才女，大家多次擺筵席慶祝，席間彈琴賦詩、行令論文、論學說藝，各顯才能，如書、畫、琴、棋、醫、卜、星、相、音韻、算法、燈謎酒令、馬吊、射鵠、蹴球、斗草、投壺等技藝。之後，寫徐敬業等人的後代起兵反武則天，破武氏兄弟的酒、色、財、氣四關，使唐中宗復位。結尾以武則天下詔，宣佈明年仍應舉辦女試，且經錄取的才女得重赴紅文宴作結。

《鏡花緣》是一部諷刺世事、寄託理想、表現才學的寓言小說。作者從女子的才學中，凸顯婦女男女在平權和受教權上，故一開始，便寫百位花仙所貶的塵世是一男女不平等的世界，婦女從屬於男子，而男子可以三妻四妾，且婦女沒有受教育和從政的觀念，故作者借武則天來虛構一個挑選才女的情節，以表現女子的才能和從政能力。

該書最傑出之處，在於虛構了許多海外幻想國度，如君子國、大人國、小人國、勞民國、智佳國、黑齒國、白民國、淑士國、兩面國、歧舌國、女兒國、軒轅國、翼民國、豕喙國等，其間描寫許多奇風異俗、奇人異事和珍奇動植物。作者並藉由這些異域風光來寄託社會理想和揶揄世態，如在君子國中，無論富貴貧賤，無人不謙恭有禮，且國家清廉，無送禮行賄之惡習。在淑士國中，到處瀰漫著令人作嘔的酸腐氣味，裝腔作勢，人人滿口「之乎者也」。

在寫作藝術上，運用象徵筆法，如武氏集團所擺下的「酉水」、「巴刀」、「才貝」、「無火」四大毒陣，象徵「酒」、「色」、「才」、「氣」四關。又充滿詼諧幽默的情趣，如寫豕喙國的人天生都有一張豬拱嘴，主要是因撒謊的人太多，死後地獄收容不下，遂將其換上豬嘴托生於人間，以糟糠爲食作爲懲罰。

（四）《常言道》

清代《常言道》，又名《子母錢》、《富翁醒世傳》，署名落魄道人編次，共四卷十六回。

　　《常言道》是一部以俗語諧音寫成具有諷刺性和滑稽性的寓言小說，在富於詼諧趣味中指斥世俗之玩世不恭，抨擊邪佞。書敘明朝崇禎年間，秀才時伯濟家有一至寶「金銀錢」，此錢原有兩個，爲「母錢」和「子錢」，二者皆能化爲蝴蝶，忽而萬千，忽而不見。一天，時伯濟在海濱觀景時，金銀錢忽消失不見，他也被海水捲走，來到小人國，暫歸依錢士命，以賣柴爲生。一天，空中飛來「母錢」，掛在錢士命的秤上，此後家道日漸興隆，並成爲小人國的首富。偶然間，錢士命聽說時伯濟的「子錢」不見，遂至海邊，想以「母錢」引誘「子錢」出現，不料，「母錢」落入海中消失不見，回到家中正愁悶時，一群蝴蝶飛來，化爲子母金銀錢落入錢士命手中，時伯濟因未向錢士命叩賀而遭受侮辱，遂逃往大人國。日後，錢士命愈加貪心，一天，「母錢」又突然不見，他因憂慮導致身體不適，醫生所開藥方爲「爛肚腸一條，欺心一片，鄙吝十分，老面皮一付」，病好後，錢士命前往大人國向時伯濟追討金銀錢，不料大人國道德高尚，人們輕輕舉腳便將錢士命的人馬踩爲粉末，最後，金甲神便將子母錢賜給時伯濟。

　　故作者以金銀錢爲線索，從中揭露出世俗對金錢的貪婪態度，在諧謔中進行嘲罵和諷刺。文中的大人國和小人國均具有象徵意義，象徵著品格的高下，小人國的風俗鄙陋，影射世風日下人心的醜陋。大人國民風淳厚，這不僅是作者的理想社會，也是對現實社會的批判。書中用語，多處以諧音賦予意涵，如「時伯濟」代表「時不濟」；「施利人」代表「勢力人」；「馮世」代表「諷世」等。

（五）《新石頭記》

　　清代光緒的《新石頭記》，吳研人著，共四十回。

　　書敘賈寶玉出家後重返塵世，歷經義和團、戊戌政變後，經老少年的帶領進入「文明境界」中，看見許多精良的飛車和儀器，又會見了自由村的東方文明先生，且字典中盜賊、奸佞等辭彙皆已被刪除。

　　書中將「文明境界」分爲東、西、南、北、中五大部，東部標識著「仁」、「義」、「禮」、「智」；西部標識著「剛」、「強」、「勇」、「毅」；南部標識著「友」、「慈」、「恭」、「信」；北部標識著「忠」、「孝」、「廉」、「節」；中央部標識著「理」、「樂」、「文」、「章」。以達到重視科學，提倡教育，崇尚自由，遵守法紀的目標。而這也是作者的理想社會，希冀能達到中西文化的結合，作者藉由賈寶玉接觸新事物的思想變化，來反映晚清許多人的心聲。

（六）《新三國》

清代宣統的《新三國》，陳士諤著，共三十回。

主要描寫魏、蜀、吳三國的改革行動，借三國的歷史人物來虛擬改革的優劣。魏國曹丕篡位後施行高壓政策，以致於民不聊生，於是決定實行新政，司馬氏掌握主導大權後，君臣離心，各謀私利，使得國政日衰。吳國孫權憂患圖強，力圖變法，築鐵路、辦學堂、留洋考察、振頓海陸軍，但因耗費國庫日增，導致人民貧窮，新政終告失敗。蜀國改革最遲，然力矯吳國與魏國變法之弊，以「標本」為原則，「標」以理財、經武、擇交、善鄰為主；「本」以立政、養才、風俗、人心為主，設議院、開選舉、行立憲、辦教育、興科學、開民智、開礦、辦廠、築道路、練軍、出洋留學等，使得蜀國國泰兵強，學術昌明，最後滅魏降吳，三分一統。

魏、蜀、吳三國的改革變法，正反映清朝變法的歷程，其中有許多事件影射當時的弊端，如司馬昭派賈充到洋行採辦軍械，但賈充受賄，又宿美妓等。

（七）《馬屁世界》

清代宣統的《馬屁世界》，睡獅著，共十回。

書敘幾位好拍馬屁的官僚，辭官後商議合辦「馬屁學堂」，此學堂所招入的學生皆不收費、不論人品、不問程度、不需擔保人，主要由馬屁大王講授各種拍馬屁的招術。一天，單不信被引誘進入學堂，經洗澡、纏足、整容、修舌之後，被教授行禮、學文、習字、作畫、吟詩、寫信、游藝、飲酒等拍馬屁的基本要件，以及培養狐媚性、狼毒性、蜂螫性、蛇蝎性、鯨吞性、鷹揚性六種心性，成為正式學員。各學員以此養成教育應對，到處無往不利，只有單不信使終不信，其因不會拍馬屁而到處碰壁。一天，幾位從東京留學歸國的馬屁維新家，為了去除拍馬屁的惡習，共同商議對策，最後終於成功，查抄馬屁學堂。

全書富於奇特幽默，以去除拍馬屁之惡習來諷刺當時的世態，揭露這些造成社會不平的罪魁禍首。

（八）《獅子吼》

清代光緒的《獅子吼》，陳天華著，共八回。

該書以虛擬手法影射現實，來表達理想社會。書一開始虛構許多國度，其皆含有象徵意味，如混沌國象徵中國歷史；野蠻國影射滿清政府；蠶食國、

鯨吞國、狐媚國指侵略中國的列強。小說還以民權村來反映作者的理想世界。其中的人名，多好以諧音來比喻，如「文明種」代表傳播文明的種子；「江之棟」指張之洞；「吳齒」喻無恥；「狄必攘」喻敵人必須攘除等。

三、動植物寓言小說

將物類擬人化來類比現實世界，也是寓言小說的特色之一，如《蝸觸蠻三國爭地記》以動物昆蟲來擬人，《草木春秋演義》以植物來擬人。

（一）《蝸觸蠻三國爭地記》

清光緒年間的《蝸觸蠻三國爭地記》，署名活東原著，蟲天逸史譯述，共十六回。

《莊子・則陽》中載有一則蝸角上觸蠻兩國之爭的故事，〔註39〕《蝸觸蠻三國爭地記》受到《莊子》這則故事的影響，也以蝸、觸、蠻三國爲題材。記述蝸國受到觸、蠻兩國侵略，原本採取消極割地賠款的策略，後來因喪權辱國引起公憤，終於決定變法改革，從刑法、學務、警察、軍政四端入手，最後百廢具舉，維新成功，以飛艇、飛彈等新型武器擊敗觸、蠻二國，從此蝸國日富兵強。

陳蒲清認爲這則故事直接影射清末時事，包括日俄戰爭、戊戌政變、義和團運動、八國聯軍等歷史事件，如蝸國喻指中國，蠻國指俄國，觸國指日本，中國最終在變法圖強後稱雄於天下因此該書是以昆蟲世界來喻指人類現實世界，反映政治現實，表達出救亡圖存的想法。〔註40〕

書中的人物均爲動物昆蟲，如蝸牛、蝦、辣蟲、蟻、蟑螂、蟋蟀、蠐、蜘蟲、蟛子、黃蜂等等，讓讀者宛如置身於昆蟲王國之中。其中亦有象徵，如「應聲」蟲、「可憐」蟲、「叩頭」蟲，象徵清末中國守舊派的形象與中國當時的處境。皋于厚亦認爲，這部小說具有參政議政的入世精神和幽默辛辣的寓言風格，在晚清小說中獨具一格。〔註41〕

（二）《草木春秋演義》

《草木春秋演義》，江湛撰，共三十二回。

〔註39〕黃錦鋐：《新譯《莊子》讀本》，頁299。
〔註40〕《蝸觸蠻三國爭地記》相關論述，請參見陳蒲清：《中國古代寓言史》，頁422。
〔註41〕皋于厚：《明清小說的文化審視》，頁144。

　　書中描寫漢室和番邦對壘，書首引用李煜「春花秋月何時了，往事知多少」的詩句，隱晦曲折地表現出遺民的亡國之恨和復國之念。

　　文中角色皆爲植物，如：竺、胡椒、百合、決明子、水萍、覆盆子、金石斛、金櫻子、金鈴子、金銀花、木通、巴豆、密蒙花、馬藍花、迷迭香、葫蘆巴、薯蕷、大黃等，足見作者匠心獨具。在構思上，作者將人名、地名、武器名均以植物名代替，將植物擬人化，如巴豆、大黃爲番邦郎主，其以干戈犯境；金石斛爲漢國的棟樑之才，其率漢軍擊敗番兵。這些描繪，讓小說賦予寓言色彩，充滿想像和虛構奇幻的特性。〔註 42〕皋于厚認爲此部小說可視爲一部植物寓言小說，小說構想奇特，頗似現代科幻小說。〔註 43〕

　　明清時代是長篇寓言小說的豐收時期，除上述之外，其他還有許多非典型的寓言小說，書中含有寓言的成分，如《儒林外史》全書皆以諷刺寫實筆墨來諷刺士人，但其間亦有寓言寫作手法，如第三十八回，老虎形象的描繪有如現實社會中凶惡爪牙的象徵。又《老殘遊記》第一回，寫老殘三人救援海上即將傾覆的大船，此傾覆的大船象徵古老的中國；掌舵者和管帆者象徵清朝的執政大臣和地方官員；水手象徵貪贓和守舊派的官吏；高談闊論者象徵反滿革命派；而老殘等三人象徵改革派。

〔註42〕　《草木春秋演義》相關論述，請參見陳蒲清：《中國古代寓言史》，頁 423～424。
〔註43〕　皋于厚：《明清小説的文化審視》，頁 144。

第三章 《西遊記》及其三本續書作者與版本考

本章先將《西遊記》的續書作界定，再針對《西遊記》、《續西遊記》、《西遊補》、《後西遊記》進行作者考與版本考，闡述論述主張。

第一節 《西遊記》續書界定

李忠昌對「續書」作了明確的界定：

> 是以原書的某些情節、人物爲緣起，進而沿原書脈絡作出種種不同的延伸擴展，從而創作出與原書既相關聯又不相同的小說。這個含義，就是學術界所說的狹義續書。〔註1〕

更詳盡地說，所指的是中、長篇通俗小說的續書，不含短篇文言小說的續書。不僅與原書的人物和情節有著明顯的因果延續關係，而且作者明確提出，是爲了接續前書而創作的。

例如《續西遊記》從《西遊記》第九十八回首「卻說唐僧四眾，上了大路」開始續寫，將《西遊記》自第九十八回至一百回作一番改寫。《西遊補》穿插於《西遊記》第六十一回「孫行者三調芭蕉扇後」及第六十二回「縛魔歸正乃修身」之間，描寫鯖魚精夢迷孫行者，使行者入鯖魚精腹內而不自知，進而產生幻境，歷經「三界六夢」後被虛空主人幻醒，最終打殺鯖魚精，隨後繼續跟唐僧前往西天取經之故事。《後西遊記》續寫唐三藏取經返回唐後，佛經因前次取

〔註1〕李忠昌：《古代小說續書漫話》（瀋陽：遼寧教育出版社，1992年10月），第1版，頁14。

經未能將眞解求取，無法濟世度民，於是唐半偈、小行者、豬一戒、沙致和和龍馬赴西天求取眞解，其主要角色都是《西遊記》人物之後輩。

　　《續西遊記》、《西遊補》、《後西遊記》的人物和情節皆與《西遊記》有明顯的因果延續關係，故三書皆屬《西遊記》之續書。

第二節　《西遊記》及其三本續書作者考

一、《西遊記》

　　《西遊記》的作者為何？至今有不同的說法。明萬歷年間，由唐光祿所購得之《西遊記》書稿，並無作者題署，不知為何人所作？或曰：「出天潢何侯王之國」；或曰：「出八公之徒」；或曰：「出王自製」。〔註2〕而明清兩代的《西遊記》刊本，或署朱鼎臣編輯；或只署華陽洞天主人校，而不署作者姓名；或署丘處機撰。且現存各種明代百回本《西遊記》中，均沒有記載撰著者的姓名，只題「華陽洞天主人校」，而此華陽洞天主人究竟是校刻者？亦或是作者？由於其生平無從考知，故歷年來屢遭質疑。

　　關於《西遊記》作者的問題，明人伍守陽於〈天仙正理・煉己直論〉中云：「丘眞人西遊雲山，而作《西遊記》以明心曰心猿。」〔註3〕以為《西遊記》是丘處機所作。清人對小說作者是否為丘處機卻有不同的見解，蒲松齡表示贊同，而錢大昕、俞樾則否定之。〔註4〕除了有丘處機的說法外，吳玉搢則首先提出為吳承恩所撰，此後，阮葵生、紀昀、陸以恬、丁晏、王韜等多從之。〔註5〕直到二十世紀20年代，根據魯迅及胡適的考證，新出的鉛印本

〔註2〕國立政治大學古典小說研究中心主編：《明清善本小說叢刊初編》第5輯《西遊記》專輯，見《鼎鐫京本全像西遊記》卷首，由秣陵陳元之所撰〈全像西遊記序〉（台北：天一出版社）。

〔註3〕見伍守陽：〈天仙正理・煉己直論〉註解五，載於伍守陽：《天仙正理》（台北：新文豐出版社，1978年2月），頁40。

〔註4〕蒲松齡：《聊齋誌異》卷11（台北：漢京文化，1984年4月），頁1459。錢大昕：〈跋長春眞人《西遊記》〉，見劉蔭柏：《《西遊記》研究資料》，頁679。俞樾：《小浮梅閒話》，見劉蔭柏：《《西遊記》研究資料》，頁689。

〔註5〕吳玉搢：《山陽志遺》卷1；冒廣生：〈射陽先生文存跋〉三，《楚州叢書》第4冊《射陽先生文存》，引自劉蔭柏，《《西遊記》研究資料》，頁8、18。阮葵生：《茶餘客話》；紀昀：《閱微草堂筆記》；丁晏：《石亭記事續編》；陸以恬：《冷廬雜識》，此皆見於劉蔭柏，《《西遊記》研究資料》，頁681、680、681、

《西遊記》才署名吳承恩著。〔註6〕

　　今探究《西遊記》的作者，有從古籍中考察的；有從序跋、版本考究的；亦有從語言現象、吳承恩詩集、宗教思想等方面探討的。雖然成果顯著，然由於材料缺乏，無直接的證據，故至今一直無法得到最終的證實。但自從民初之胡適、董作賓、魯迅、鄭振鐸、趙景深等人認為作者並非是長春真人丘處機，而是江蘇淮安吳承恩。〔註7〕之後，雖有章培恆等人的異議，然學界大體上仍以吳承恩所著為主流。〔註8〕而近年則有沈承慶主張為吳承恩之友人李春芳，然此說後為吳聖昔所反駁。〔註9〕

　　以下將各家對《西遊記》作者不同的主張並論述之，希冀能對《西遊記》的作者有更多的瞭解。

（一）丘處機

　　清初，汪象旭、黃太鴻《西遊證道書》中，一篇托名元人虞集的〈序〉載：「此國初丘長春真君所纂《西遊記》也」，〔註10〕提出《西遊記》為元代道士丘處機所作。除此，書中亦多次提到《西遊記》的作者為丘處機，如七

682。。

〔註6〕陳大康：《明代小說史》（北京：人民文學出版社，2007年4月），頁369。

〔註7〕關於《西遊記》作者綜合論述，參見慕閒：〈近幾年來國內學術界關於百回本《西遊記》作者的爭論〉，《《西遊記》研究》第1輯（1986年10月）。以及蘇興：〈介紹簡評國外及我國台灣學術界對《西遊記》作者問題的論述〉，《東北大學學報》第3期（1986），頁67～79。

〔註8〕章培恆：〈百回本《西遊記》是否吳承恩所作〉，見章培恆：《獻疑集》（長沙：岳麓書社，1993年1月）。據章氏考證，天啟《淮安府志》中，吳承恩名下雖有《西遊記》的著錄，然《淮安府志》中並無明述吳承恩的《西遊記》有幾回幾卷，亦無指明是何性質的著作，故無法斷定此書乃現今百回本的白話小說《西遊記》，因中國文學史上同名著作並不罕見，甚至同時期出現兩種同名著作亦曾有過。又比吳承恩大二十歲的安國就曾寫過名為《西遊記》的紀遊之作，那麼，安知吳承恩的《西遊記》不也是遊記呢？尚且，吳承恩的《西遊記》在清初黃虞稷的《千頃堂書目》中，被著錄在卷八中的史部地理類，倘若《千頃堂書目》的著錄不誤，那麼，吳承恩的《西遊記》乃是一篇遊記，與安國的《西遊記》屬於同一性質，換言之，它確是與小說版《西遊記》同名的另一著作。

〔註9〕沈承慶：《話說吳承恩——《西遊記》作者問題揭秘》（北京：北京圖書館出版社，2000年7月），第1版。吳聖昔：〈《西遊記》作者辯〉，《社會科學報》（2000年10月19日）。

〔註10〕吳承恩著；李卓吾、黃周星評：《西遊記》（上）（山東：山東文藝出版社，1996年2月），第1版，頁1。

十八回前總評言：「窺丘祖之意，豈眞以不肖待無黨哉？」。第一百回前總評言：「無不知丘祖當日何所觸而發此想，何所會而成此書。」自《西遊證道書》此說一出，清代《西遊記》之評本莫不依循，此說法如陳士斌《西遊眞詮》亦認爲丘處機是《西遊記》的作者，尤侗在〈序〉中亦言：「而世傳爲丘長春之作，……然長春之意，引而不發。」且陳士斌在評點中亦屢次稱丘長春爲「仙師」，如第二回「仙師早已明白顯露於此」；第六回「仙師立言之妙如此」；第八回「仙師恐世人愚昧」。加上《西遊記》中運用了許多道教術語與道教色彩濃厚的詩贊，因此時人以爲《西遊記》的作者是元朝初年道士丘處機。

（二）吳承恩

1、清代

（1）吳玉搢

最早提出《西遊記》作者非丘處機而是吳承恩者，是清乾隆江蘇淮安人吳玉搢（1698～1773），他在乾隆十年（1746）修纂《山陽縣志》時，發現明代天啓年間《淮安府志》卷十九《藝文志一‧淮賢文目》中記載：

> 吳承恩《射陽集》四冊□卷，《春秋列傳序》，《西遊記》。〔註11〕

之後，又根據明代《淮安府志》中的記載，認定《西遊記》作者爲吳承恩，其於《山陽志遺》卷四中云：

> 嘉靖中，吳貢生承恩字汝忠，號射陽山人，吳淮才士也。……天啓舊志列先生爲近代文苑之首，云：「性敏而多慧，博極群書，爲詩文下筆立成，復善諧劇，所著雜記幾種，名震一時。」初不知雜記爲何等書，及閱《淮賢文目》載《西遊記》爲先生著。考《西遊記》舊稱爲《證道書》，謂其合於金丹大旨。元虞道園有《序》，稱此書係其國初邱長春眞人所傳。而《郡志》謂出先生手，天啓時去先生未遠，其言必有本。意長春初有此記，至先生乃爲之通俗之演義，如《三國志》本陳壽，而演義則稱羅貫中也。書中多吾鄉方言，其出淮人手無疑也。或云有《後西遊記》，爲射陽先生撰。〔註12〕

〔註11〕方尚祖纂修：《淮安府志》（明代天啓【1621～1627】刊清順治五年【1648】印本）。

〔註12〕吳玉搢：《山陽志遺》卷4，又見朱一玄、劉毓忱：《《西遊記》資料匯編》，頁167～169。其中吳承恩的論述，見明代天啓年間之《淮安府志》卷16《人物志二‧近代文苑》，載於方尚祖纂修：《淮安府志》（明代天啓【1621～1627】

吳玉搢距《西遊記》問世已近二百年，所判斷的依據，唯有明代天啓年間的《淮安府志》。其認爲百回本《西遊記》的作者是其同鄉人吳承恩。

（2）阮葵生

繼吳玉搢之後，阮葵生（1727～1789）於乾隆三十六年（1771）撰《茶餘客話》時，於卷二十一〈吳承恩《西遊記》〉中，亦提出《西遊記》作者是吳承恩的說法：

> 金漳山先生令山陽，修邑志，以吳射陽撰《西遊記》事，欲入志，余謂此事眞僞不値一辨也。按舊志稱：射陽性敏多慧，爲詩文下筆立成。復善諧謔，著雜記數種。惜未注雜記書名，惟《淮賢文目》載射陽撰《西遊記通俗演義》。是書明季始大行，里巷細人皆樂道之，而前此未之有聞。世乃稱爲證道之書，批評穿鑿，謂吻合金丹大旨，前冠以虞道園一序，而尊爲長春眞人秘本。亦作僞可嗤者矣。按明《郡志》謂出自射陽手，射陽去修志時未遠，豈能以世俗通行之元人小說攛列己名？或長春初有此記，射陽因而衍義，極誕幻詭變之觀耳。亦如《左氏》之有《列國志》，《三國》之有《演義》。觀其中方言俚語，皆淮上之鄉音街談，巷弄市井婦孺皆解，而他方人讀之不盡然，是則出淮人之手無疑。〔註13〕

阮葵生判斷的唯一依據仍是天啓《淮安府志》，除了書中的「方言俚語」爲證之外；還指出《西遊記》盛行於明季，其前未曾聞，故主張《西遊記》之作者爲淮安人，可能是吳承恩衍義長春眞人之作而成。

（3）丁晏

丁晏認爲長春眞人丘處機之《西遊記》與吳承恩之《西遊記》是爲二書，其於《石亭記事續編》之〈書《西遊記》後〉中言：

> 《潛研堂集跋西遊記》云：「《長春眞人西遊記》二卷，其弟子李志常所述，於西域道里風俗，頗足資考證，而世鮮傳本，予始於《道藏》抄得之。小說《西遊演義》乃明人所作，蕭山毛大可據《輟耕錄》以爲出丘處機之手，眞郢書燕說矣。」晏案：錢氏謂「明人作」甚是。記中如：祭賽國之錦衣衛，朱紫國之司禮監，滅法國之東城

刊清順治五年【1648】印本）。

〔註13〕阮葵生撰：《茶餘客話》卷21〈吳承恩《西遊記》〉，又見朱一玄、劉毓忱：《《西遊記》資料匯編》，頁170。。

兵司馬，唐太宗之大學士、翰林院、中書科，皆明代官制。丘眞人
乃元初人，安得有此官？其爲明人作無疑也。及考吾郡康熙初舊志
藝文書目，吳承恩下有《西遊記》一種。承恩字汝忠，吾鄉人，明
嘉靖中歲貢生，官長興縣丞。舊志〈文苑傳〉稱：「承恩性慧而多敏，
博極群書，復善諧劇，所著雜劇幾種，名震一時，《西遊記》即其一
也。」今記中多吾鄉方言，足證其爲淮人作。《西遊》雖虞初之流，
然膾炙人口，其推衍五行，頗契道家之旨，故特表而出之，以見吾
鄉之小說家，尚有明金丹奧旨者，豈第秋夫之鍼鬼，彗仙之精算哉？
且使別於眞人之記，各自爲書，錢氏之說，得此證而益明矣。〔註14〕

丁晏檢索了天啓《淮安府志》；並認同錢大昕、紀昀認爲《西遊記》作者是明人
的看法；又以方言爲據，力證《西遊記》的著者爲吳承恩，而與丘處機無關。

（4）陸以湉

清代道光、咸豐年間的陸以湉，在《冷廬雜識》卷四《西遊記》中云：

《西遊記》推衍五行之旨，視他演義書爲勝。相傳出元邱眞人處機
之手，山陽丁儉卿舍人晏據淮安府康熙初舊志藝文書目，謂是其鄉
嘉靖中歲貢生，官長興縣丞吳承恩所作，且謂記中所述大學士、翰
林院、中書科、錦衣衛、兵馬司、司禮監，皆明代官制，又多淮郡
方言，此足以證俗說之訛。〔註15〕

陸以湉引丁晏之說，主張《西遊記》作者爲吳承恩。

（5）俞樾

清代俞樾《小浮梅閑話》參照了錢大昕之說法，認爲《西遊記》之作者
是丘處機的說法實爲妄傳：

問：「世傳《西遊記》是邱眞人作，借以演金丹之旨，信乎？」余曰：
「此妄傳也。按錢大昕《補元史藝文志・地理類》，有《長春眞人西
遊記》二卷，注云：『李志常述邱處機事。』，此別是一書。按《元
史・邱處機傳》：『太祖自奈曼命近臣持詔求之。乃發揚州，經數十
國，爲地萬有餘里。蓋蹀血戰場，避寇叛域，絕糧沙漠，自崑崙歷
四載而始達雪山。常馬行深雪中，馬上舉策試之，未及積雪之半。』

〔註14〕丁晏：《頤志齋叢書》之《石亭紀事》（台北：藝文印書館，年 1971），頁 22
～23，此據清咸豐至同治間山陽丁氏六藝堂刊同治元年彙印本影印。
〔註15〕陸以湉：《冷廬雜識》（北京：中華書局，1984 年 1 月），第 1 版。

　　此丘眞人西遊故事。記中所載，多及西域地理，故入地理類。俗人
　　不知，乃以玄奘事屬之，大非其實矣。」〔註16〕

　　由以上的論述，顯示清代學者探究《西遊記》作者，所根據者或依《淮
安府志》，或依《茶餘客話》，這意味著吳承恩作《西遊記》的依據其實只有
一條。

2、清以後

　　胡適根據清代吳玉搢的《山陽志遺》和丁晏的《石亭記事續編》等書的
考證，認定《西遊記》的作者是淮安嘉靖中歲貢生吳承恩。其所依據的有：
（一）、吳玉搢認爲《西遊記》中多「吾鄉方言」，加上《淮安府志‧人物志》
中載吳承恩的文筆頗佳、性善諧劇的論述，都符合了百回本《西遊記》的風
格特徵。（二）、吳承恩曾創作一部志怪小說《禹鼎志》，在〈序〉中自道：「余
幼年既好奇聞……嘗愛唐人如牛奇章、段柯古輩所著傳記，善模寫物情，每
欲作書對之。」（三）、吳承恩作詩〈二郎搜山圖歌〉，詩中有呼喚二郎神的神
奇英雄，以及救日月之蝕、斬盡邪惡勢力的敘述，這些都增加了吳承恩作爲
《西遊記》作者的可信度。〔註17〕

　　自胡適認定吳承恩爲《西遊記》的作者以後，魯迅《中國小說史略》一
書付梓，亦認同胡適之說，自此，一般學者才認定《西遊記》作者爲吳承恩，
學術界也一直奉爲定論。但在二十世紀80年代，卻發生過激烈的爭論。杜德
橋、章培恒等學者質疑的理由有八點：（一）認爲能證明吳承恩創作《西遊記》
的直接證據是《淮賢文目》中的記載，然《淮安府志》卷十九《藝文志》中
除了書名之外，並無其它有關吳承恩《西遊記》相關的版本與回目的資訊，

〔註16〕轉錄自朱一玄、劉毓忱：《《西遊記》資料匯編》，頁178。
〔註17〕胡適：《《西遊記》考證》，頁378。〈二郎搜山圖歌〉全文爲：「李在惟聞畫山
　　　　水，不謂兼能貌神鬼，意態如生狀奇詭。少年都美清源公，指揮部從揚靈風，
　　　　星飛電馳各奉命，搜羅要使山林空。名鷹攫拏犬騰嚙，大劍長刀盈霜雪。猴
　　　　老雖延欲斷魂，狐娘空灑嬌啼雪。江翻海攪走六丁，紛紛水怪無留蹤。青鋒
　　　　一下斷狂虺，金鎖文纏擒毒龍。神兵獵妖猶獵獸，探穴搗巢無逸寇。平生氣
　　　　焰安在哉？犬牙雖存敢馳驟！我聞古聖開鴻濛，命官絕地天之通，軒轅鑄鏡
　　　　禹鑄鼎，四方名物俱昭融。後來群魔出孔竅，白晝搏人繁聚嘯。終南進士老
　　　　鍾馗，空向宮闈唉虛耗。民災翻出衣冠中，不爲猿鶴爲沙蟲。坐觀宋室用五
　　　　鬼，不見虞廷誅四凶。野夫有懷多感激，無事臨風三嘆息，胸中磨損折邪刀，
　　　　欲起平之恨無刀。救日有矢救月弓，世間豈謂無英雄？誰能爲我致麟鳳，長
　　　　享萬年保合清寧功？」

也沒說明該篇的性質，因此《淮安府志》所舉的《西遊記》未必就是百回本《西遊記》。（二）從傳統目錄學的角度來看，一般府志中不會收錄小說類的作品。（三）在中國文學史上，一般沒有人視雜記與小說爲一體。（四）吳承恩雖善諧謔之文，但並不能充分證明《西遊記》確爲氏著。（五）和百回本刊行有關的諸本子，根本不知此書出自何人？（六）在清初黃虞稷的《千頃堂書目》卷八史部地理類云：「唐鶴征《南遊記》三卷；吳承恩《西遊記》；沈明臣《四明山遊籍》一卷。」《西遊記》書名雖附於吳承恩名後，然《千頃堂書目》卻將《西遊記》編列於史部的輿地類，吳承恩晚年曾遠赴荊王府任職，從其家鄉淮安至湖北荊王府，確爲向西而遊，因此，如果吳承恩《西遊記》實爲遊記之作，而非黃虞稷歸類之誤，那麼，吳承恩《西遊記》和神魔小說《西遊記》極可能是同名異書之著。又其時距萬曆二十年（1592）《西遊記》首次刊行時已有半個多世紀，它已是大家熟悉之書，可是黃虞稷卻將吳承恩《西遊記》明確歸入地理類，足見該書只是一般意義上的遊記。（七）李贄評點過《水滸傳》、《西廂記》和《西遊記》，但他並沒有談到吳承恩是作者。（八）歷史上常有兩種著作同名的現象，比吳承恩大二十歲的安國也寫過《西遊記》，但那是遊記之作，因此並不能斷定吳承恩的《西遊記》就是百回本《西遊記》。〔註18〕

（三）明　人

1、錢大昕

清代乾隆時期的錢大昕，於〈跋長春眞人西遊記〉中指出：

〔註18〕李劍國、陳洪：《中國小說通史——明代卷》（北京：高等教育出版社，2007年6月），第1版，頁1039。陳大康：《古代小説研究及方法》（北京：中華書局，2006年12月），頁45～46。余國藩著、李奭學編譯：《〈紅樓夢〉、〈西遊記〉與其他》，頁251。章培恆：〈百回本《西遊記》是否吳承恩所作〉，《社會科學戰線》第4期（1983）。章培恆：〈再談百回本《西遊記》是否吳承恩所作〉，《復旦大學學報》（社會科學版）第1期（1986）。對於章培恆的議論，許多學者撰文予以反駁，相關《西遊記》小說激戰的情況，可參見吳聖昔：〈《西遊記》作者諸説追踪和述錄〉，《古典文學知識》第6期（2001）。曹炳建：〈回眸《西遊記》作者研究與我見〉，《遼寧師範大學學報》第5期（2002）。黃毅、許建平：〈百年《西遊記》作者研究的回顧與反思〉，《雲南社會科學》第2期（2004）。蘇興：〈也談百回本《西遊記》是否吳承恩所作〉，《社會科學戰線》第1期（1985）。杜德橋是依據日人田中嚴之見，認爲《西遊記》不可能出自吳承恩之手，可參閱田中嚴：〈《西遊記》の作者〉，《斯文》新第8號（1953），頁37。

《長春眞人西遊記》二卷，其弟子李志常所述，于西域道里風俗，
頗足資考證。而世鮮傳本，予始于《道藏》抄得之。村俗小說有《唐
三藏西遊演義》，乃明人所作。蕭山毛大可據《輟耕錄》以爲出丘處
機之手，眞郢書燕説矣。〔註19〕

錢大昕指出丘處機有《長春眞人西遊記》〔註20〕一書，該書與《西遊記》無
涉，而是後來收於《道藏》之中，由丘處機的弟子李志常記述丘師西行經歷
的著作，此與明人所撰寫的小說《西遊記》是名同實異的兩部作品。

2、紀昀

紀昀在《閱微草堂筆記》卷九〈如是我聞三〉中，針對《西遊記》曾言：

吳雲巖家扶乩，其仙亦云丘長春。一客問曰：「《西遊記》果仙師所
作，以演金丹奧旨乎？」批曰：「然」。又問：「仙師書作於元初，其
中祭賽國之錦衣衛，朱紫國之司禮監，滅法國之東城兵馬司，唐太
宗之大學士、翰林院、中書科，皆同明制，何也？」乩忽不動。再
問之，不復答。知已詞窮而遁矣。然則《西遊記》爲明人依托無疑
也。〔註21〕

紀昀看出《西遊記》中的官職名稱同於明制，斷定《西遊記》之作者爲明代
人。

（四）陳元之

陳君謀認爲世本〈序〉之著者陳元之，應爲《西遊記》的作者。〔註22〕

（五）華陽洞天主人

張錦池提出校者華陽洞天主人是《西遊記》的作者。〔註23〕然沈承慶又
指出華陽洞天主人是明代的青詞宰相李春芳。〔註24〕而這些新的見解都因缺
乏直接的證據佐證，故多屬假設，無法證實。

〔註19〕錢大昕：《潛研堂文集》（第2集）卷29（上海：上海商務印書館，1965），頁
288～289。

〔註20〕李志常撰：《長春眞人西遊記》（上海：上海古籍出版社，1989）。

〔註21〕紀曉嵐：《閱微草堂筆記》（台南：第一書店，1985年6月），再版，頁165。

〔註22〕陳君謀：〈百回本《西遊記》作者臆斷〉，《蘇州大學學報》第1期（1990）。

〔註23〕張錦池：《《西遊記》考論》（哈爾濱：黑龍江教育出版社，1997年2月）。

〔註24〕沈承慶：《話說吳承恩——《西遊記》作者問題揭秘》（北京：北京圖書館出
版社，2000年7月）。

（六）明代藩王府中的幕僚或道士

李劍國、陳洪從世本《西遊記》（題爲《新刻出像官板大字西遊記》）的版本探索《西遊記》的作者，認爲有可能是明代藩王府中某位幕僚或道士（八公之徒）。其論證是依據世本《西遊記》卷首陳元之的〈序〉，〈序〉中云：「唐光祿既購是書，奇之，益俾好事者爲之訂校，秩其卷目梓之，凡二十卷數千萬言有餘，而充敘於余……西遊一書不知其何人所爲，或曰出天潢何侯王之國，或曰出八公之徒，或曰出王自制。」從這些資料可推斷：（一）、今所見世本《西遊記》，是根據唐光祿所購得的更早本子（簡稱「前世本」），再請人校訂，其後才由陳元之作〈序〉，重新刊行，即爲「世本」。（二）、「前世本」是一部具有神奇或奇幻色彩的小說。（三）、陳元之〈序〉中，推斷《西遊記》作者可能出自於「侯王之國」或「八公之徒」。（四）、世本題爲「新刻」、「官版」的線索。這些似乎都暗示著文人小說《西遊記》可能出自於明代某個藩王府，而作者是王府中某位幕僚或道士（八公之徒）。李劍國、陳洪更論斷，在明初平話本《西遊記》出現以後，又出現了一本具有丹道心性性質的《西遊記》本，其後才有世本系統的百回本《西遊記》。〔註25〕

對此，黃永年、黃霖亦從《西遊記》的版本去探尋，認爲明代嘉靖、萬曆人周弘祖的《古今書刻》中曾記載一本「魯府」《西遊記》，雖然該書已佚，然正與陳元之〈序〉中，載《西遊記》是出自「天潢何侯王之國」的說法相印證，若以此假說，那麼魯府本《西遊記》極可能是今百回本《西遊記》之祖本。〔註26〕

（七）熟悉吳方言的文人

章培恆比較《永樂大典》與明百回本《西遊記》中「夢斬涇河龍」一段，發現原永樂本的語言屬蘇北方言，而經文人改編的百回本增加了吳方言，故改編者應是熟悉吳方言的文人。而吳承恩是淮安人，如果百回本是吳承恩所著，那編改的部分應用蘇北方言寫作，故令人質疑。〔註27〕

〔註25〕李劍國、陳洪：《中國小說通史——明代卷》，頁1040～1041。

〔註26〕黃永年、黃壽成點校：〈論《西遊記》的成書經過和版本源流〉，見《西遊記》的前言（北京：中華書局，1993年10月），第1版。黃霖：〈關於《西遊記》的作者和主要精神〉，《復旦大學學報》第2期（1998）。李劍國、陳洪：《中國小說通史——明代卷》，1041。

〔註27〕章培恆：〈百回本《西遊記》是否吳承恩所作〉，《社會科學戰線》第4期（1983）。李劍國、陳洪則持反對的主張，參見《中國小說通史——明代卷》，頁1039

二、《續西遊記》

　　《續西遊記》是《西遊記》較早出現的續作，然關於《續西遊記》的作者始終是個謎，至今有三種不同的說法，即蘭茂、季跪、不詳。

　　以下將依此三說分別述之。

（一）蘭　茂

　　清代袁文典纂輯《滇南詩略》卷二，於《蘭茂傳》之「蘭茂」條上的眉批曰：

> 蘭茂，字廷秀，號止庵，石羊人。

> 　按：止庵著作刊本尚有《韻略易通》一種，而世無知之者……惟傳
> 　　　其《續西遊記》、《聲律發蒙》二種。……《續西遊記》所言，
> 　　　乃佛氏要旨，而取世所謂邱翁《西遊記》取經之事，續其東還
> 　　　所歷，與梅子和《後西遊記》別是一種，然皆以文詞通俗而傳。
> 　　　〔註28〕

袁文典《滇南詩略》中記載蘭茂作《續西遊記》。

（二）季　跪

　　清代毛奇齡（1623～1716）《西河文集》卷五十八之〈季跪小品制文引〉曰：

> 韓愈為《毛穎傳》，人皆笑之，……文之有大小，亦猶心之有敏鈍也。
> 季跪為大文，久已行世，而間亦降為小品。嘗見其座中談義鋒發，
> 齊諧多變，私嘆為莊生、淳于滑稽之雄。及進而窺其所著，則一往
> 謔齮，至今讀《西遊續記》，猶舌撟然不下也。技之小者，非大將勿
> 任；文之小者，非巨才勿精。向使季跪所作，非四子書題，為時所
> 習，亦但若向之所為《續西遊》者，則安知世無見《毛穎》而笑者
> 矣。〔註29〕

據文中所言，季跪當時似已享有盛名，且就時代來看，《續西遊記》應為明末的作品。

　　後世主張《續西遊記》之作者為季跪者，有孫楷第、樓含松、鍾夫、徐

　　　　～1040。
〔註28〕《明滇南詩畧》卷1「蘭茂」，葉1～2。今收入於《叢書集成續編》（上海：
　　　　上海書店，1994年6月），見其中《滇南詩畧》卷2，葉1～2，頁75。
〔註29〕原載於毛奇齡：《西河文集》（三），收於王雲五主編：《萬有文庫第二集七百
　　　　種》（上海：商務印書館，1937年12月），初版，頁646～647。

志平等。〔註30〕其中鍾夫認爲：（一）、毛奇齡（1623～1716）爲明末清初人，從〈季跪小品制文引〉一文來看，他嘗在座中見過其人，正是明末人無疑。（二）、引文中所云季跪性格及著書情形，也與此書完全相符。（三）、從《滇南詩略》卷二《蘭茂傳》的眉批中來看，蘭茂生活年代在吳承恩（1500～1582）之前，當不可能有《西遊記》續書的創作。故鍾夫認爲《續西遊記》的作者應當是季跪。〔註31〕

然而持反對意見者，如劉蔭柏，其認爲：（一）、從〈季跪小品制文引〉中所述的人物及作品分析後，發現並不與通俗小說作者和書目有所關聯，故季跪所撰之《續西遊記》，即毛奇齡所稱讚的那種具詼諧、諷刺等寓言特性的「小品」，絕非目前所見的小說《續西遊記》。（二）、在吳承恩《西遊記》之前，已有元人《西遊記》平話存在，故《續西遊記》所「續」之書，不但可指爲是吳承恩的小說，亦可指爲是元人的平話。（三）、在內容情節上，《續西遊記》不似《後西遊記》般模擬《西遊記》。（四）、在結構筆法上，又「近似於平話，不像《西遊記》小說風行以後的作品，它產生的年代較早是可信的。」是故，劉蔭柏推測《續西遊記》可能是產生於吳承恩小說之前的作品，而它所續者，乃元人的《西遊記》平話。〔註32〕同樣的，齊裕焜亦認爲《續西遊記》是續古本《西遊記》，而非吳本《西遊記》。〔註33〕

（三）不　詳

主張《續西遊記》之作者無法斷定，未述名者如下。

1、明人撰

主張撰人姓名不詳或失考者，可參見李悔吾《中國小說史漫稿》。韓秋白、顧青《中國小說史》。何錫章《幻象世界中的文化與人生——『西遊記』》。〔註34〕

〔註30〕孫楷第：《中國通俗小說書目》（北京：人民文學出版社，1982年12月），頁194。參見古本小說集成編委會：《古本小說集成》（上海：上海古籍出版社），1992年之樓含松：〈前言〉。季跪撰；鍾夫、世平標點：《續西遊記》，鍾夫〈前言〉，頁2。吳宏一主編；徐志平、黃錦珠著：《明清小說》之《明代卷》，頁95。

〔註31〕季跪撰；鍾夫、世平標點：《續西遊記》中鍾夫〈前言〉，頁2。

〔註32〕劉蔭柏：《《西遊記》發微》（台北：文津出版社，1995年9月），頁230～234。

〔註33〕齊裕焜：《明代小說史》（杭州：浙江古籍出版社，1997年6月），頁266。

〔註34〕李悔吾：《中國小說史漫稿》，頁476。韓秋白、顧青：《中國小說史》，頁200。何錫章：《幻象世界中的文化與人生——『西遊記』》，頁215。

2、不題撰人

參見羅德榮《續西遊記》題要。朱一玄《續西遊記》辭條。歐陽健《中國神怪小說通史》。〔註35〕

3、明末無名氏

參見黃清泉〈神話世界與《西遊記》〉。〔註36〕

4、迄無定論

參見齊裕焜《明代小說史》。〔註37〕

三《西遊補》

關於《西遊補》的作者有兩種不同的說法，或持董說之父董斯張，或持董說，然一般皆主張董說爲《西遊補》之作者。

（一）董斯張

董斯張，原名嗣暲，一名廣曙，字然明，號遐周，廩貢生，多病，獨行孤嘯，自號瘦居士，於生計最拙，獨耽於書，手錄不下百帙，泛覽百家，旁通釋道，生平契厚皆海內名士，商榷著述，結社聯吟，力扶詩教，留心吳興掌故，伏牀喀血，猶兀兀點筆，年四十三，崇禎元年（1628）卒，著《靜嘯齋存草》十二卷、《靜嘯齋遺文》四卷、《吳興藝文補》七十卷等。〔註38〕

《西遊補》題「靜嘯齋主人著」，而「靜嘯齋」爲董說之父董斯張之書齋名，故有人以爲《西遊補》之作者爲董斯張。如高洪鈞和傅承洲就主張《西遊補》之作者爲董說之父董斯張，因《西遊補》的早期刊本署「靜嘯齋主人」，而這是董斯張的別號，不可能子同父號，故認爲《西遊補》是董斯張之作。〔註39〕

〔註35〕江蘇省社會科學院明清小說研究中心文學研究所編：《中國通俗小說總目提要》（北京：中國文聯出版公司，1990年2月）中之羅德榮《續西遊記》題要，頁288。劉葉秋、朱一玄、張守謙、姜東賦主編：《中國古典小說大辭典》（石家莊：河北人民出版社，1998年7月），參見朱一玄：《續西遊記》辭條，頁697。歐陽健：《中國神怪小說通史》（南京：江蘇教育出版社，1997年8月），頁456。

〔註36〕黃清泉、蔣松源、譚邦和：《明清小說的藝術世界》，頁103。

〔註37〕齊裕焜：《明代小說史》，頁266。

〔註38〕傅世怡：《《西遊補》初探》，頁17。

〔註39〕參高洪鈞：〈《西遊補》作者是誰？〉，《天津師大學報》總第63期（1985年12月20日），頁81～84。高洪鈞：〈《西遊補》作者是誰之再辯──答馮保善同志〉，《明清小說研究》總第11輯第1期（1989年4月30日），頁238～245。

（二）董　說

傅世怡對於《西遊補》之作者為董斯張之說法曾提出疑議，認為董斯張於董說九歲時即卒，董說後來繼承此書齋，並字號為「靜嘯齋主人」，此乃當然耳。而董說，字若雨，號西庵，自稱鷦鴣生，斯張子，明泰昌元年庚申（1620）生於浙江烏程之南潯鎮，父早卒，恃慈母扶育成人，幼時，常隨父遊佛寺，謁名僧，皈依於開元寺聞谷大師，賜名智齡。年二十應考落第，憤慨不平。年二十一作《西遊補》，是年（庚辰，1640）冬，拜於太倉復社領袖張溥門下，因而著名復社。順治元年甲申（1644）清兵入關，遭逢國變，改姓林，名蹇。順治四年（1647），年二十八歲，投身反清大業，已有出家念頭。順治八年（1651），董說三十二歲，皈依南嶽繼起大師，改名玄潛，字俟庵，屏跡豐草庵。順治十三年（1656）丙申秋，董說三十七歲，於蘇州靈岩寺削髮出家，更名南潛，字月涵，一作月嚴，又字寶雲，號補樵，一號楓庵、楓巢、漏霜，又名本以，亦名高暉生、靜嘯齋主人、夢史、夢鄉太史、潛居漏霜、鈍榜狀元、鈍榜狀元政合璧夢鄉太史、蕭蕭林下風、月涵船師、水晶宮道人等，又曰「余無名」，又自稱處士梅花道人、雨道人、夢道人。康熙二十三年甲子（1684），母亡。康熙二十五年丙寅（1686），說六十七歲，示寂於吳之夕香庵。董說著述極多，今只存《西遊補》、《董若雨詩文集》，及多部雜著傳世。〔註40〕

劉復於〈西遊補作者董若雨傳〉中搜尋許多詳盡的資料，因董若雨的事蹟不見於明清正史，因此其生平僅能從方志和其詩文集中搜羅。劉復依據董若雨〈漫興〉詩考究，得其年二十一作《西遊補》，時崇禎十三年（1640）。今從董說《豐草庵詩集》中於庚寅年，即明永曆四年（1650）所作的〈漫興〉十首中第三首，詩云：「西遊曾補虞初筆，萬鏡樓空落第歸。」董說注：「余十年前曾補西遊，有萬靜樓一則。」庚寅年，時董說三十一歲，由上推十年，可知董說於二十一歲時作《西遊補》。故劉復認定《西遊補》之作者為董若雨。〔註41〕

傅承洲：〈《西遊補》作者董斯張考〉：《文學遺產》第 3 期（1989 年 6 月 7 日），頁 120～122。

〔註40〕關於董說生平、妻孥、師友及門弟子、個性、著作，參見傅世怡：《《西遊補》初探》，頁 22～75。

〔註41〕劉復：〈《西遊補》作者董若雨傳〉，載於董說：《西遊補》附錄（台北：河洛書局，1978）。傅世怡：《《西遊補》初探》，頁 6。

　　徐扶明繼劉復後亦作〈關於西遊補作者董說的生平〉，亦主張《西遊補》之作者爲董若雨，並依劉復之文補罅缺漏。〔註42〕

　　傳世怡則據董說〈漫興〉詩所云：「西遊曾補虞初筆，萬鏡樓空落第歸。」註：「余十年前曾補西遊，有萬鏡樓一則。」確定《西遊補》作者爲董說。其又認爲，明崇禎刊本《西遊補》，題靜嘯齋主人著，「靜嘯齋」乃董說之父董斯張的著書處，董斯張卒於董說九歲時，董說爾後，遂自稱爲「靜嘯齋主人」。〔註43〕故其又名「靜嘯齋主人」。

四《後西遊記》

　　關於《後西遊記》的作者，一般有四種說法，即吳承恩、梅子和、天花才子與不詳四種。

（一）吳承恩

　　清代吳玉搢《山陽志遺》卷四中云：「嘉靖中，吳貢生承恩字汝忠，號射陽山人，吳淮才士也。……天啓舊《志》列先生爲近代文苑之首，……所著雜記幾種，名震一時。初不知雜記爲何等書，及閱《淮賢文目》，載《西遊記》爲先生著。……或云有《後西遊記》，爲射陽先生撰。」〔註44〕此處載《後西遊記》爲射陽吳淮才士吳承恩所著。

　　魯迅、蘇興、吳達芸等人則駁斥《後西遊記》爲吳承恩所作的說法。魯迅從吳承恩的詩文風格駁斥之。〔註45〕蘇興則認爲《西遊記》中的淮安方言並未在《後西遊記》中出現，而《後西遊記》中卻有許多吳語方言。〔註46〕吳達芸從四方面否定之，包括：（一）、吳玉搢「或云」是不確定的語氣。（二）、《西遊記》與《後西遊記》的語言風格大爲迥異。（三）、《後西遊記》中並無有關《西遊記》續作後記的蛛絲馬跡。（四）、從劉廷璣《在園雜志》中所述：

〔註42〕徐扶明：〈關於《西遊補》作者董說的生平〉，《文化遺產增刊》第3期。見傅世怡：《《西遊補》初探》，頁11。

〔註43〕董說作〈漫興〉詩十首，其第三首云：「西遊曾補虞初筆，萬鏡樓空落第歸。」其下自註曰：「余十年前曾補西遊，有萬鏡樓一則。」見董說：《董若雨詩文集二十七卷》，收於《叢書集成續編》（上海：上海書店，1994年6月），頁190，其詩乃據吳興劉氏嘉興堂刊本影印。傅世怡：《《西遊補》初探》，頁13。

〔註44〕吳玉搢：《山陽志遺》卷4，又見朱一玄、劉毓忱：《西遊記》資料匯編，頁167～169。

〔註45〕魯迅：《中國小說史略》，頁149。

〔註46〕蘇興：《《西遊記》及明清小說研究——試論《後西遊記》》，頁117～120。

「近來詞客稗官家，每見前人有書盛行於世，即襲其名，著爲後書副之，取其易行，竟成習套」來看，續書多他人所爲，自撰續書尙無其人，故吳達芸認爲《後西遊記》的作者應非吳承恩。〔註47〕由此來看，《後西遊記》之作者應非爲吳承恩。

（二）梅子和

清代袁文典《滇南詩略》卷二《蘭茂傳》之「蘭茂」條的眉批曰：「《續西遊記》所言，乃佛氏要旨，而取世所謂丘翁《西遊記》取經之事，續其東還所歷，與梅子和《後西遊記》別是一種，然皆以文詞通俗而傳。」〔註48〕認爲《後西遊記》的作者爲梅子和。

張穎與陳速主張梅子和有可能是《後西遊記》的作者。因爲明代《滇南詩略》內題「大清嘉慶己未鐫」，可知此書成於嘉慶己未（四年，1799），而《後西遊記》有清乾隆癸丑（五十八年，1793）金閶書業堂刊本，與此所載僅相差六年，故此說仍然值得注意。〔註49〕

（三）天花才子

李保均於《明清小說比較研究》中，述《後西遊記》爲清人撰，題「天花才子評點」，但對天花才子的姓名及生平皆不詳。〔註50〕

黃潤華曾概述清時的滿文翻譯漢文小說，亦言《後西遊記》的作者爲天花才子，云：

> 《後西遊記》四十回，題天花才子著，滿文，抄本，每半頁（葉）
>
> 六行，二十冊。〔註51〕

然天花才子是何人？至今仍無確解。

（四）不　詳

主張《後西遊記》之作者仍無法斷定，以其他方式代之者如下。

〔註47〕吳達芸：《《後西遊記》研究》，頁2～3。
〔註48〕《明滇南詩畧》卷1「蘭茂」，葉1～2。今收入於《叢書集成續編》（上海：上海書店，1994年6月），見其中《滇南詩畧》卷2，葉1～2，頁75。
〔註49〕張穎、陳速：〈《後西遊記》版本考述〉，收於春風文藝出版社編：《明清小說論叢》（第4輯）（瀋陽：春風文藝出版社，1986年6月），頁238～239。
〔註50〕李保均：《明清小說比較研究》（成都：四川大學出版社，1996年10月），頁176。
〔註51〕黃潤華：〈滿文翻譯小說述略〉，載於《文獻》第16輯（北京：北京書目文獻出版社，1983年6月），頁22。

1、無名氏撰

孫楷第《中國通俗小說書目》。〔註52〕黃清泉、蔣松源、譚邦和《明清小說的藝術世界》。〔註53〕魏鑒勛《名著迭出——清代小說芻議》。〔註54〕何錫章《幻象世界中的文化與人生——『西遊記』》。〔註55〕王增斌、田同旭亦認爲目前學術界提及《後西遊記》時，咸稱作者爲「無名氏」。〔註56〕

2、不題撰人或不知撰人

寶文堂書店出版社《後西遊記》。〔註57〕《古本小說集成》本《後西遊記》。〔註58〕《中國通俗小說總目提要》等皆以此名之。〔註59〕

3、作者未詳或撰人不詳

春風文藝出版社《後西遊記》。〔註60〕齊裕焜《中國古代小說演變史》。〔註61〕李悔吾《中國小說史漫稿》。〔註62〕韓秋白、顧青《中國小說史》。〔註63〕林辰《神怪小說史》。〔註64〕李保鈞《明代小說比較研究》等皆以此名之。〔註65〕

從以上資料來看，學界對《西遊記》、《續西遊記》、《西遊補》、《後西遊記》之作者認定說法各異。近百年來，對於《西遊記》作者的研究成果極爲

〔註52〕孫楷第：《中國通俗小說書目》，頁193，記載明代無名氏作、徐元校點：《後西遊記》。

〔註53〕黃清泉、蔣松源、譚邦和：《明清小說的藝術世界》，頁103。

〔註54〕魏鑒勛：《名著迭出——清代小說芻議》（瀋陽：遼寧人民出版社，1997年8月），頁157。

〔註55〕何錫章：《幻象世界中的文化與人生——『西遊記』》，頁217。

〔註56〕王增斌、田同旭：《中國古代小說通論綜解》（上）（北京：中國文聯出版公司，1999年12月），頁425。

〔註57〕未題撰人、固亮校點：《後西遊記》（北京：寶文堂書店，1989年11月）。

〔註58〕古本小說集成編委會編：《古本小說集成》本《後西遊記》（上），見樓含松之〈前言〉，頁1。

〔註59〕江蘇省社會科學院明清小說研究中心文學研究所編：《中國通俗小說總目提要》中，見陳美林：《《後西遊記》提要，頁407。

〔註60〕作者未詳，《後西遊記》（瀋陽：春風文藝出版社，1982年2月），見其中〈本書出版說明〉，其中載作者未詳。

〔註61〕齊裕焜：《中國古代小說演變史》（蘭州：敦煌文藝出版社，2002），頁296。

〔註62〕李悔吾：《中國小說史漫稿》，頁470。

〔註63〕韓秋白、顧青：《中國小說史》，頁201。

〔註64〕林辰：《神怪小說史》，頁388。

〔註65〕李保鈞編：《明清小說比較研究》（成都：四川大學出版社，1996年10月），見其中第四章，劉立雲：〈明清神魔小說比較研究〉，頁176。

顯著，然因資料有限，故眾說紛紜，無法得到正確詳實的解答，但不管如何，就現有的資料來看，學界對於《西遊記》之作者大多認為是吳承恩，筆者亦偏向此說法，其理由在於：(一) 元代與丘處機關係密切的《長春眞人西遊記》二卷並非小說，而是丘處機之弟子李志常記載長春眞人西行之遊記，故與今本《西遊記》之內容完全不同。(二) 康熙《淮安府志》卷十一《文苑傳》及卷十二《藝文志》，與天啓《淮安府志》卷十九《藝文志一》都記吳承恩作《西遊記》，故有文獻記載。(三) 今本《西遊記》中多淮郡方言與明朝官制，和吳承恩所處時代及地域有許多雷同之處。以現今的資料來看，從文獻記載、小說文本、時代地域等線索來考證《西遊記》之作者，應是最具說服力的證據，若欲推翻作者是吳承恩的說法，只能期待未來能有更新的資料出土，以作為印證的依據。

　　《續西遊記》之作者應非蘭茂所作，因蘭茂的生卒年，據明代周季鳳所編的《雲南志》卷二十一云：

　　　　蘭茂，字廷秀，楊林千戶所籍，河南洛陽人。……年七十四而卒。
　　　　〔註66〕

又清代李坤輯的《滇詩拾遺補》卷一記：

　　　　蘭茂，字廷秀，號止庵，別號和光道人，嵩明州楊林人。……洪武
　　　　三十年丁丑（1397）生，成化十二年丙申（1476）卒，年八十，崇
　　　　祀嵩明州鄉賢祠。〔註67〕

倘若《西遊記》之作者眞是吳承恩，那麼從內容來看，《續西遊記》又屬《西遊記》的續書，如果《續西遊記》為蘭茂所作，則蘭茂理當比吳承恩晚，但其卒年卻比吳承恩的生年早許多，故令人質疑。〔註68〕故有學者亦持反對的

〔註66〕周季鳳編；《雲南志》(卷21)，「蘭茂」傳見於葉16。今收入於《天一閣藏明代方志選刊續編》(上海：上海書店，1990年12月)，頁859～860。

〔註67〕李坤輯：《滇詩拾遺補》(共4卷，線裝)，見卷1中「蘭茂」，葉2。今收於《雲南叢書》(初編)(雲南叢書處刊本，1914)，集部85。

〔註68〕關於吳承恩的生卒年，有幾種不同說法。一、胡適起初認為吳承恩生卒為正德末年至萬曆初(1520～1580)，見胡適：〈西遊記考證〉，收於《胡適作品集》(10)/《胡適文存》(第2集第4卷)(台北：遠流出版公司，1994年1月1日)，頁64；二改為弘治、正德年間至萬曆初(1505～1580)，見於此文〈後記二〉，頁84；三改生年為十五世紀末或十六世紀初(1500年左右)，見〈讀吳承恩《射陽文存》——吳進輯，冒廣生刻，「楚州叢書」本〉一文，本載於《中國古典小說研究》，收於《胡適作品集》(13)/《胡適文存》(第3集第5、6卷)，頁233～235；四改卒年為萬曆十年(1582)，見〈讀吳承恩《射陽文

意見，如徐扶明認爲蘭茂（原文誤爲茂蘭），卒年爲明代成化十二年（1476），早吳承恩生年（明代弘治十七年，即 1504）二十八年，故其非《續西遊記》的作者。〔註69〕然以目前的資料來看，季詭的生平資料又付之闕如，無法得知《西遊續記》與《續西遊記》是否爲同一本書。〔註70〕故季詭是否爲《西遊續記》的作者，仍無法斷定。

　　至於《西遊補》，因劉復、傅世怡皆認爲作者爲董說，故目前一般認定《西遊補》的作者爲董說，而這樣的說法應是正確的，因董說於庚寅年（1650）作〈漫興〉十首時，其第三首詩云：「西遊曾補虞初筆，萬鏡樓空落第歸。」自注曰：「余十年前曾補西遊，有萬靜樓一則。」於此，作者集成書年代皆信而有據，庚寅年，時董說三十一歲，由上推十年，可知董說於二十一歲時作《西遊補》。其他學者，李保鈞亦主張《西遊補》題「靜嘯齋主人著」，爲董說所撰。〔註71〕

存》——吳進輯，冒廣生刻，「楚州叢書」本）一文的〈後記〉，頁235，是故，胡適最後的結論是吳承恩的生年爲1500年（明孝宗弘治十三年），卒年爲1582年（明神宗萬曆十年），持此說者，尚有鄭明娳：《《西遊記》探源》（上冊）（台北：文開出版事業公司，1982年9月），頁153；胡光舟：《吳承恩與《西遊記》》（台北：木鐸出版社，1983年9月），頁6；吳宏一主編，徐志平、黃錦珠著：《明清小說》（台北：黎明文化事業公司，1997年4月），頁393。二、蘇興主張吳承恩的生年爲1504年（明弘治十七年甲子），卒年爲1582年（萬曆十年壬午），見蘇興：《吳承恩年譜》（北京：人民文學出版社，1980年12月），頁1、99，持此說者，還有李時人，參見李時人所著的《《西遊記》論略》，收於《《西遊記》考論》（杭州：浙江古籍出版社，1991年3月），頁8。三、夏志清主張吳承恩的生年爲1506年（明正德元年），卒年爲1582年，見夏志清著、何欣譯：《《西遊記》研究》，《現代文學》第45期（1971年12月），頁77～122之78，持此說者，亦有徐朔方，見〈中國古代早期長篇小說的綜合考察〉，收於《小說考信編》（上海：上海古籍出版社，1997年10月），頁368。四、魯迅認爲吳承恩的生年是1510年（明正德五年），卒年爲1580年（明萬曆初），見魯迅：《中國小說史略》（釋評本），頁136。

〔註69〕徐扶明：〈關於《後西遊記》〉，頁2。參見無名氏著、徐元校點：《後西遊記》（浙江：浙江文藝出版社，1985年12月）。

〔註70〕見張廷玉等撰：《明史》（台北：鼎文書局，1975年6月）。清史稿校著編纂小組：《清史稿校著》（台北縣：台北縣國史館，1986年2月～1991年6月）。周駿富輯：《明代傳記叢刊》（台北：明文書局，1991年1月～1991年10月）。周駿富輯：《清代傳記叢刊》（台北：明文書局，1985年5月10日～1986年1月10日）。

〔註71〕李保均：《明清小說比較研究》（成都：四川大學出版社，1996年10月），頁176。

　　《後西遊記》之作者，則因證據資料闕如，又不知天花才子眞實的姓名及生平，故難以斷定該書之作者。

第三節　《西遊記》及其三本續書版本考

一、《西遊記》

　　《西遊記》自明萬曆年間由金陵世德堂刊行之後，明清刊本除了朱鼎臣改編十卷本，以及楊致和改編四卷本刪削過甚，與吳著原貌窘異之外，其餘均無甚出入。

　　關於《西遊記》的版本考，早先有孫楷第、鄭振鐸等人對朱鼎臣本（簡稱「朱本」）的考證。後有杜德橋對《西遊記》百回本及祖本的商榷。磯部彰對元本《西遊記》的考究。柳存仁、余國藩、趙聰、鄭明娳等人對世德堂本（簡稱「世本」）、朱鼎臣本、楊致和本（簡稱「楊本」）、祖本等先後關係的論述。以及徐朔方、程毅中、程有慶、吳聖昔、蘇興等人比對《大唐三藏取經詩話》、《永樂大典》、世本、李贄評本之回目夾批，從中提出己見。爾後，陸續又有關於《西遊記》評本和版本的討論，如：河南圖書館所發現的李卓吾評本《西遊記》；太田辰夫考證《西遊證道書》；古籀文《西遊記》的發現等。近年，則有侯會從小說情節的重疊與矛盾，指出今日所見之世本，疑為是「刪唐僧傳補烏雞國」之「世補本」，為《西遊記》的版本研究另闢蹊徑。〔註72〕

　　茲將歷來《西遊記》之刊本詳列於下。

（一）明刊本

1、明萬曆世德堂刊本《新刻出像官板大字西遊記》（1592）

　　現存少見署有刊刻時間且年代最早的刊本，是明萬曆二十年（1592）金陵唐氏世德堂刊本《新刻出像官板大字西遊記》（圊題金陵榮壽堂），後世稱「金陵世德堂刊本」。扉頁題《新刻官板全像西遊記》，「金陵唐氏世德堂校梓」。卷首有署名「秫陵陳元之撰」的〈刊西遊記序〉，序末題「壬辰夏端四日也」（壬辰即萬曆二十年，此序為世本初刊的序文，其後華陽洞天主人校本

〔註72〕侯會：〈從烏雞國的增插看《西遊記》早期刊本的演變〉，《文學遺產》第 4 期（1996），頁 67～77。

皆錄有此序）。共二十卷，一百回，二十冊，簡稱「世本」。無署作者名，僅題「華陽洞天主人校」。以「月到天心處，風來水面時，一般清意味，料得少人知」爲目，每卷五回，如卷一題「新刻出像官板大字西遊記月字卷之一」，以下類推。字寫科，極端正，半葉十二行，行二十四字。圖嵌正文中，插圖散見全書，左右各半葉爲一幅，每回兩幅，全書凡 197 幅。每卷第二、三行題「華陽洞天主人校」、「金陵世德堂梓行」。卷九、十、十九、二十之第三行中鐫「金陵榮壽堂梓行」，卷十六第三行刻有「書林熊雲濱重鋟」，知此書不全爲世德堂所梓刻，唯版面一致。又第十四、四十三、四十四、六十五、八十七等回有殘缺。今藏北京圖書館、日本日光晃山慈眼堂。〔註73〕

2、明萬曆閩書林楊閩齋刊本《鼎鐫京本全像西遊記》（1603）

明萬曆三十一年（1603）由閩書林楊閩齋刊行的《鼎鐫京本全像西遊記》，後世稱「書林楊閩齋刊本」，共二十卷，一百回，爲繁本。卷首有秣陵陳元撰之〈全像西遊記序〉，序後題「癸卯夏念一日」，題「華陽洞天主人校」，封面題「書林楊閩齋梓行」，爲楊閩齋本，簡稱「楊本」。序後爲目錄、正文。正文上圖下文，半葉十五行，行二十七字，最後一葉爲一幅整葉圖像，有文「四眾皈依正果」。今藏日本內閣文庫。〔註74〕

3、明《唐僧西遊記》

明萬曆年間刊本《唐僧西遊記》，簡稱「唐僧本」。二十卷，一百回。題「華陽洞天主人校」。卷首有秣陵陳元之〈刊西遊記序〉，爲繁本。正文每卷

〔註73〕原書內容可見古本小說集成編委會編，《古本小說集成》本《西遊記》（世德堂本）；以及國立政治大學古典小說研究中心主編，《明清善本小說叢刊初編》第 5 輯，西遊記專輯之《新刻出像官板大字西遊記》（台北：天一出版社，1985年 5 月）。文字敘述參見孫楷第：《中國通俗小說書目》卷 5《明清小說部乙》之〈靈怪第二〉，參見朱一玄、劉毓忱編：《《西遊記》資料匯編》，頁 185。關於世德堂本《西遊記》的殘缺問題，可參閱吳聖昔：〈《西遊記》世本三題〉之〈世本的殘缺問題及其影響〉，《古籍整理研究學刊》第 5 期（1995 年 10月 25 日），頁 18～19。其他相關論術可參閱孫楷第：《日本東京所見中國小說書目》（台北：鳳凰出版社，1974），頁 72～78。李劍國、陳洪：《中國小說通史——明代卷》，頁 1034。袁行霈：《中國文學史》，頁 606。

〔註74〕原書內容可見國立政治大學古典小說研究中心主編：《明清善本小說叢刊初編》之第 5 輯《《西遊記》專輯》中的《鼎鐫京本全像西遊記》（台北：天一出版社）。孫楷第：《日本東京所見中國小說書目》（台北：鳳凰出版社，1974），頁 72～78。孫楷第：《中國通俗小說書目》卷 5《明清小說部乙》之〈靈怪第二〉，參見朱一玄、劉毓忱編：《《西遊記》資料匯編》，頁 185。

首均題《唐僧西遊記》，未題刊刻書坊名。扁字。半葉十二行，行二十四字。今藏日本帝國圖書館。〔註75〕

4、明萬曆朱鼎臣刊本《鼎鐫全像唐三藏西遊釋厄傳》

明萬曆間書林劉蓮台刊本《鼎鐫全像唐三藏西遊釋厄傳》，題署「羊城沖懷朱鼎臣編輯」，「書林蓮台劉承茂繡梓」，簡稱「朱本」。全書分甲、乙、丙、丁……十集，共十卷，篇幅約百回本的四分之一，似爲簡本。上圖下文。正文半葉十行，行十七字，第一回第一行記「鼎鍥全相唐三藏西遊傳卷之一甲集」，其他回爲卷之二乙集、卷之三丙集等依次類推。除回目篇幅與世本、楊本不同外，還多出唐僧出身傳一節。孫楷第從朱鼎臣生平考定爲萬曆刊本。今藏北京圖書館、日本日光晃山慈眼堂。〔註76〕

5、明李卓吾評本《李卓吾先生批評西遊記》

明代刊本《李卓吾先生批評西遊記》，簡稱「李評本」。一百回，不分卷。繁本，大字本。記刻工曰「劉君裕」。半葉十行，行二十二字。卷首有袁韞玉序，題辭後署「幔亭過客」，中間有許多評語。後依次爲凡例、目錄、正文。〔註77〕孫楷第從插圖所署刻工名，判斷爲泰昌天啓年間刻。似爲蘇州刻本。今藏日本內閣文庫、廣島淺野圖書館。〔註78〕

〔註75〕原書內容可見國立政治大學古典小説研究中心主編：《明清善本小説叢刊初編》之第 5 輯《西遊記》專輯》中的《唐僧西遊記》（台北：天一出版社）。其他論述參見孫楷第：《日本東京所見中國小説書目》（台北：鳳凰出版社，1974），頁 72～78。孫楷第：《中國通俗小説書目》卷 5《明清小説部乙》之〈靈怪第二〉，參見朱一玄、劉毓忱編：《《西遊記》資料匯編》，頁 185。李劍國、陳洪：《中國小説通史——明代卷》，頁 1035。

〔註76〕原書內容可見國立政治大學古典小説研究中心主編：《明清善本小説叢刊初編》之第 5 輯《西遊記》專輯》中的《鼎鐫全像唐三藏西遊釋厄傳》（台北：天一出版社）。孫楷第：《中國通俗小説書目》卷 5《明清小説部乙》之〈靈怪第二〉，參見朱一玄、劉毓忱編：《《西遊記》資料匯編》，頁 186。相關論述可參見李劍國、陳洪：《中國小説通史——明代卷》，頁 1035。袁行霈：《中國文學史》，頁 623。

〔註77〕原書內容可見國立政治大學古典小説研究中心主編：《明清善本小説叢刊初編》之第 5 輯《西遊記》專輯》中的《李卓吾先生批評西遊記》（台北：天一出版社）。

〔註78〕李劍國、陳洪：《中國小説通史——明代卷》，頁 1035。孫楷第：《日本東京所見中國小説書目》（台北：鳳凰出版社，1974），頁 72～78。孫楷第：《中國通俗小説書目》卷 5《明清小説部乙》之〈靈怪第二〉。以上署名華陽洞天主人校本，以及李卓吾評本，皆無陳光蕊逢災、江流報仇情節。參見朱一玄、劉毓忱編：《《西遊記》資料匯編》，頁 186。

6、明楊致和刊本《西遊記》

一名《唐三藏出身全傳》，明刊本。不標回數，以六、七字爲標題。卷首依次題「齊雲陽至和編」、「天水趙毓眞校」、「芝潭朱蒼嶺梓」。小蓬萊仙館《四遊合傳》本，四十一回，爲簡本。清刊本簡稱爲「楊本」。篇幅與朱鼎臣本相近，無唐僧出身故事，與《東遊記》、《南遊記》、《北遊記》合刊，收於余象斗所編的《四遊記》中。現存英國牛津 Bodleian 圖書館。〔註79〕

一般認爲，《唐三藏西遊釋厄傳》與楊致和本《西遊記》兩種簡本，是《西遊記》百回本的刪節本。

（二）清刊本

清代刊行的《西遊記》多屬百回本，其與明代本不同之處在於有大量的評點，孫楷第於《日本東京所見中國小說書目》中言：「《西遊記》吾國通行者有三本：一爲乾隆庚子陳士斌《西遊眞詮》；二爲乾隆己巳張書紳《新說西遊記》本；三爲嘉慶間劉一明《西遊原旨》本。」〔註80〕以下就目前所見清代刊行百回本《西遊記》作一說明。

1、清康熙《新鐫出像古本西遊記證道書》

清康熙《新鐫出像古本西遊記證道書》，一百回。題爲「西陵殘夢道人汪澹漪子箋評」、「鍾山半非居士黃笑蒼印正」。卷首有僞托元人虞集的〈原序〉；次載〈邱長春眞君傳〉及〈玄奘取經事蹟〉；後爲目錄及正文。卷末有黃太鴻跋。前附圖十七幅，由胡念翊繪。正文半葉九行，行二十六字。〔註81〕

2、清乾隆《西遊眞詮》

清乾隆《西遊眞詮》，一百回。首有虞集所傳〈原序〉。次爲西遊眞詮目錄，目錄下記有「嘉平金人瑞聖歎、西陵汪象旭憺漪、山陰陳士斌悟子、溫陵李摯卓吾全評閱」。後爲圖像及正文，正文每葉十一行，每行二十八字。〔註82〕

〔註79〕孫楷第：《中國通俗小說書目》卷5《明清小說部乙》之〈靈怪第二〉。參見朱一玄、劉毓忱編：《《西遊記》資料匯編》，頁186。國立政治大學古典小說研究中心主編：《明清善本小說叢刊初編》之第5輯《西遊記專輯》中的《唐三藏出身全傳》（台北：天一出版社）。

〔註80〕孫楷第：《日本東京所見中國小說書目》（台北：鳳凰出版社，1974），頁72。

〔註81〕原書內容可見國立政治大學古典小說研究中心主編：《明清善本小說叢刊初編》之第5輯《西遊記專輯》中的《新鐫出像古本西遊記證道書》（台北：天一出版社）。

〔註82〕原書內容可見國立政治大學古典小說研究中心主編：《明清善本小說叢刊初

3、清乾隆己巳張書紳《新說西遊記》

清乾隆己巳（十四年）《新說西遊記》，爲「晉省書業公記藏板」本。一百回。首有乾隆十三年戊辰西河張書紳題之〈自序〉。次有乾隆戊辰年秋七月晉西河張書紳題之〈西遊記總論〉、〈新說西遊記總批〉、〈新說西遊記全部經書題目錄共五十二篇〉、〈全部西遊記目錄賦〉、一百回回目。回目後爲正文，文內有張書紳註。第一百回後有〈總結〉。半葉十行，行二十四字。上海味潛齋石印本。有王韜序。後來石印本從此出。今藏北京圖書館、北京大學圖書館。〔註83〕

4、清嘉慶劉一明《西遊原旨》

清嘉慶《西遊原旨》，劉一明評。卷首依次題有瞿家鏊所撰之〈重刊西遊原旨序〉四頁；蘇寅阿所撰之〈悟元子語西遊原旨序〉四頁；梁一峯所撰之〈棲雲山悟元道人西遊原旨敘〉三頁；楊春所撰之〈悟元子西遊原旨序〉四頁；劉一明自序之〈西遊原旨序〉七頁及〈再序〉二頁；〈長春演道主教眞人丘祖本末〉七頁；劉一明所著〈西遊原旨讀法卷首〉十頁；〈西遊原旨歌〉二頁；〈重刊西遊原旨目錄〉四頁；西遊圖像八頁。卷二至卷二十四爲正文，有一百回劉一明對於《西遊記》的評解。末有樊於禮〈讀西遊原旨跋〉；王陽建〈西遊原旨跋〉；張陽全〈西遊原旨跋〉；馮陽貴〈西遊原旨跋〉；夏復恆〈重刊西遊原旨跋〉。〔註84〕

5、清光緒十五年己丑仲夏上海廣百宋齋鉛印本《繪圖增像西遊記》（1889）

由全國圖書館文獻縮微復制中心所編之《綉像珍本集》，其第二十冊《繪圖增像西遊記》，共一百回，題「山陽悟一子陳世斌允生甫銓解」，光緒十五年己丑仲夏（1889）上海廣百宋齋鉛印本。前有「西堂老人尤侗譔序」，後有目錄、人物繪像四十葉、正文。正文每回前亦有精圖一葉，概括本回內容。〔註85〕

編》之第 5 輯《西遊記專輯》中的《西遊眞詮》（台北：天一出版社）。

〔註83〕原書內容可見國立政治大學古典小說研究中心主編，《明清善本小說叢刊初編》之第 5 輯《西遊記專輯》中的《新說西遊記》（台北：天一出版社）。其他論述參見孫楷第：《中國通俗小說書目》卷 5《明清小說部乙》之〈靈怪第二〉。參見朱一玄、劉毓忱編：《《西遊記》資料匯編》，頁 187。

〔註84〕原書內容可見國立政治大學古典小說研究中心主編：《明清善本小說叢刊初編》之第 5 輯《西遊記》專輯中的《西遊原旨》（台北：天一出版社）。其他論述參見孫楷第：《中國通俗小說書目》卷 5《明清小說部乙》之〈靈怪第二〉。參見朱一玄、劉毓忱編：《《西遊記》資料匯編》，頁 187。

〔註85〕經莉、陳湛綺：《綉像珍本集》（全 40 冊）（北京：全國圖書館文獻縮微復制

二、《續西遊記》

　　《續西遊記》的版本有兩種，爲《新編繡像續西遊記》及《繡像批評續西遊眞詮》二者。金鑑堂刊本與漁古山房刊本除書名略有差異外，其餘版式與文字內容全同，實爲同一版本。〔註86〕

（一）清嘉慶金鑑堂刊本《新編繡像續西遊記》

　　清嘉慶十年（1805）金鑑堂刊本，題《新編繡像續西遊記》。不題撰人。卷首有眞復居士〈續西遊記序〉。一百回。今藏於日本天理大學天理圖書館，且日本山口大學人文學部另藏有小型本。北京中華書局所出版之《古本小說叢刊》，以及上海古籍出版社之《古本小說集成》，皆據天理圖書館藏本影印刊行。〔註87〕

（二）清同治漁古山房刊本《繡像批評續西遊真詮》

　　清同治七年（1868）漁古山房刊本，題《繡像批評續西遊眞詮》。明人撰，題「悟眞子批評」。卷首有眞復居士〈續西遊記序〉。一百回。〔註88〕

（三）清同治漁古山房刊本《新編續西遊記》

　　清同治十年（1871）漁古山房刊本，題《新編續西遊記》。卷首有眞復居士〈續西遊記序〉。一百回。〔註89〕

（四）民國八十四年建宏刊本：《續西遊記》

　　《續西遊記》一百回，季跪撰，鍾夫、世平標點，眞復居士評。民國八十四年（1995）建宏書局刊本，亦據天理圖書館藏本影印刊行，但略加修改，

　　　　中心出版，2009 年 3 月）。

〔註86〕關於《續西遊記》的版本，於孫楷第：《中國通俗小說書目》（重訂本）卷 5「明清小說部乙」、「靈怪第二」、「續西遊記一百回」，頁 192。日人大塚秀高：《增補中國通俗小說書目》之「靈怪・神仙・妖術」（東京：日本東京汲古書院，1987 年 5 月 15 日），頁 131。北京圖書館編：《西諦書目》，第 4 冊卷 4「集部中」、「小說類」之《新編《續西遊記》一百回》（北京：北京文物出版社，1963 年 10 月），頁 66。江蘇省社科院編：《中國通俗小說總目提要》，其中羅德榮之《《續西遊記》提要》，頁 288～290。以上皆有著錄。

〔註87〕劉世德、陳慶浩、石昌渝編：《古本小說叢刊》（北京：中華書局，1991 年 6 月），頁 497～2376。

〔註88〕季跪撰，鍾夫、世平標點：《續西遊記》（中和：建宏出版社，1995 年 7 月），參見鍾夫：〈前言〉，頁 6。李保均：《明清小說比較研究》（成都：四川大學出版社，1996 年 10 月），頁 178。

〔註89〕同上註。

即：(一)、保留眞復居士的序和回末的評論。(二)、刪除原有的 58 幅圖。(三)、調整原書第二十六回顛倒錯亂的文字。(四)、第七十回中，一處文字無法銜接，當是原書所脫，此以括號標明爲原缺。(五)、第九十八回中，原書缺八行（按：此下原缺 112 字），此亦以括號標明爲原缺。(六)、原書正文的標題與目錄不符之處，按內容斟酌取捨，予以統一。(七)、第六十二回標題漏列，依目錄增補。(八)、正文文字改正錯字外，其餘仍其舊。〔註 90〕

三、《西遊補》

關於《西遊補》的版本，主要參閱孫楷第及傅世怡的著錄，分述於下。〔註 91〕

（一）明崇禎間刊本

明崇禎間刊本《西遊補》，靜嘯齋主人著，十六回。首有題「辛巳中秋嶷如居士」之〈序〉。次有題名「靜嘯齋主人識」之〈西遊補答問〉。再次爲西遊補目次，回目共十五回，自第十一回始與正文內容的回目略有出入，缺第十一回回目，而目次中第十一至十五回的回目，是正文中第十二至十六回的回目。後爲正文，半葉八行，行二十字。今據此本影印者有：北京文學古籍刊行社、臺北世界書局、上海古籍出版社《古本小說集成》、北京書目文獻出版社《北京圖書館藏珍本小說叢刊》。〔註 92〕

（二）空青室刊大字本

空青室刊大字本《西遊補》。正文半葉十行，行二十字。封面題「三一道人評閱」、「空青室藏板」。首有題「癸丑孟多天目山樵」的〈序〉。次〈西遊補答問〉。末附〈讀西遊補雜記〉，無圖。〔註 93〕

〔註 90〕李贄撰，鍾夫、世平標點：《續西遊記》，頁 6。

〔註 91〕孫楷第：《中國通俗小說書目》，頁 168。傅世怡：《《西遊補》初探》，頁 75～80。

〔註 92〕董說撰、楊家駱編：《西遊補》（《中國通俗小說名著第一集》第 10 冊）（台北：世界書局，1983 年 12 月）。董說：《西遊補》（北京：文學古籍刊行社據明崇禎刊本重印，1955 年 6 月）。古本小說集成編委會編：《古本小說集成》（上海：上海古籍出版社，1990 年 8 月），第 1 版。劉一平編：《北京圖書館藏珍本小說叢刊》（北京：北京書目文獻出版社，1996 年 3 月），《西遊補》在第 15 冊，頁 9607～9976。

〔註 93〕參見古本小說集成編委會編：《古本小說集成》（上海：上海古籍出版社）。傅世怡：《《西遊補》初探》，頁 77。

（三）清光緒元年仲冬申報館排印本

清光緒元年仲冬的申報館刊行本，是《西遊補》最早的排印本。書封面題《西遊補》，背面載「光緒元年仲冬申報館」（1875）。後依次爲「癸丑孟冬天目山樵」〈序〉、〈讀西遊補雜記〉、〈西遊補答問〉、正文、〈西遊補總釋〉。正文共十六回。卷內題「西遊補入三調芭蕉扇後」，「靜嘯齋主人著」。〈西遊補總釋〉，署名「眞空居士作」。〔註94〕

（四）清宣統三年鉛印說部叢書校樣本《新西遊記》

北京圖書館編著的《西諦書目》，載本題《新西遊記二卷十六回》。明董說撰，清宣統三年（1911）鉛印說部叢書校樣本。一冊。〔註95〕

（五）民國四年上海文明書局《說庫》石印袖珍本

民國四年，王文濡輯《說庫》，凡一百七十四種，石印袖珍本，六十冊，線裝，上海文明書局印行，後來新興書局及新文豐《叢書集成三編》皆影印之。〔註96〕《西遊補》載於第三十九、四十冊中，內容與申報館同，然次第稍異，依次爲：天目山樵〈序〉、〈西遊補答問〉、〈西遊補總釋〉、回目及正文、〈續西遊補雜記〉。〈西遊補答問〉中最後一條之「此四字正是萬古以來」以下缺脫。正文首題「西遊補入三調芭蕉扇後」，皆半葉十四行，行三十二字，眉披以小字插入正文，回末有評。今中央研究院歷史語言研究所傅斯年圖書館藏有此書。〔註97〕

〔註94〕 傅世怡：《《西遊補》初探》，頁 77。柳存仁：《倫敦所見中國小說書目提要》，頁 53～56。

〔註95〕 北京圖書館編：《西諦書目》第 4 冊卷 4「集部中」、「小說類」，《西遊補十六回》，頁 67。又於江蘇省社科院編：《中國通俗小說總目提要》之鍾嬰〈西遊補提要〉，頁 290，文中言有書名《新西遊記》。日人大塚秀高：《增補中國通俗小說書目》，於《西遊補》條附記「有題署爲《改良新西遊記》的石印本」，頁 132。

〔註96〕 （清）王文濡輯：《說庫》（上海：文明書局，1915）。據《新書簡報》之「叢書」（台北：新興書局，1977），頁 14。新文豐編輯部編：《叢書集成三編》第 67 冊（台北：新文豐出版公司，1999），其中「文學類」、「神異小說」項，頁 329～366。

〔註97〕 傅世怡：《西遊補初探》，頁 77～78。其中〈西遊補答問〉的缺脫，可據高玉海：《古代小說續書序跋釋論》（北京：中國社會科學出版社，2007 年 5 月），頁 111，載「此四字正是萬古以來第一妖魔行狀」，及下款「靜嘯齋主人識」得知。

（六）北新書局排印本

由劉復點校，附劉半農的〈董若雨傳〉。內容爲題名「辛巳中秋嶷如居士書於虎丘千頃雲」之〈序〉、〈續西遊補答問〉、〈續西遊補雜記〉、正文、附錄。其中附錄有劉復撰的〈西遊補作者董若雨傳〉。〔註98〕

（七）民國四十七年世界書局刊行版

民國四十七年，世界書局據明崇禎十四年刊行的原刻本影印發行。封面題《西遊補》明董說撰。十六回。內容依序如下：首有〈序〉，末題「辛巳中秋嶷如居士書於虎丘千頃雲」，半葉五行，行十字。圖八葉，半葉一幅，共十六幅。〈西遊補答問〉，半葉八行，行二十字。題名「靜嘯齋主人識」。〈西遊補目次〉，計十五回，回目七言二句，爲排偶之對句，闕十一回目之「節卦宮門看帳目，愁峰頂上抖毫毛」，然此回目於正文並不闕，攷正文，計十六回。正文首言《西遊補》，下云：「入三調芭蕉扇後」，隔行下題「靜嘯齋主人著」，半葉八行，行二十字，有眉批，回末有評。於〈序〉、〈西遊補目次〉、〈西遊補目次〉及正文版心皆刻書名《西遊補》。正文於回數下以二至四字標示該回大要，如：一回「牡丹紅」、二回「新唐」、十六回「大聖出魔」，下刻頁數，每回頁數以「一」爲起始。〔註99〕

（八）民國六十七年河洛圖書出版社排字版

民國六十七年台灣河洛圖書出版社《西遊補》排字版，爲原北新書局的排印本。其內除了首附「辛巳中秋嶷如居士書於虎丘千頃雲」之〈序〉及〈西遊補答問〉之外，又附加一篇〈續西遊補雜記〉，未署作者，並附錄劉復〈西遊補作者董若雨傳〉一篇。〔註100〕

四、《後西遊記》

關於《後西遊記》的版本，主要參照吳達芸《後西遊記研究》；孫楷第《中

〔註98〕傅世怡：《《西遊補》初探》，頁78。

〔註99〕董說撰：《西遊補》（台北：世界書局，1958），初版。本論文採第三版，楊家駱編：《西遊補》（《中國通俗小說名著第一集》第10冊）（台北：世界書局，1983年12月），第3版。

〔註100〕《西遊補》（台北：河洛圖書出版社，1978年5月），初版。又見黃芬絹：《董說《西遊補》新論》（臺灣師範大學國文研究所，碩士論文，2005年6月），頁94。

國通俗小說書目》重訂本；張穎、陳速〈後西遊記版本考述〉；大塚秀高《增補中國通俗小說書目》；柳存仁《倫敦所見中國小說書目提要》；上海古籍出版社《古本小說集成》；《西諦書目》；經莉、陳湛綺等主編《繡像珍本集》（全四十冊）；國立政治大學古典小說研究中心主編《明清善本小說叢刊初編》；張家仁《西遊記與三種續書之比較研究》等書整理而成。茲分述於下。

（一）清刊本

1、清初「本衙藏板」本《新鐫批評繡像後西遊記》

《後西遊記》全稱《新鐫批評繡像後西遊記》，題「天花才子批點」。封面鐫有《繡像傳奇後西遊記》，以及「本衙藏板」。半葉九行，行二十一字。有圖四十幅。爲清初刻本。有無名氏序。〔註101〕

2、清初木刻四卷本《新刻批評繡像後西遊記》

清初木刻四卷本《新刻批評繡像後西遊記》，十冊。首有〈後西遊記序〉，文字與「本衙藏板」本相同。其後列目錄，下題「天花才子批點」。次附圖像，正面爲肖像，共十六幅，反面爲贊語，皆有署名，但各不相同。再次爲正文，半葉十一字，行二十四字。其中〈後西遊記序〉末六句韻語「木液之味甘，火候每成丹；九還只一了，一口八十九；揮戈刺太虛，誰人能乍看？」，與「金閶書（世）葉堂」本略異，而繡像、畫贊、正文書版與「金閶書（世）葉堂」本全同。與「本衙藏板」本和「金閶書（世）葉堂」本全異處，在於此本第十一回前刊有「《新刻批評繡像後西遊記》卷二」一行，此「本衙藏板」本和「金閶書（世）葉堂」本均不標明卷數，可見此本原分四卷，後來脫闕，不失爲《後西遊記》現存諸木刻版本中有卷幀可考的唯一古本。〔註102〕

3、乾隆四十八年癸卯（1783）金閶書（世）葉堂刊本《重鐫繡像後西遊記》

魯迅於〈關於小說目錄兩件〉甲「內閣文庫圖書第二部漢書目錄」中，載《後西遊記》四十回，乾隆四十八年（癸卯，1783）刊，共十本。〔註103〕

〔註101〕大連圖書館參考部編：《明清小說序跋選》（瀋陽：春風文藝出版社，1983年5月），頁186～187。
〔註102〕張穎、陳速：〈《後西遊記》版本考述〉，收於春風文藝出版社編：《明清小說論叢》（第4輯）（瀋陽：春風文藝出版社，1986年6月），第1版，頁235～236。
〔註103〕見魯迅：《魯迅全集》第8卷《集外集拾遺補編》中之〈關於小說目錄兩件〉

大塚秀高於增補中國通俗小說書目》亦言,《後西遊記》「金閶書葉堂」刊本,乾隆四十八年刊。〔註104〕今上海古籍出版社之《古本小說集成》據此本之重刊本影印之,共四十回,其內容為:封面題《重鐫繡像後西遊記》,右上署「天花才子評點」,左下刻「金閶書業堂梓行」。後首為〈後西遊序〉,版心鐫「序一」至「序四」。次為〈新鐫批評後西遊記目次〉,次行下署「天花才子評點」。再次為圖像十六葉,共十六幅,正面為人物,反面為畫贊,皆有不同署名。後為正文,第一回前題《新刻批評繡像後西遊記》,半葉十一行,行二十四字,偶有夾批。目次、正文的版心皆上鐫《後西遊記》,圖像版心上鐫《後西遊》。〔註105〕

4、道光元年(1821)貴文堂重刊大字本《原板繡像後西遊記》

孫楷第在《中國通俗小說書目》中載有清道光元年重刊大字本,圖二十葉,半葉九行,行二十一字,旁加評,有無名氏序。〔註106〕張穎、陳速言此本原訂十四冊,據扉頁,其全稱為《原板繡象後西遊記》,以雙行鐫,並於書名下題「貴文堂梓行」,右署名「天花才子評點」,上刻「道光元年重刊」,作橫行鐫。〔註107〕《明清小說序跋選》中《後西遊記》之版本說明,以及大塚秀高之《增補中國通俗小說書目》,皆謂此本乃據「本衙藏板」本重刊。〔註108〕另古本小說集成編委會所編之《後西遊記》,樓含松所著〈前言〉中亦談到此書。〔註109〕

5、上海申報館排印本《後西遊記》

孫楷第言,本書之〈序〉同貴文堂本。〔註110〕張穎、陳速言,此書原訂八冊,不分卷,無圖。扉頁書題《後西遊記》,背面署「上海《申報》館仿聚珍版印」。正文半頁十二行,行二十七字。不知其據何種早期刻本翻印,然此

甲「內閣文庫圖書第二部漢書目錄」(北京:人民文學出版社,1981),頁170。

〔註104〕大塚秀高:《增補中國通俗小說書目》,頁132。

〔註105〕古本小說集成編委會編:《古本小說集成》本《後西遊記》(上海:上海古籍出版社),見樓含松:〈前言〉,頁1,其中載「金閶書葉堂本刊於乾隆癸丑(五十八年,1793)」。

〔註106〕孫楷第:《中國通俗小說書目》(重訂本),頁193。

〔註107〕張穎、陳速:〈《後西遊記》版本考述〉,頁236。

〔註108〕大連圖書館參考部編:《明清小說序跋選》,頁186。大塚秀高:《增補中國通俗小說書目》,頁132。

〔註109〕古本小說集成編委會編:《後西遊記》(上海:上海古籍出版社)。

〔註110〕孫楷第:《中國通俗小說書目》(重訂本),頁193。

本實爲用木板以外方式印刷《後西遊記》的晚近本子。〔註111〕另古本小說集成編委會所編之《後西遊記》，樓含松所著〈前言〉中亦談到此書。〔註112〕

6、會元堂藏板刊本《繡像西遊後傳》

柳存仁在《倫敦所見中國小說書目提要》中載，此書爲小型本，封面中題名《繡像西遊後傳》，右上署「聖嘆評點」，左下爲「會元堂藏板」。然卷內書題《新鐫批評後西遊記》，共四十回，原訂八冊。內有圖十六葉，前半葉爲圖，後半葉爲贊，於圖像每葉中間下方的夾縫處有「考文堂藏板」五字。書前有無名氏〈後西遊序〉。〔註113〕

7、光緒丁亥十三年（1887）善成堂藏板重鐫本《繡像後西遊記》

北京寶文堂書店據此本，由固亮校點，未題撰人。書前附圖像，依次爲：唐憲宗、韓文公、唐半偈、孫履眞、猪守拙、沙致和、閻王、通臂仙、悟眞祖師、龍王、造化小兒、文明大王、魁星、玉面狐狸、冥報和尚、不老婆婆。正文前有〈序〉，然序末無韻語。〔註114〕

8、光緒甲午二十年（1894）東莠書室刊石印本《後西遊記》

浙江文藝出版社據此爲底本，並參照 1934 年上海大達圖書供應社刊行本，以及一九八二年春風文藝出版社據「本衙藏板」本校點後出版印行。徐元於〈校後記〉中言，原書有十幅插圖，此書將其放大置於書首，圖像分別爲如來佛、觀世音菩薩、哈哈和尚、太白金星、唐憲宗、韓文公、唐半偈、孫小行者、豬一戒、沙彌、通臂仙、鎮元大仙、魁星、文明天王、小天公、陽大王、陰大王、玉面娘娘、黑孩兒、解脫大王。四十回，不知撰人，題「天花才子評點」。有〈後西遊記序〉，序末無韻語。〔註115〕

9、光緒甲午二十年（1894）康花書室六卷石印本《繡圖西遊記後傳》

《西諦書目》載《繡像後西遊記》，六卷四十回，題「天花才子評」，清

〔註111〕張穎、陳速：〈《後西遊記》版本考述〉，頁 239、240。

〔註112〕古本小說集成編委會編：《後西遊記》（上海：上海古籍出版社）。

〔註113〕柳存仁：《倫敦所見中國小說書目提要》之（八）《繡像西遊後傳（《後西遊記》）》，頁 56～57。

〔註114〕未題撰人、固亮校點：《後西遊記》（北京：寶文堂書店，1989 年 11 月），頁 577～578。

〔註115〕無名氏作、徐元校點：《後西遊記》（浙江：浙江文藝出版社，1985 年 12 月），見徐元：〈校後記〉。古本小說集成編委會編：《後西遊記》（上海：上海古籍出版社）。

光緒二十年（1894）石印本，六冊，有圖。〔註116〕張穎、陳速考證此書為大巾箱本，原訂六冊，書題以雙行鐫《繡圖西遊記後傳》，於書題下以雙行鐫「爛柯山人達夫署」，而書題背面刊「光緒甲午孟夏」、「康花書室石印」兩行。於後，首為〈序〉，次為目錄，圖十葉，共二十幅。〔註117〕

10、大字木刻本《繡像後西遊記真詮》

張穎、陳速言本書計十二冊，書題《繡像後西遊記真詮》，右署「天花才子評點」。其中〈序〉，如同「本衙藏板」本及清初四卷本。目次後有圖六葉，六幅，繡像、畫贊，與清初四卷本和「書（世）業堂」本相較，短少十像十贊，其餘皆同。〔註118〕

11、光緒三十二年（1906）上海章福記書局石印本《繪圖西遊記後傳》

張穎、陳速言此本共六卷，六冊。書題名《繪圖西遊記後傳》，下刻「古鹽補留生豎眉」，以雙行鐫。背面中刻「上海章福記書局石印」，右鐫「發行新馬路德華里」，左題「分莊奉天，廣東、漢口」。後首為〈序〉，文字同「本衙藏板」本及清初四卷本，於〈序〉末另署「光緒三十二年歲次丁未仲春，古鹽成叟春重識」。次有圖八葉，十六幅。此為晚清梓行之《後西遊記》小字石印本。〔註119〕

12、宣統三年（1911）上海石印本《後西遊記》

王以炤在《王以炤存中國通俗小說書目》中言，《後西遊記》四卷，四十回，宣統三年上海石印本。〔註120〕

13、務本堂藏本《後西遊記》

半葉九行，行二十一字，圖十六葉，為小型本。臺灣大學藏半葉九行，行二十一字，圖六葉，大字刊本。〔註121〕

14、本衙藏版本《後西遊記》

半葉八行，行二十字，無圖，為中型本。〔註122〕

〔註116〕北京圖書館編：《西諦書目》，第4冊卷4「集部中」、「小說類」，頁67。
〔註117〕張穎、陳速：〈《後西遊記》版本考述〉，頁240。
〔註118〕張穎、陳速：〈《後西遊記》版本考述〉，頁240～241。
〔註119〕張穎、陳速：〈《後西遊記》版本考述〉，頁241。
〔註120〕王以炤編：《王以炤存中國通俗小說書目》（無版權頁，版權項不詳），見其「章回小說部份」、「戊・靈怪」、「後西遊記」，頁48。
〔註121〕大塚秀高：《增補中國通俗小說書目》，頁132～133。
〔註122〕大塚秀高：《增補中國通俗小說書目》，頁132～133。

15、大文堂藏板本《後西遊記》

共八卷，半葉十三行，行三十字，圖八葉，爲大型本。〔註123〕

（二）民國刊本〔註124〕

1、上海錦章書局石印本《後西遊記》

胡士瑩言此乃舊刊大字本，像贊六葉，上海錦章書局有石印本。〔註125〕
吳達芸認爲此本可能是清刊本或民國刊本，未詳。〔註126〕

2、民國二年（1913）上海江左書林書局石印本《繪圖後西遊記》

四卷，四冊。民國二年上海江左書林石印本，封題《繪圖後西遊記》。內
首序，落款「宣統辛亥孟冬下浣天慵山人」。

3、上海進步書局石印本《繡像繪圖後西遊記》

《西諦書目》載《繡像繪圖後西遊記》，四卷四十回，題「天花才子評」，
上海進步書局石印本。張穎、陳速言此本共四卷、四冊，首爲〈內容提要〉，
無序。

4、上海大成書局石印本《繪圖後西遊記》

四卷、四冊。上海大成書局石印本，題名《繪圖後西遊記》。前附〈內容
提要〉，無序，有圖。

5、民國十八年（1929）上海文明書局石印本《繪圖後西遊記》

四卷、四冊。民國十八年上海文明書局石印本，題名《繪圖後西遊記》。
版本與進步書局同。

6、民國六十四年（1975）臺灣天一出版社鉛印本《繡像後西遊記真詮》

朱傳譽主編的《罕本中國通俗小說叢刊第四輯》中之《後西遊記》，據清
刊大字木刻本影印，由臺灣天一出版社印行，國立臺灣大學圖書館館藏；以
及全國圖書館文獻縮微復制中心所編之《綉像珍本集》，其第二十二冊。書題
大字《繡像後西遊記眞詮》，右上署「天花才子評點」。於後，首爲無名氏〈後
西遊序〉，序末韻語同清初四卷本，葉五行，行十字。後依次爲〈新鐫批評

〔註123〕同上註。
〔註124〕以下民國刊本，除2～9九種版本之外，皆見於張穎、陳速：〈《後西遊記》版
　　　　本考述〉，頁241。
〔註125〕收於春風文藝出版社編：《明清小說論叢》（第4輯），見胡士瑩遺著、曾華強
　　　　整理：《〈中國通俗小說書目〉補》，頁183。
〔註126〕吳達芸：《〈後西遊記〉研究》，頁26。

－67－

後西遊記目次）、圖像、正文。圖像六葉六幅，正面爲圖像，背面爲贊語，肖像依次爲：唐憲宗、唐半偈、韓文公、孫履眞、猪守拙、沙致和，豎名依次爲：知非子題、定慧眞人、斗山居士、散花老衲、紫霞老人、瑤臺散仙。正文共四十回，第一回前題《新鐫批評後繡像西遊記》，葉九行，行二十一字，偶有夾批。圖贊版心上題《後西遊》，中刻「像」。目次、正文版心上題《後西遊記》。〔註127〕

7、民國六十九年（庚申，1980）臺灣老古文化公司鉛印本《後西遊記》

全一冊。民國六十九年臺灣老古文化公司鉛印本。封題《後西遊記》，右上署「天花才子評點」，左下載「老古文化事業公司」。次爲〈繡像後西遊記圖讚〉，共六幅圖，分別爲：唐憲宗、韓文公、唐半偈、孫履眞、猪守拙、沙致和，左爲圖像，右爲贊語，贊語下有署名，豎名依次爲：知非子題、斗山居士、定慧眞人、散花老衲、紫霞老人、瑤臺散仙，圖與贊語分頁。再次爲〈後西遊記序〉，序末六句韻語：「水液之味丹，火候每成丹，九還只一了，一口八千丸，揮戈剌太虛，誰人能乍看？」後爲〈後西遊記目次〉，回目四十，每回二句。正文第一回前鐫有《新鐫批評繡像後西遊記》，共四十回。〔註128〕

8、民國七十一年（1982）瀋陽春風文藝出版社鉛印本

作者未詳，書題《後西遊記》，據「本衙藏板」本校點出版印行。〔註129〕

9、民國七十四年（1985）臺灣天一出版社鉛印本《後西遊記》

《明清善本小說叢刊初編》之《後西遊記》，由臺灣國立政治大學古典小說研究中心，據清初木刻四卷本印行主編，天一出版社刊行。封面闕，首爲〈序〉，序末韻語同清初木刻四卷本，葉六行，行十四字，版心上刻〈序二〉至〈序四〉。次爲〈新鐫批評後西遊記目次〉，隔行下署「天花才子評點」。後爲圖像十六葉，十六幅，正面爲圖像，反面爲贊語，圖像依次爲：唐憲宗、唐半偈、韓文公、孫履眞、猪守拙、沙致和、閻王、通臂仙、悟眞祖師、龍王、造化小兒、文明天王、玉面狐狸、魁星、不老婆婆、冥報和尚，贊語皆有不同署名。後爲正文，

〔註127〕朱傳譽主編：《罕本中國通俗小說叢刊》第4輯之《後西遊記》（上、中、下）（台北：天一出版社，1975年6月）。經莉、陳湛綺：《繡像珍本集》（全40冊）（北京：全國圖書館文獻縮微復制中心出版，2009年3月）。

〔註128〕天花才子評點：《後西遊記》（台北：老古文化事業股份有限公司，1980年8月），臺灣初版。

〔註129〕作者未詳：《後西遊記》（瀋陽：春風文藝出版社，1982年2月）。

第一回前題《新刻批評繡像後西遊記》，葉十一行，行二十四字。圖像版心上鐫《後西遊》，目次、正文版心上鐫《後西遊記》。〔註130〕

關於上述的版本，尤其是《西遊記》自問世至今，已出現數種由不同編者與評點者編次的版本，其中有刪節本，也有一百回的足本。其自問世以來，已跨越語言和文化的界限流佈於全世界，經全譯、節譯、改編、意譯過的語言就有日、韓、馬來西亞、英、法、德、俄、捷克語等。尚且，改編成插圖本、漫畫、話劇、京劇、地方戲、木偶戲、皮影戲、電台廣播劇、動畫片、電影、電視連續劇等更不在少數，可見《西遊記》的魅力及其風靡的程度。

《西遊記》今存明刻本，以金陵世德堂所刻之《新刻出像官版大字西遊記》最完整，爾後明清刊本除了朱鼎臣改編十卷本，以及楊致和改編四卷本刪削過甚之外，其餘皆與吳著原貌無太多出入。書中陳元之〈序〉，明確署有「壬辰夏端四日」字樣，此「壬辰」一般認為是萬曆二十年（1592），若此為眞，則明代《新刻出像官版大字西遊記》，當是至今所見少數署有刊刻時間，且年代最早之明刻本。本論文研究的文本即採世德堂本，由台灣古籍出版公司及上海古籍出版社所出版者。而其他續書，《續西遊記》有清嘉慶金鑑堂刊本，以及同治七年、同治十年之漁古山房刊本，其內容及版式皆同，實際上為同一本子，僅前者題《新編繡像續西遊記》，後者題《繡像批評續西遊眞詮》、《新編續西遊記》罷了，今採鍾夫、世平所標點的《續西遊記》作為研究文本，由建宏出版社出版。該書據金鑑堂本整理，除了調整原書文字顛倒錯亂處之外；並將脫處以括號標明原缺；正文與目錄相異處斟酌取捨統一之；並修改錯字。另《後西遊記》及《西遊補》因蒐集不易，故以筆者所見之文本作為研究對象，《後西遊記》採老古文化事業公司出版者，而《西遊補》採世界書局出版者。〔註131〕

值得注意的，是大約於元末明初應該有一部平話《西遊記》，該書雖已亡佚，然而在一些零散的記載中或還可推斷其存在，理由在於：（一）、明成祖時所纂修的《永樂大典》（1403～1408）的殘本，第一萬三千一百三十九卷「送」韻「夢」字條中，有一段〈魏徵夢斬涇河龍〉，約一千多字，其引書標題為《西遊記》，略同今本《西遊記》第九回的部分故事，文字既不同《大唐三藏取經

〔註130〕國立政治大學古典小說研究中心主編：《明清善本小說叢刊初編》（共12冊，線裝）第5輯「西遊記專輯」第十種《後西遊記》（台北：天一出版社）。

〔註131〕關於本論文所使用的小說版本出版資料，已見於第一章第三節中，於此處不再說明。

詩話》，亦不同今本《西遊記》，似乎今本《西遊記》有許多情節是根據它所改寫的。〔註132〕（二）、韓國漢語教科書《樸通事諺解》，有八條關於《西遊記平話》的注，其中一條注文云：

> 今按法師往西天時，初到師陀國界遇猛虎毒蛇之害，次遇黑熊精、黃風怪、地湧夫人、蜘蛛精、獅子怪、多目怪、紅孩兒怪，幾死僅免，又過棘釣洞、火燄山、薄屎洞、女人國及諸惡山險水怪害，患苦不知其幾，此所謂刁蹶也。〔註133〕

可見，《西遊記平話》的內容、情節已和《西遊記》相近。且其中一段〈車遲國鬥聖〉，與世德堂本《西遊記》第四十六回〈外道弄強欺正法、心猿顯聖滅諸邪〉的故事相近，其他如「大鬧天宮」的文字亦有記載。故《西遊記》的主要故事情節於明初已經基本完備，這極可能是後來小說《西遊記》創作的依據之一。

針對版本的疑議，余國藩也曾指出：「在足本《西遊記》流通前兩百年間，確實有人寫下一部或數部之《西遊記》」，其理由在於：（一）、明《永樂大典》中保存一千一百字的片段，呼應了現代版《西遊記》第九回的部分故事。（二）、三藏的家世和初入人事的經驗，雖然要在晚出的明本中才有詳細敘述，但故事的次序和結構，如夢斬涇河龍一段，則早在《永樂大典》中已有雷同之處。（三）、韓國古代漢語教科書《樸通事諺解》所編纂的時間約十五世紀中葉，文中有一篇講三藏在車遲國的經驗。（四）、《樸通事諺解》中記有俗人外出購買通俗說部，而《西遊記》亦是群集之一。（五）、《樸通事諺解》中提及群妖和眾神之名，甚至是豬八戒在取經功成之後加升為「淨壇使者」皆有提及。〔註134〕

以上的論據確實能讓人引發《西遊記》是否有古本的質疑，然而，即使真有古本《西遊記》，但今已亡佚，加上可靠性的證據闕如，更增加論證的難度，不過這也可以說明，在今本《西遊記》定稿以前，似乎有與定本極接近的古本出現過。

〔註132〕《永樂大典》殘卷（北京：中華書局影本，1960）。

〔註133〕《樸通事諺解》是一部漢、朝鮮語對照的教材，存於朝鮮肅宗三年（1677年，相當於康熙十六年）刊印本，係經由崔世珍（？～1542）改訂過的《樸通事》和《樸通事集覽》的合印本。原書由朝鮮邊暹等編著，約成於高麗後期，相當於元朝末年。今有日本京都帝國大學昭和十八年（1943）影印本和韓國亞細亞文化社1973年影印本。袁行霈：《中國文學史》，頁621。

〔註134〕余國藩著、李奭學編譯：《〈紅樓夢〉、〈西遊記〉及其他》，見《余國藩論學文選》（北京：新華書店，2006年10月），第1版，頁246～247。

第四章　《西遊記》及其三本續書創作的背景淵源

　　明代中期以後出版業發達，書坊間競爭激烈，其肇始的主要原因，乃在於人們對於文學喜好與文學觀念的改變。一方面，傳統文士視小說爲「小道」之觀念已逐漸扭轉，希冀能透過文學的創作與實踐來肯定小說社會教化的功能。二方面，文人一改過去篇幅短小的小說模式，與文學性低的創作模式，促使章回小說體式趨向成熟，藝術水平亦大幅提升。三方面，書商們爲了賺錢與牟利，拋棄舊有觀念的束縛，紛紛以新奇有趣的題材來滿足市場的需求，而不再認爲通俗小說的內涵應等同於講史演義，或認爲只有講史演義才值得編撰與閱讀。由於這些原因，造成文學創作者爲了投其所好，改以奇特多變的新鮮題材來書寫，也間接引起通俗小說的創作與盛行。〔註1〕

　　對於書坊以賺錢牟利爲目的，而不注重小說品質的亂象，余象斗曾作出強烈的批評：

> 不佞斗自刊《華光》等傳，皆出予心胸之編集，其勞孰掌矣！其費弘巨矣！乃多爲射利者刊，甚諸傳照本堂樣式，踐人轍迹而逐人塵後也。今本坊亦有自立者固多，而亦有逐利之無恥，與異方之浪棍，遷徙之逃奴，專欲翻人已成之刻者。襲人唾餘，得無垂首而汗顏，無恥之甚乎！〔註2〕

從余象斗的批判中，可以看到明萬曆出版事業的蓬勃與興盛，這是通俗小說盛行後促使書坊主推波助瀾的結果。在人們對於通俗小說觀念的改變以及喜好、書坊間的商業競爭，以及發達的傳播機制下，使通俗小說走向全盛時期。

　　同時，《西遊記》及其續書受到中國文學的志怪傳統及明代中葉宗教、文

<hr>

〔註1〕陳大康：《明代小說史》，頁369。
〔註2〕吳元泰著、余象斗編：《八仙出處東遊記》之〈引言〉，見古本小說集成編委
　　　　會編：《古本小說集成》（上海：上海古籍出版社）。

化思想的影響，形成了獨特的文化藝術特徵，它們融合了宗教想像與時代精神，為小說提供了廣闊的想像空間，建構出一個光怪陸離、佛道雜糅的神佛仙鬼世界。並且從中穿插了現實政治與宗教的紛爭，使小說在宗教的想像基礎上，表現出一定程度的現實意味，形成一種獨特的表現方式。

並且，在文人追求趣味與民間的宗教想像下，小說充滿了人們對未知神佛世界的猜想與憧憬，而這種猜想，一方面促使文學中的神佛形象與神仙世界浸潤著世俗氣息，充滿了人世間的喜怒哀樂，拉近人間社會與神佛宇宙的距離。一方面，也促使小說有別於上古時期的神話文學，夾雜著儒教倫理觀念、佛道宗教勸誡及文人的批判意識，使小說在的趣味性、思想性，以及民間文學的世俗性、娛樂性的交織下，表現出一種奇幻、質樸、輕鬆，不失厚重的美學風格。

因此小說創作由史傳傳統重視教化功能，講求真實性，朝向寫作藝術的發展，使文學的虛構性及娛樂性日漸為小說家及批評家所重視，以滿足讀者尚奇好怪的閱讀趣味，這對充滿神怪色彩的小說也有著推動的作用，而這些因素與背景也是促成《西遊記》及其續書成書的原因。

今觀《西遊記》及其續書的內容，發現其與明代政治、宗教、社會、思潮，以及中國文學有極大的關聯。茲以此作為研究範圍，希對《西遊記》及其續書創作的背景及淵源有更進一步的認識，並從小說文本中，舉出相關事例作為論證說明之依據。

以下將從政治、思想、文學三方面著手，希冀能藉由時代背景瞭解此四部小說之寫作動機、寓意及創作背景，並從文學創作背景中，瞭解小說與中國文學演變的淵源。

第一節　政治黑暗腐敗

明代中葉以後，宦黨為害甚烈，政治日趨腐敗，民生艱辛，經濟凋敝。在大禮議事件後世宗與諸臣產生嚴重齟齬，政治氛圍逐漸形成迎合皇意與捍衛道統之對抗，〔註3〕加之建言忠臣動輒下詔獄、跪午門、施廷杖，使得忠臣

〔註3〕 沈德符：《萬曆野獲編》卷21「佞倖」之「士人無賴」條云：「嘉靖初年，士大夫尚矜名節。自大理獻媚，而陳洸、豐坊之徒出焉。比上修玄事興，群小託名方技希寵，顧可學、盛端明、朱隆禧俱以煉藥貴顯。……當時詔風濤天，不甚以為怪也。」頁541～542。關於大理議事件始末，可參見谷應泰：《明史

不敢直言,以免招來禍害,對此風潮之轉變,趙翼曾揭露:

> 統觀有明一代建言者,先後風氣亦不同。自洪武以至成化、弘治監,
> 朝廷風氣淳實,建言者多出好惡之公,辨是非之正,不盡以矯激相
> 尚也。正德、嘉靖之間,漸多以意氣用事,張瑢所謂言官徒結黨求
> 勝,內則奴隸公卿,外則草芥司屬,任情恣橫。〔註4〕

因此知識分子紛紛藉文學以寄託心中的憤慨與譏諷,如趙南星的《笑贊》、陸
灼的《艾子後語》、馮夢龍的《笑府》等,都是寓諷刺於詼諧的寓言笑話專集。
而清朝也出現了石成金的《笑得好》、方飛鴻的《廣談助》等皆屬之。

　　關於明清政治的黑暗與腐敗,筆者輔以《西遊記》及其續書之蛛絲馬跡
一同論之,以期能更明確看出小說中的社會政治背景。

一、專制集權宦官弄權

　　明朝是一個君主集權的時代,明太祖朱元璋北逐元虜,定鼎海內,開啟
明代三百年的歷史,但中葉以後,帝王倦勤國事,耽溺女色,好房中秘術。
朝政又由權臣把持掌控,導致世風敗壞,驕奢荒淫,使得文官貪風不息,武
官愛財惜命,此歪風蔚為風尚,因而促使明朝國勢日益頹落衰敗。〔註5〕

　　明太祖洪武十三年,宰相胡惟庸權極一時,矇上欺下,明太祖因而廢相,
獨攬大權,以預防權相造反,卻反而造成宦官弄權。明武宗(年號正德,1506
～1521)寵信宦官劉瑾,任用江彬等佞臣,荒廢朝政,使國家根本逐漸動搖。
〔註6〕明世宗(年號嘉靖,1522～1566)時,嚴嵩父子專權禍國最甚,嚴嵩初

　　　紀事本末》(北京:中華書局,1997),卷50〈大理議〉;趙翼:《廿二史劄記》
　　　(台北:王記書坊,1984),卷31〈大理之議〉等。
〔註4〕趙翼:《廿二史劄記》卷35〈明言路習氣先後不同〉,頁804。
〔註5〕明代由盛而衰,約於成化至正德間,成化為憲宗年號,正德為武宗年號。憲宗
　　　因迷信僧道、寵任太監,終生沉溺於神仙、佛老、外戚、女謁、聲色、貨利、
　　　奇技、淫巧的誘惑之中,導致國勢日衰。而武宗初寵劉瑾、淫樂豹房、賢良盡
　　　斥,使得各地動亂紛起,以致發生寧王反叛事件,在軍需浩繁下,促使政治與
　　　經濟惡化,民間生計受到影響。參見陳捷先:《明清史》(台北:三民書局,1990),
　　　初版,頁65。張廷玉等撰:《明史》卷16〈武宗本紀〉云:「贊曰:明自正統
　　　以來,國勢寖弱。毅皇手除逆瑾,躬禦邊寇,奮然欲以武功自雄。然耽樂嬉戲,
　　　暱近群小,至自署官號,冠履之分蕩然矣。猶幸用人之柄躬自操持,而秉鈞諸
　　　臣補苴匡救,是以朝綱紊亂,而不底於危亡。」,頁213。
〔註6〕陳洪謨:《繼世紀聞》卷1中云:「正德元年丙寅(1506),上嗣位,尚在童年。
　　　左右嬖幸內臣日導引以遊戲之事,由是事朝寖遲,頻幸各監局為樂,或單騎

於弘治年間以進士入仕，後以擅寫青詞蒙寵世宗，竊權罔利長達二十年；其子嚴世蕃亦貪橫淫縱，挾權私擅爵賞，公然收賄賣官，使正直之士沉抑下僚，諂媚貪贓之徒反居上位，仕宦風氣大爲丕變，居官掌權者爭相納財營利，仗權行不法。神宗萬曆仇恨東林黨，削籍顧憲成。熹宗時又寵信魏忠賢，內外大權皆由魏忠賢掌控，其恣意妄爲，所掌東廠威虐橫行，明朝至此，朝內朋比爲奸，形成黨同伐異的局面，不可收拾。故明朝之覆亡，實與宦官相終始。其後的清朝爲外族統治，以集權鉗制思想，尤其乾隆時大興文字獄，使眾多士人噤若寒蟬，下筆不敢直書。諸此，士人們或藉文學抒發心中不滿，或嘲諷政治黑暗，皆以曲筆代之。

　　觀宦官干政，當以世宗時期最爲嚴重。世宗長期不臨朝政，嘉靖二十一年終於發生壬寅宮變，劫後餘生的二十餘年將國計大權委任於嚴嵩、陶仲文等少數權臣要士。但長期的權柄旁落之下，卻衍生出權臣貪賄亂政，諂媚者奉承阿諛之亂象，導致政治、社會亂象叢生，讓明朝國勢走向不可挽回的局面。

　　嘉靖時期，嚴嵩與子嚴世蕃貪淫無度，挾權公然鬻賣官爵，使諂媚貪贓之徒居上位，而正直之士反沉抑下僚。對嚴氏父子索賄官員，鬻賣官爵之事，《明世宗實錄》中曾載：

> 嘉靖四十一年五月壬寅，御史鄒應龍劾奏：「大學士嚴嵩子、工部侍郎嚴世蕃，憑席父勢，專利無厭，私擅爵賞，廣致賄遺，每一開選，則視官之高下而低昂其值，及遇陞遷，則視缺之美惡，而上下其價，以致選法大壞，市道公行，群醜競趨索價轉錐。聊舉一二，如：刑部主事須治元以萬三千金而轉吏部；舉人潘鴻業以二千二百金而得知州。夫以司屬末職，群邑小吏而賄以千萬計，則大而卿尹、方岳

夾弓矢，徑出禁門彈射鳥雀，或開張市肆，貨賣物件，內侍獻酒食，不擇粗精俱納。大臣科累有章疏，皆不省。」（北京：中華書局，1985），頁69。陳捷先於《明清史》中亦言：「武宗即位後不久，便在太監劉瑾等人的誘惑之下，終日嬉戲，朝廷重臣劉健等交章諫阻，全然無效。正德元年，中樞正直高官幾乎先後被罷歸殆盡，而劉瑾掌司禮監，馬永成、谷大用分掌東、西廠。」又「正德二年八月，武宗受宦官誘惑，在西華門外，築宮殿並造密室於西廟，稱爲『豹房』。內有番僧與教場司樂工，朝夕處其中，恣意爲淫樂。從此國家大事，多交劉瑾處理。劉瑾的專擅與貪婪，比英宗時的王振有過之而無不及，他一直排斥異己，援引私黨，並對朝廷中的官員，視同奴僕，稍不如意，就被杖罰、跪枷，或著下獄處死。他又設內廠，自作威福，並利用這個機關來敲詐勒索，眞是狂妄殘虐到了極點。」參見陳捷先：《明清史》（台北：三民書局，1990），初版，頁62。

又何索涯際耶？至於交通藏賄為之關節者，不下百十餘人。」〔註7〕
而對此丕變之仕宦歪風，居官者競納財營利，執事者倚仗權柄之亂象，刑科
給事吳時來更直言：

> 嵩輔已二十年，文武進退，悉出其手，又私令其子世蕃入直為之票
> 擬章奏，納賄招權，九邊臣茸索入世蕃處後達嵩所。遠則趙文華、
> 王汝孝、張經、蔡克廉；近則楊順、吳嘉會，接剝民膏以市私交，
> 虛宮帑以實奸囊。〔註8〕

由此可之索賄媚上之弊象已在官場中漫延擴散，淪為個人私利競奪之場域。

吳承恩曾於〈賀學博未齋陶師膺獎序〉中，針對此媚上貪利之歪風做出
嚴厲的批判：

> ……夫不獨觀諸近世之習乎？是故匍匐拜下，仰而陳詞，心悸貌嚴，
> 瞬間萬慮，吾見臣子之於太上也；而今施之長官矣。曲而跽，俯而
> 趨，應聲如霆，一語一僂，吾見士卒之於君帥也；而今行之縉紳矣。
> 笑語相媚，妒異黨同，避忌逢迎，恩愛爾汝，吾見婢妾之於閨門也；
> 而今聞之丈夫矣。手談眼語，譸張萬端，蠅營鼠窺，射利如蛣，吾
> 見駔儈之於市井也；而今布之學校矣。……〔註9〕

「匍匐拜下，仰而陳詞，心悸貌嚴」、「曲而跽，俯而趨，應聲如霆」、「妒異
黨同，避忌逢迎，恩愛爾汝」、「手談眼語，譸張萬端，蠅營鼠窺，射利如蛣」
等描寫，生動勾勒出一群攀龍附鳳，恣意奉承者醜陋的面貌。

天啟崇禎年間，魏忠賢掌握內廷大權，染指朝政，擅作威福，為所欲為。
《明史》載：

> 歲數出，輒坐文軒，羽幢青蓋，四馬若飛，鐃鼓鳴鏑之聲，轟隱黃
> 埃中，錦衣玉帶靴綺握刀者，夾左右馳，廚傳、優伶、百戲、輿隸
> 相隨屬以萬數，百司章奏，置急足馳白乃下。……客氏居宮中，脅
> 持皇后，殘虐宮嬪，偶出歸私第，騶從赫奕照衢路，望若鹵傳。忠
> 賢故駿無他長，其黨日夜教之，客氏為內主，群兒煽虐，以是毒痛

〔註7〕黃彰健校勘：《明世宗實錄》卷509（據中央研究院歷史語言研究所民國五十
　　　一年刊本縮編），頁8386～8387。
〔註8〕黃彰健校勘：《明世宗實錄》卷457（據中央研究院歷史語言研究所民國五十
　　　一年刊本縮編），頁7740。
〔註9〕楊家駱編：《吳承恩集》（台北：世界書局，1984），初版，頁70。

海內。〔註10〕

《西遊補》為姦臣造冊，殘害忠良，亦頗有隱射。如第九回，董若雨體察奸臣誤國，為了一洩千古不平之氣，將行者化作閻王，審刑秦檜於幽冥，此專柄的秦檜，似為魏忠賢的寫照。

二、內憂頻仍外患危殆

天災是造成明朝衰敗的另一個原因，這也是明世宗嘉靖一朝最重要的內憂。世宗在位四十五年，天災異象不斷，如水潦、火災、恆暘、恆風、雷震、雨雪殞霜、蝗螟、牛禍、豕禍、山頹、風霾晦冥、毛蟲之孽、冰雹、地震、年饑、疾疫、人痾、牛豕之禍等無年不有，造成人民心生恐懼，精神及財產受到極大的威脅。〔註11〕

在天災紛擾之下，世宗又聽用仇鸞、丁汝與嚴嵩等人錯誤的對邊政策，加上兵制疲弊敗壞，導致後期北方邊費終歲支出竟高達全國兩年總稅收之多，然而，邊費再多仍無法有效抵禦外侮連年的侵擾。〔註12〕自明朝初期已出現的倭寇，由於世宗舉棋不定的抵禦策略，導致東南沿海造成嚴重的損失，加上佞倖當道，嚴嵩所舉用的趙文華等將，藉討邊之名，行貪贓之實，導致倭寇侵擾日益嚴重。張翰《松窗夢語》之〈東倭紀〉中記載趙文華奉旨平倭寇卻行私欲之事：

> 天子（案：明世宗）遣侍郎趙文華請禱海神。貪鄙無厭，所至騷擾。
> 還朝未幾，又出監督諸軍，搜刮官庫富家金寶書畫數百萬計。交通
> 蒙蔽，以敗為功，以功為罪。……然兩浙、江、淮、閩、廣，所在

〔註10〕 張廷玉等撰：《明史》卷350〈魏忠賢傳〉。

〔註11〕 從張廷玉等撰之《明史‧世宗本紀》、《明史‧五行志》（北京：中華書局，1997）及谷應泰《明史紀事本末‧世宗崇道教》（北京：中華書局，1997）中，知明世宗在位年間天災無年不有。

〔註12〕 張廷玉等撰：《明史》卷78〈食貨志〉：「二十九年，俺答犯京師，增兵設戍，餉額過倍。三十年，京邊歲用至五百九十五萬，戶部尚書孫應奎罔目無策，乃議於南畿、浙江等州縣增賦百二十萬，加派於是始。嗣後，京邊歲用，多者過五百萬，少者亦三百餘萬，歲入不能充歲出之半。由是度支為一切之法，其箕斂財賄、題增派、括贓贖、算稅契、折民壯、提編、均徭、推廣事例興焉。」頁1901～1902。又余繼登：《典故紀聞》卷17中載：「嘉靖七年，提督團營官查上十二營官軍原額一十萬七千有奇，今止五萬四千四百有奇，馬原額一十五萬二百餘匹，今止一萬九千三百餘匹，且其中病憊羸疾者過半，營務廢弛，莫甚此時。」（北京：中華書局），頁304。

徵兵集餉，加派軍糧，截留漕粟，迫協富民，釋脫兇惡，濫受官職，
浪費無經。其爲軍旅之用，纔十之一者。征調漢、土兵官，川、湖、
貴、廣、山東西、河南北之兵，臨賊驅之不前，賊退遣之不去，散
爲盜賊。行者居者咸受其害，數年不息。〔註13〕

又對官吏臨敵怯弱的態度予以嚴厲撻伐：

庚戌，俺答入漁陽塞，犯京師，焚劫至西直門，窺陵寢，掠教場。
上震怒，殺兵部尚書丁汝夔、都御史楊守謙，召勤王兵。俄而咸寧
侯仇鸞以大同兵至，詔拜大將軍。又五日，遼東、宣府、山西兵悉
至，獲諸將軍凡十餘萬騎。虜前後剽掠男女、金帛、財物、捆載巨
萬，徐徐從東行。諸道兵相顧駭愕，莫敢前發一矢，僅尾之出境而
已。乃收斬遺稚逃降八十餘，已捷聞。……權門大吏，寵賄日章，
文武大臣，多受誅殛。戰守無策，專事蒙蔽矣。〔註14〕

由上可見明世宗時天災人禍重重，內憂外患不暇，尤其是政治腐弊，令人詬
病至極。

明末流寇肆虐，於強敵壓境之下又值荒年，導致叛卒、饑民結夥群起，
加上奸相當國，殺熊廷弼、左光斗、楊璉等忠臣，明思宗時磔忠將袁崇煥，
用奸臣周延儒、溫體仁，造成人心思變，道德腐敗，李自成、張獻忠等寇賊
乘機作亂，撲北京，洪承疇、吳三桂又相繼降清，引清兵入關，終使明朝在
烽煙遍地，民不聊生之下改朝易主。

《西遊補》第九回，嚴刑秦檜、叛穆王、拜岳飛、言盡忠報國諸情節，
這些似是作者在國勢危殆之下，對良將忠臣與國家中興的引頸期盼。

三、科舉取士之害

明季科舉沿唐宋之舊，以八股文取士，作文的格式由「破題、承題、起
講、入手、起股、中股、後股、束股」八部分組成。專以四書及五經命題。
每三年舉行一次，逢子午卯酉年鄉試，辰戌午未年會試。考試分三級進行，
童生先於州縣級考試，中試者稱爲「秀才」或「生員」，取得省試，即鄉試的
考試資格。鄉試中試者稱爲「舉人」，取得禮部考試，即會試的資格。會試中
試者再經皇帝親自「殿試」，欽點進士。進士分一二三甲發榜，一甲三人，爲

〔註13〕 張翰：《松窗夢語》卷3〈東倭記〉（北京：中華書局，1985），頁59。
〔註14〕 張翰：《松窗夢語》卷3〈北虜記〉（北京：中華書局），頁51～52。

「狀元、榜眼、探花」，統名爲「賜進士及第」。二甲取若干人，賜進士出身。三甲亦若干人，賜同進士出身。進士皆由朝廷任官。通常，狀元授予修撰；榜眼、探花授編修；二三甲考選庶吉士者皆爲翰林官；其他或授給事、御史、主事、中書、行人、評事、太常、國子博士、知官、知州、知縣等官。〔註15〕

八股文之文體，需對仗工整、平仄抑揚、合於聲律、起承轉合不苟，且文章應委婉而不直率，虛實相生、正反相對，富麗而不浮華，還要言之有物，故其難度極高。〔註16〕可惜後來因八股陳套定格，囿限眞才，逐漸失去科舉本意。

在科舉制度之下，文人多爲仕而學，由於錄取名額有限，許多士人干謁奔走，徇私舞弊，只爲了實現金榜題名的夢想，使得科場成爲舞弊之所。在科舉考試當中，挾帶書籍或文章、賄賂或巴結權貴、代考、假冒籍貫等，都是科場舞弊的方式。〔註17〕

明代董若雨鑒於此，於《西遊補》第四回中，假行者之言以抒發對科舉不滿之胸臆，言：

> 老孫五百年前，曾在八卦爐中，聽得老君對玉史仙人說著文章氣數，……，老君道：「哀哉！一般無耳無目無舌無鼻無手無腳無心無肺無骨無肋無血無氣之人，名曰秀士，百年只用一張紙，蓋棺卻無兩句書，……，你道這箇文章叫做什麼？原來叫做紗帽文章。會做幾句，便是那人福運，便有人擡舉他，便有人奉承他，便有人恐怕他。」

科舉作爲一種選任官員的政治制度，本是基於選賢佐治之目的，但後來爲了利益，奉承阿諛，失去文士的風範與氣度，足見董若雨對科舉失望之深切感慨。

從小說史來看，文士對明末清初的社會政治是極爲關注的，因此出現許多反映現實政治的小說，而這也說明了明末文人已有意識地用小說來表達自己的政治觀點。

四、逐利拜金奢侈相競

嘉靖、萬曆時期，社會風氣發生巨大變化，由於商品和貨幣的誘惑，社會各階層都出現逐利和奢侈的風氣，這種追逐金錢的社會風氣，使得商人們追求營利，農村也出現棄農求商的傾向，時人林希元於氏著《林次崖先生文

〔註15〕張廷玉等撰：《明史》卷70，〈選舉二〉。
〔註16〕蔡曉芹：《科舉》（重慶：重慶出版社，2007年1月），第1版，頁21～22。
〔註17〕蔡曉芹：《科舉》（重慶：重慶出版社），頁54～62。

集》卷二說:「今天下之民,從事於商賈技藝、遊手遊食者十而五六。」申時行亦言:「人競錐刀,逐駔儈仰機利而食。」(申時行:《賜閒堂集》卷十七,〈滸墅關修堤記〉)社會上下競相逐利,人際關係以錢爲標準,「年紀不論大與小,衣衫整齊便爲尊。恐君不信席前著,酒來先敬有錢人。」(朱載堉,《山坡羊・歎人敬富》)地主官紳也競相追逐金錢,營私枉法,許多官僚把仕途當作權錢交易的籌碼,所謂「方巾仕途如市,入仕者如往市中貿易,計美惡,計大小、計貧富、計遲速」(周順昌:《爐全集》卷二,〈與朱德升孝廉書〉)學子爲官,以及士大夫之清廉皆蕩然無存,「初生員見學官則稱老先生,自稱先生,今則老師門生,始變於諂媚,乏昔日樸茂之風矣。」(許敦俅,《敬所筆記》)昔日士大夫之清操廉恥,已轉爲諂媚請託之風。〔註18〕

　　《西遊記》第九十八回,阿儺、伽葉藉引領唐僧看經之名,向其索取人事費用,佛祖知道此事,非但不生氣,反而予以意見,可見明朝爭相逐利的社會風氣。又《續西遊記》第二十一回,三昧長老貪婪,喜銀錢米布,好向人乞化。《後西遊記》第五回,描繪了佛門弟子聚斂施財,搖惑愚民。又第三十六回,蓮花村的冥報和尙,以佛法行騙村民,讓村民們妄想能得富貴繁華。都是追求金錢貪婪成性的表現。

五、沉溺宗教迷信

　　明世宗爲了鞏固皇權,加上連年天災人禍不斷,又懲於武宗盛年無子,〔註19〕時值英年的他竟也多年毫無音息,故對子息繁衍有著強烈的執著,在多方焦慮惶恐之下轉而從旁求助於宗教,以尋求契機,不僅重用邵元節、陶仲文等方士,舉行鋪張無度之齋醮祭典,並以個人需求爲由,大力興建雷霆洪應殿、大高玄殿、萬法寶殿、芝宮等與宗教相關之宮殿,促使財政問題日趨嚴重。其大力推崇道教,追求長生延年,篤重房中術及房中祕藥,並對釋教進行大規模的排抑行動。〔註20〕

〔註18〕楊國楨、陳支平:《明史新編》(台北:昭明出版社,1999年9月),第1版,頁401~418。

〔註19〕明武宗(1506~1021)在位16年早逝無嗣。正德十四年秋九月,武宗獨乘一舟漁於積水池中,舟覆墮地,遂染疾不癒。隔年春三月,崩於豹房,年僅三十一歲。見張廷玉等撰之《明史》卷16〈武宗本紀〉。

〔註20〕參閱張廷玉:《明史》〈世宗本紀〉、〈陶仲文傳〉。谷應泰:《明史紀是本末》〈世宗崇道教〉。沈德符:《萬曆野獲編》卷1「列朝」之「賜百官食」條(北京:

關於明世宗崇道長生之事，可從《西遊記》的幾個事例，並參照史料以一窺端倪。

（一）比丘國王採「小兒心肝」為千年不老之藥引

《西遊記》第七十八回，比丘國丈以一千一百一十一個小兒的心肝煎成湯藥服用，藉以得千年不老之功，長命延壽。此以人為藥，以人補人的方式是明代中期十分盛行卻荒謬絕倫的養生觀念。

考世宗於嘉靖年間曾廣召八歲至十四歲的童女入宮，以煉「先天丹鉛」之藥，進以長生。沈德符曾於《萬曆野獲編》言：

> 嘉靖中葉，上餌丹藥有驗。至壬子（案：嘉靖31年，1552）冬，命京師內外選女八歲至十四歲者三百人入宮。乙卯（案：嘉靖34年，1555）九月，又選十歲以下者一百六十人，蓋從陶仲文言，供煉藥用也。其法名「先天丹鉛」，云久進之可以長生，王弇川《嘉靖宮詞》所云「靈犀一點未曾通」，又云「只緣身作延年藥」是也。〔註21〕

何謂「先天丹鉛」？據李時珍《本草綱目》記載，此物又名「先天紅鉛」：

> 今有方士，邪術鼓弄愚人，以法取童女初行經水服食，謂之先天紅鉛。巧立名色，多方配合，謂《參同契》之金華，《悟真篇》之首經，皆此物也。愚人信之，吞嚥穢滓，以為密秘方，往往發出丹疹，殊可嘆惡！〔註22〕

從明世宗為了長生不老而聽信方士之言，真可謂走火入魔。此也暴露出方士煉製丹藥的弊端，不僅殘忍，亦可能令人罹病致命，這樣為了延年而不擇手段之社會亂象，遂以不同的方式呈現於小說作品之中。

（二）虎力大仙與朱紫國王服「尿」以求長生

《西遊記》第四十五回，虎力大仙有「望賜些金丹聖水，進與朝廷，壽比南山」之語，後因而得到悟空三人之溺。又第六十九回，朱紫國王服「烏金丹」，金丹摻有馬尿成分，且須配以「無根水」始見功效。此「無根水」，悟空說是「天上落下的，不沾地就吃」，因而請來東海龍王敖廣降雨，並引發一段有趣的對話：

中華書局，1959），第1版。皆載世宗貶斥佛教，頒行嚴苛政策。

〔註21〕沈德符：《萬曆野獲編》補遺卷2「宮闈」、「宮詞」條，頁804～804。

〔註22〕李時珍：《本草綱目》第10冊，人部第52卷〈婦人月水〉（崇禎庚辰武林錢蔚起刊本，台北：新文豐出版公司，1987），頁461。

行者道：「如今用不著風雲雷電，亦不須多雨，只要些須引藥之水便了。」

龍王道：「既如此，待我打兩個噴涕，吐些涎津溢，與他吃藥罷。」

隨後，龍王噴涕一瀉，化作甘霖成「無根之水」，與「烏金丹」一起服下，解救了朱紫國王三年的苦疾。

明世宗喜大量服用紅鉛、秋石等祕藥偏方，其中的「秋石」乃是由男童尿液中淬取提煉而成的。〔註 23〕沈德符《萬曆野獲編》中引明代進士顧可學以「秋石」之方得到嚴嵩引薦之事例，顧氏於嘉靖二十四年拜工部尚書，因以「秋石」引薦，遂改爲禮部尚書，而時人以此事譏爲「以小道干祿」，文曰：

> 可學無他方技，惟能煉童男女溲液爲秋石，謂服之可以長生。世宗
> 餌之而驗，進秩至禮部尚書，加太子太保。……吳中人爲之語曰：「千
> 場萬場尿，換得一尚書。」蓋吳人尿呼書，二字同一音也。〔註 24〕

由上所述，可見明世宗崇餌的傾向是極明顯的。

（三）崇道抑佛煅損佛像之舉

清人谷應泰於《明史紀事本末・世宗崇道教》條云：

> 五月，除禁中佛殿，建慈慶、慈寧宮，時帝欲除去釋殿，召武定侯郭
> 勛、大學士李時、禮部尚書夏言入視大服千善殿，有金鑄象神鬼淫褻
> 之狀，又金函玉匣，藏貯佛首佛牙之類及支離傀儡，凡萬三千餘斤。
> 言退上疏，力請「瘞之中野，不得瀆留宮禁。」帝曰：「朕思此類，智
> 者以爲邪穢而不欲觀，愚民無知，必以奇異奉之，雖瘞中野，必有竊
> 發以惑民者。其煅之通衢，水除之。」於是禁中邪穢迸斥殆盡。〔註 25〕

世宗除了煅佛像、佛骨之外，還限制度牒、拆毀民間佛寺，並於嘉靖二十六年七月壬申度道士二萬四千人。

《西遊記》中也有明顯崇道抑佛的傾向。在「崇道」方面，第四十四回至第四十六回，鹿力、虎力、羊力三位大仙具有祈雨、點變物性、煉丹、求長生的能力與法術，三清亦擁有崇拜和祝禱的儀式，文曰：

> 我那師父，呼風喚雨，只在翻掌之間；指水爲油，點石成金，卻如

〔註 23〕沈德符：《萬曆野獲編》卷 21「佞倖」之「進藥」條中云：「嘉靖間，諸佞倖進方最多，其祕者不可知，相傳至今者，若邵、陶則用紅鉛取童女初行月事煉之如辰砂以進。若顧、盛則用秋石取童男小遺去頭尾煉之如解鹽以進。此二法盛行，士人亦多用。」頁 547。

〔註 24〕沈德符：《萬曆野獲編》補遺卷 2「尚書被潮」條（北京：中華書局），頁 856。

〔註 25〕谷應泰：《明史紀事本末》卷 52（北京：中華書局），頁 2328。

轉身之易。(第四十四回)

> 眾僧道:「他會搏砂煉汞,打坐存神,點水爲油,點石成金。如今興
> 蓋三清觀宇,對天地晝夜看經懺悔,祈君王萬年不老,所以就把君
> 心感動了。」(第四十四回)

此處的描寫與歷史上明世宗崇道的歷程似有雷同之處,可見者在於:(一)、
陶仲文以祈雨雪有驗而得明世宗寵信。〔註26〕(二)、方士段朝用能化物爲金
銀,受到世宗禮遇。〔註 27〕(三)、明世宗崇拜「三清」(即元始天尊、靈寶
道君、太上老君)。〔註28〕

在「抑佛」方面,《西遊記》也有君王抑佛滅佛的描寫:

> 眾僧道:「我們這一國君王,偏心無道,只喜得是老爺等輩,惱的是
> 我們佛子。……三個仙長來此處,滅了我等;哄信君王,把我們寺
> 拆了,度牒追了,不放歸鄉,亦不許補役當差,賜與那仙長家使用,
> 苦楚難當!」(車遲國,第四十四回)

> 老母道:「那國王前生那世裡結下冤仇,今世裡無端造罪。二年前許
> 下一個羅天大願,要殺一萬個和尚。……」行者道:「……雖是國王
> 無道殺僧,卻倒是個眞天子。」(滅法國,第八十四回)

考明世宗對於釋教的史料確有毀佛寺、壞佛像、燔佛骨、減僧尼數量、
控制僧尼行動的舉動。據載,嘉靖十五年五月,世宗聽從郭勛、夏言等人的
建議,下詔燬寺庵、壞佛像、焚佛骨,並拆毀禁城中的佛殿,改建慈慶、慈
寧宮,引發朝野極大的爭議。〔註29〕

〔註26〕 李詡撰、魏連科點校:《戒庵老人漫筆》卷 7(北京:中華書局,1982),頁
288~291。記世宗:「卿祝釐保國,禱祈雨暘,累累效職。」

〔註27〕 谷應泰:《明史紀事本末》卷 52(北京:中華書局),頁 788。〈世宗崇道教〉
中:「嘉靖十九年八月,萬壽聖節,建三晝夜醮,告天玄極殿。郭勛以方士段
朝用見,曰:『能化物爲金銀。』因以所化銀器進,上大悅,曰:『殆天授也。』
因授朝用紫府宣忠高士,薦其器於太廟,加勛祿米百石。」

〔註28〕 沈德符:《萬曆野獲編》卷2「列朝」、「齋宮」條(北京:中華書局),頁 48。
記明世宗與三清之關係:「今西苑齋宮,獨大高元殿以有三清像設,至今崇奉
尊嚴。內官宮婢習道教者,俱於其中演唱科儀,且往歲世宗修玄御容在焉,
故亦不廢。」

〔註29〕 余繼登:《典故紀聞》卷 17(北京:中華書局,1981),第 1 版,頁 310。於
氏著〈萬曆朝官禮部尚書〉:「嘉靖時,禮部尚書方獻夫等言:『尼僧道姑,有
傷風化,乞將見在者發回改嫁,以廣生聚。年老者量給養贍,依親居住。其
庵寺拆毀變賣,敕賜尊經護教等項追奪。戒諭勳戚之家,不得私度。』世廟

以上可以看出明代帝王崇尚宗教對小說創作素材的影響。

第二節　儒釋道三教合流

「三教」指的是儒、道、佛三家，而此三教概念的發展可分爲幾個階段，第一階段是魏晉南北朝，第二階段是唐宋，第三階段是元明清。在第一階段中，雖然有三教的連稱，但彼此是獨立的，然彼此相互間都有影響，三教偏重的是社會功能的互補。第二階段是過渡期，主要在於三教間意識上的流通融合，但三教仍各樹一幟。第三階段才出現眞正宗教形態上的三教合一。其中第二階段是在繼續第一階段三教功能互補的基礎上更添新內容。而第三階段亦是在前兩個階段的基礎上演化出「三教合一」的新成份，反映出三教合流的趨勢日益明顯。〔註30〕

明朝自嘉靖至萬曆的百年間，社會上下都瀰漫著濃厚的宗教氛圍，因此文學作品在道教、佛教，以及種種民間宗教相互衝突、滲透的影響之下，爲小說創作提供了極爲豐富的素材，促使故事情節融合了濃厚的儒、釋、道思想。

儒、釋、道三家各有其心性修養理論，儒家以成聖爲最終目標；佛家以成佛爲終極目標；道家則以成仙爲終極目標，但三者的共同之處，都是在致力於對欲望的克服，因此「三教合一」，乃是建立在此共同點上。〔註31〕

在《西遊記》及其續書中有明顯三教兼容的痕跡，不僅大量交錯輪替地援用佛藏與道藏典籍中的專門術語，內容上亦直呼「三教」之名，如《西遊記》第二回，祖師登壇開講大道時言：「……妙演三乘教，……說一會道，講一會禪，三家配合本如然。」此「三家」即指「三教」。又第四十七回，國王會眾官吏來向三藏一行人送行時，悟空對君臣僧俗人道：「……望你把三教歸一：也敬僧，也敬道，也養育人才。」明確地闡明三教合一，同時肯定三教融合共處是治國之妙道。又第九十八回，佛祖更逕稱佛經「實乃三教之源流」。《後西遊記》第二十三回，唐長老向文明天王道：「從來三教並行。」

是其言，因諭獻夫曰：『昨霍韜言，僧道盛者，王道之衰也。所言良是。今天下僧道無度牒者，其令有司盡爲查革，自今永不許開度及私創寺觀庵院，犯者罪無赦。』」頁303。
〔註30〕嚴耀中：〈論"三教"到"三教合一"〉，《歷史教學》第11期（2002）。
〔註31〕陳文新、魯小俊、王同舟：《明清章回小說流派研究》（湖北：武漢大學出版社，2003年7月），頁56。

以下將儒、釋、道三家的思想與事件在其故事情節中的運用例舉之，以見儒、釋、道三家並融的情況。

一、小說中的儒釋道思想

《西遊記》及其續書中的儒釋道思想，可從收心猿、去機心、謫仙說、道教修煉、佛教因緣中反映出來，其中亦可看出儒道佛三教合流的象徵意義。在第二回中，菩提祖師也明確言及三教一家的觀念：

> 祖師登壇高坐，喚集諸仙，開講大道。真個是：天花亂墜，地湧金蓮。妙演三乘教，精微萬法全。慢搖塵尾噴珠玉，響振雷霆動九天。說一會道，講一會禪，三家配合本如然。開明一字皈誠理，指引無生了性玄。

由此觀之，菩提祖師所講演的已是三教合流之論。觀《西遊記》之儒、道、佛思想可見於下。

（一）儒教思想

先秦《孟子》、宋明理學家及心學家，皆以「心」、「收心」、「定心」為重要的論述思想。

觀此「放心」一詞，乃源於《孟子・告子》，文曰：

> 孟子曰：仁，人心也；義，人路也。舍其路而弗由，放其心而不知求，哀哉！人有雞犬，放則知求之，有放心而不知求。學問之道無他，求其放心而已矣。〔註32〕

孟子本用「求放心」來談學問之道。而「求其放心」之意，朱子解釋為：

> 欲人將已放之心約之，使反復入身來。〔註33〕

朱熹認為心有未定之性，故應約束之，使其不致於放逸。程伊川在《二程集・遺書》中又對「放其良心」加以發揮，其言：

> 人心惟危，道心惟微。心，道之所在；微，道之體也。心與道渾然一也，對「放其良心」者言之則謂之道心。放其良心則危矣，惟精惟一，所以行道也。〔註34〕

他進一步將心看成是道，認為良心一旦放失，便容易遭致危險，故應行道。

〔註32〕史次耘註譯：《《孟子》今註今譯》（台北：臺灣商務印書館，1995）。
〔註33〕朱熹：《四書集註》（台南：東海出版社，1976 年 2 月），頁 158。
〔註34〕程顥、程頤：《二程集》（北京：中華書局，1981）。

明代，王陽明從孟子的「良知」入手，並繼承發展了宋朝陸九淵「尊德性」的思想，並吸收佛家的宗教思維，在儒學中融入佛學思想，使佛、儒匯通，主張「致良知」、「心外無理」、「心外無物」，認為：

> 無惡無善是心之體，有惡有善是意之動，知善知惡是良知，而愚夫
> 愚婦不能致，此愚之所分也。〔註35〕

致使明代中後葉的文學作品，廣泛融入王陽明的心學，也影響了《西遊記》及其續書的創作，尤其明末清初是王學思想盛行的時期，其哲學思想對小說的創作造成極大的影響。

「心學」的基本思想是「求放心」、「致良知」，即是使受外物迷惑而放縱不羈的心，回歸到良知的自覺境界。《西遊記》這可從幾個面向看出端倪：（一）、《西遊記》第四回的回目「官封弼馬心何足，名注齊天意未寧」；第七回的回目「八卦爐中逃大聖，五行山下定心猿」；第十四回的回目「心猿歸正，六賊無蹤」；第五十一回的回目「心猿空用千般計，水火無助難煉魔」。（二）、第七回有「猿猴道體配人心，即猿猴意思深，……馬猿合作心和意，緊縛牢拴莫外尋」之語，清楚地表明了作者欲將孫悟空當作人心的幻相來刻劃。

（三）、以「心猿」來作為孫悟空的別稱，故作者透過孫悟空的形象來宣揚心學的意圖是顯而易見的。孫悟空在小說中肆無忌憚，任心放失，能上天下地，無所不為，作者藉西行取經來收其心猿，故可與儒家思想有關。

《西遊記》除了從孫悟空收心猿可看出儒教色彩之外，亦可從人物的對話中顯示出來。如第十一回，傅奕上表唐太宗闡述出對於佛教的看法曰：

> 西域之法，無君臣父子，以三途六道，蒙誘愚蠢，追既往之罪，窺
> 將來之福，口誦梵言，以圖偷免。且生死壽天，本諸自然；刑德威
> 福，系之人主。今聞俗徒矯托，皆云由佛。自五帝三王，未有佛法，
> 君明臣忠，年祚長久。至漢明帝始立胡神，然惟西域桑門，自傳其
> 教，實乃夷犯中國，不足為信。……言禮本於事親事君，而佛背親
> 出家，以匹夫抗天子，以繼體悖所親，……。

此段言論對佛教的評價並不高，所著眼的是儒家忠孝的觀點。且唐僧於第四十八回中亦言：「世間惟名利最重，似他為利的，捨死忘生，我弟子奉旨全忠，也只是為名，與他能差幾何？」（頁484），將儒學所講求的不朽，即「立功」的觀念明確表明出來。又第五十回，行者述三藏是位「忠良正直」之僧（頁

〔註35〕王陽明：《傳習錄》（台北：柏室科技藝術出版，2006）。

505）；第七十一回，眞人向行者道：「我恐那妖將皇后玷辱，有壞人倫。」（頁715）；第七十六回，老魔稱讚行者是一位「廣施仁義」的猴頭（頁767）；第八十六回，八戒向行者道：「表表生人意，權爲孝道心。」（頁861）；第九十六回，三藏向員外喜道：「欲高門第須爲善，要好兒孫在讀書。」（頁960）；第九十七回，銅臺府刺史正堂告牌上寫道：「常懷忠義之心，每切仁慈之念。」（頁967）等，其中有許多儒家忠孝節義，以及仁義、人倫之儒家思想。

（二）佛教思想

明代禪宗與心學的發展是相對應的。禪宗以我心即佛、佛即我心爲出發點，否定僵化的教條，正好符合明中葉以後的「心學」思想，使「心學」與「禪宗」結下不解之緣。

考察《西遊記》的內容與思想，與佛教有著密切的關聯，包括（一）：《西遊記》所描寫的是玄奘取佛經的題材。（二）、文中對佛教經典《多心經》的著墨甚多，如：（1）、第八回，回首的〈蘇武慢〉，內容是在闡述禪宗南宗「頓悟成佛」的內容。（2）、第十三回，唐僧演說西行取經大旨時，所強調的是佛教禪宗之「心生，種種魔生；心滅，種種魔滅。」的觀點。（3）、第十四回，其中有闡述佛理的長篇韻文。（4）、第十九回，文中言：「《多心經》一卷，凡五十四句，共計二百七十四字。若遇魔瘴之處，但念此經，自無傷害。」（5）、第二十九回，亦有闡述佛理的長篇韻文。（6）、第三十二回，描寫《心經》：「心無掛礙，無掛礙，方無恐怖，遠離顚倒夢想。」（7）、第四十三回，唐僧西行中遇到劫難時便默誦《心經》，並和孫悟空共同討論《心經》中關於「眼耳鼻舌身意」的佛理。（8）、第八十二回，地湧夫人說她與唐僧的情緣是「夙世前緣繫赤繩，魚水相和兩意濃」。（9）、第八十五回，孫行者笑道：「你把烏巢禪師的《多心經》早忘了？」又悟空用《多心經》提醒唐僧：「佛在靈山莫求遠，靈山只在汝心頭。人人有個靈山塔，好向靈山塔下修。」唐僧明了言：「千經萬典，也只是修心。」（三）、《西遊記》中不時有「明心見性」的主張，如第一回的回目「靈根育孕源流出，心性修持大道生」；第二十回，悟空言：「只要你見性志誠，念念回首處，即是靈山。」此「靈山」與「靈根」屬禪宗思想。（四）、第九十五回，玉兔妖言：「與君共樂無他意，欲配唐僧了宿緣」，「宿緣」源於佛教思想，說明唐僧前世與女妖間的關係。

關於《多心經》的書寫，主要的目的是藉以消除取經途中的魔障，因途中的各種邪魔都是由「心」的種種欲望所產生出來的，故《多心經》的作用

是在於安心神。因此《西遊記》的命意與佛教的心性修養有著密切的關聯。對此，陳文新曾明言：

> 《西遊記》重視《多心經》，從發生學的角度考察，與《多心經》（《心經》）曾經在陳玄奘取經途中發揮神祕作用有關。」〔註36〕

根據劉蔭柏研究，他認爲《西遊記》與《心經》的關係在於：（一）、小說中烏巢禪師口授的《心經》與玄奘所譯的《般若波羅蜜多心經》幾乎一字不差。（二）、玄奘所譯的《十一面神咒心經》，其中的功德神異則轉化爲《西遊記》中觀世音菩薩命令唐僧降伏孫悟空的定心眞言。〔註37〕

而《續西遊記》對佛學思想亦有極大的關聯。文中所關注的是「心」的層面，因此眞復居士在〈續西遊記序〉中提到：「中士不悟，實生機心」、「心生於物，死於物，機在目」、「夫機者，魔與佛之關捩也」、「以心降魔」、「即經即心，即心即佛」等言。〔註38〕此指明了人心容易被外物所障蔽，導致產生機動之心，而當機心產生時，種種邪魔也會隨之而生，故應該定心，才能以心降魔，達到機心滅及種種魔滅的功效。然而定心之法在於經及佛，經即心，心即佛，唯有注重佛教思想中對「心」的闡發，才能杜絕一切機心。

《後西遊記》中，以負河圖光揚儒教的白龍馬來馱西天求取佛經眞解的唐半偈，這便有入世與出世，即「儒」與「佛」兩教合一的象徵意義。〔註39〕

（三）道教思想

《西遊記》及其續書與道教相關者，如《西遊記》雖是在闡述佛教取經的故事，但書中卻有許多五行相剋、鉛丹符籙等與道教有關的術語及修煉內容，甚至在回目中也常見有關「木母」、「黃婆」等道教術語。如從人物對話來看，第一回中悟空受到通背猴的指引得以尋仙訪道，後來遇見祖師，並替他取名，祖師對孫悟空笑曰：「你身軀雖是鄙陋，卻像個食松果的猢猻。我與你就身上取個姓氏，意思教你姓『猢』。猢字去了獸傍，乃是古月。古者，老也；月者，陰也。老陰不能化育，教你姓『孫』倒好。猻字去了獸傍，乃是

〔註36〕陳文新、魯小俊、王同舟：《明清章回小說流派研究》（湖北：武漢大學出版社），頁50。

〔註37〕劉蔭柏發現佛經的內容被廣泛應用於《西遊記》的人物及情節中，見劉蔭柏：《《西遊記》發微》（台北：文津出版社，1995年9月），頁103～110。

〔註38〕見季跪撰，鍾夫、世平標點：《續西遊記》（台北：建宏出版社）之〈續西遊記序〉，頁7～8。

〔註39〕王旭川：《中國小說續書研究》（上海：學林出版社，2004年5月），頁209。

個子系。子者，兒男也；系者，嬰細也，正合嬰兒之本論。教你姓『孫』罷。」
從內丹來看，「嬰兒之本」乃指人體內聖胎成熟時的長生正壽狀態，故祖師替
悟空取名，顯然是從道教立場著眼的。又第二回，悟空拒絕祖師所教授的「術、
流、靜、動」之道，理由是無一能結成聖胎，而要求祖師傳授他長生之道，
祖師告誡悟空曰：

> 顯密圓通眞妙訣，惜修性命無他說。
>
> 都來總是精氣神，謹固牢藏修漏洩。
>
> 休漏洩，體中藏，汝受吾傳道自昌。
>
> 口訣記來多有益，屏除邪欲得清涼。
>
> 得清涼，光皎潔，好向丹臺賞明月。
>
> 月藏玉兔日藏烏，自有龜蛇相盤結。
>
> 相盤結，性命堅，卻能火裏種金蓮。
>
> 攢簇五行顚倒用，功完隨作佛和仙。

此長生口訣沿用了內丹術語，顯示作者熟悉《道藏》相關經典。沿用《道藏》
之處，可從第十一回的序詩中看出，該詩反映唐太宗冥府行的心情，詩曰：

> 百歲光陰似水流，一生事業等浮漚。
>
> 昨朝面上桃花色，今日頭邊雪片浮。
>
> 白蟻陣殘方是幻，子規聲切想回頭。
>
> 古來陰隲能延壽，善不求憐天自周。

此詩援用道書《鳴鶴餘音》內之〈升堂文〉，著者署名秦眞人，詩曰：

> 百歲光明，疾如流水。
>
> 一生事業，空似浮漚。
>
> 昨朝面上桃杏花開，今日頭邊雪霜照破。
>
> ……
>
> 白蟻陣殘魂似夜，子規聲切勸君曰。〔註40〕

此借用《道藏》之例。從悟空、八戒和悟淨的自敘詩來看，詩中有許多煉丹
的術語，而且夾雜著修煉成丹的歷程。第十七回，孫悟空的「自敘詩」曰：

> 自小神通手段高，隨風變化逞英豪。
>
> 養性修眞熬日月，跳出輪迴把命逃。

〔註40〕秦眞人：〈升堂文〉，見元代道士彭致中所編的道教詩集《鳴鶴餘音》卷9，頁
15。收錄於《正統道藏》（台北：藝文印書館，1962）中。

一點誠心曾訪道，靈臺山上採藥苗。

那山有個老仙長，壽年十萬八千高。

老孫拜他爲師父，指我長生路一條。

他說身內有丹藥，外邊採取枉徒勞。

得傳大品天仙訣，若無根本實難熬。

回光內照寧心坐，身中日月坎離交。

萬事不思全寡慾，六根清淨體堅牢。

返老還童容易得，超凡入聖路非遙。

三年無漏成仙體，不同俗輩受煎熬。

十洲三島還遊戲，海角天涯轉一遭。

活該三百多餘歲，不得飛昇上九霄。

下海降龍眞寶貝，才有金箍棒一條。

花果山前爲帥首，水簾洞裏聚群妖。

玉皇大帝傳宣詔，封我齊天極品高。

幾番大鬧靈霄殿，數次曾偷王母桃。

天兵十萬來降我，層層密密布槍刀。

戰退天王歸上界，哪吒負痛領兵逃。

顯聖眞君能變化，老孫硬賭跌平交。

道祖觀音同玉帝，南天門上看降妖。

卻被老君助一陣，二郎擒我到天曹。

將身綁在降妖柱，即命神兵把首梟。

刀砍鎚敲不得壞，又教雷打火來燒。

老孫其實有手段，全然不怕半分毫。

送在老君爐裏煉，六丁神火慢煎熬。

日滿開爐我跳出，手持鐵棒繞天跑。

縱橫到處無遮擋，三十三天繞一遭。

我佛如來施法力，五行山壓老孫腰。

整整壓該五百載，幸逢三藏出唐朝。

吾今皈正西方去，轉上雷音見玉毫。

你去乾坤四海問一問，我是歷代馳名第一妖。

第十九回，豬八戒的「自敘詩」曰：

自小生來心性拙，貪閒愛懶無休歇。
不曾養性與修真，混沌迷心熬日月。
忽然閒裏遇真仙，就把寒溫坐下說。
勸我回心莫墮凡，傷生造下無邊孽。
有朝大限命終時，八難三途悔不喋。
聽言意轉要修行，聞語心回求妙訣。
有緣立地拜為師，指示天關並地闕。
得傳九轉大還丹，工夫晝夜無時輟。
上至頂門泥丸宮，下至腳板湧泉穴。
周流腎水入華池，丹田補得溫溫熱。
嬰兒姹女配陰陽，鉛汞相投分日月。
離龍坎虎用調和，靈龜吸盡金烏血。
三花聚頂得歸根，五氣朝元通透徹。
功圓行滿卻飛昇，天仙對對來迎接。
朗然足下彩雲生，身輕體健朝金闕。
玉皇設宴會群仙，各分品級排班列。
敕封元帥管天河，總督水兵稱憲節。
只因王母會蟠桃，開宴瑤池邀眾客。
那時酒醉意昏沉，東倒西歪亂撒潑。
逞雄撞入廣寒宮，風流仙子來相接。
見他容貌挾人渾，舊日凡心難得滅。
全無上下失尊卑，扯住嫦娥要陪歇。
再三再四不依從，東躲西藏心不悅。
色膽如天叫似雷，險些震倒天關闕。
糾察靈官奏玉皇，那日吾當命運拙。
廣寒圍困不通風，進退無門難得脫。
卻被諸神拿住我，酒在心頭還不怯。
押赴靈霄見玉皇，依律問成該處決。
多虧太白李金星，出班俯顙親言說。
改判重責二千鎚，肉綻皮開骨將折。
放生遭貶出天關，福陵山下圖家業。

　　　　我因有罪錯投胎，俗名喚做豬剛鬣。

第二十二回，沙悟淨的「自敘詩」曰：

　　　　自小生來神氣壯，乾坤萬里曾遊蕩。

　　　　英雄天下顯威名，豪傑人家做模樣。

　　　　萬國九州任我行，五湖四海從吾撞。

　　　　皆因學道蕩天涯，只為尋師遊地曠。

　　　　常年衣缽謹隨身，每日心神不可放。

　　　　沿地雲遊數十遭，到處閑行百餘趙。

　　　　因此才得遇真人，引開大道金光亮。

　　　　先將嬰兒姹女收，後把木母金公放。

　　　　明堂腎水入華池，重樓肝火投心臟。

　　　　三千功滿拜天顏，志心朝禮明華向。

　　　　玉帝大使便加陞，親口封為捲簾將。

　　　　南天門裏我為尊，靈霄殿前吾稱上。

　　　　腰間懸掛虎頭牌，手中執定降妖杖。

　　　　頭頂金盔晃日光，身披鎧甲明霞亮。

　　　　往來護駕我當先，出入隨朝予在上。

　　　　只因王母降蟠桃，設宴瑤池邀眾將。

　　　　失手打破玉玻璃，天神個個魂飛喪。

　　　　玉皇即便怒生嗔，卻合掌朝左輔相。

　　　　卸冠脫甲摘官銜，將身推在殺場上。

　　　　多虧赤腳大天仙，越班啟奏將吾放。

　　　　饒死回生不典刑，遭貶流沙東岸上。

　　　　飽時困臥此河中，餓去翻波尋食餉。

　　　　樵子逢吾命不存，漁翁見我身皆喪。

　　　　來來往往吃人多，翻翻覆覆傷生瘴。

　　　　你敢行兇到我門，今日肚皮有所望。

　　　　莫言粗糙不堪嘗，拿住消停剁鮓醬！

悟空、八戒和悟淨皆跟從不同道師修煉，後都列為仙班，可見三人本為修道之
人。從回目來看，回目中有許多煉丹及五行的術語，而且將這些術語予以擬人
化。如第三十二回之回目「蓮花洞木母逢災」；第四十回之回目「猿馬刀圭木母

空」；第四十七回之回目「金木垂慈救小童」；第五十三回之回目「黃婆運水解邪胎」等。此皆可以看出，《西遊記》有修煉仙道的主題寓意。〔註41〕又第四十四回至第四十六回，鹿力、虎力、羊力三位大仙具有祈雨、點變物性、煉丹、求長生的能力與法術，三清亦擁有崇拜和祝禱的儀式。第七十八回中的「小兒心肝藥引」，此乃道教長生延壽的秘方。又第八十回，地湧夫人說：「那唐僧乃童身修行，一點元陽未泄，正欲拿他去配合，成太乙金仙。」這種想與三藏成配偶，以誘取元陽的想法與行為，其實和道教的房中煉丹術密切相關。尤其是內容中與道教相關之神祇和人物更為豐富，如玉帝、五方五老、王母娘娘、四值功曹、太上老君、東華帝君、許旌陽天師、張紫陽天師、葛仙翁天師、丘弘濟天師、黃帝、三清祖師、九曜星宮二十八宿、六丁六甲等，這些神祇可以信手拈來，隨處可見。

二、小說中的佛、道事件

（一）滅佛事件

佛教自東漢初傳入中國，前後曾發生過數次法難，歷史上稱之為「三武一宗滅佛」事件。所謂「三武」，是指北魏太武帝、北周武帝及唐武宗，而「一宗」，指後周世宗。

北魏太武帝拓跋燾共滅佛兩次，第一次發生於太平真君五年（444），當時巫、道、佛均遭禁滅，其主因是佛門弟子涉入了劉潔、王氐的反太武政變。第二次滅佛，則發生於太平真君七年（446），因佛教僧徒參與了蓋吳等各地的反魏起義，並於長安一佛寺中發現了大量的兵器、釀酒具、財物和淫室，而激起太武帝滅佛的決心。〔註42〕

北周武帝滅佛與大量僧徒影響國家財政並危及皇權有關。天和二年（567）因寺僧增多使國家收入銳減，於是還俗僧人衛元嵩上書刪寺減僧。於建德三年（574），武帝鑑於當時佛教寺院影響經濟的發展，造成官府賦稅的重大損失，便下令廢佛道二教，禁諸淫祀。

又唐武宗李炎偏好道教，崇尚長生不老之術，即位後，便召集道士在宮

〔註41〕余國藩著、李奭學編譯：《《紅樓夢》、《西遊記》與其他》（北京：生活・讀書・新知三聯書店，2006 年 10 月），頁 273～285。
〔註42〕魏收：《魏書》卷 114，《魏書》第 8 冊（北京：中華書局，1985 年 10 月），頁 3034。

中三殿設立金籙道場，修建望仙台。於會昌三年（843），下令焚燒宮中所有佛經，埋佛像，禁止長安左右兩街寺院講經說法。會昌四年（844），唐武宗更下詔禁供佛舍利，禁止僧尼夜間出行，拆毀各地佛堂三百餘所，敕令普通佛堂的僧尼還俗。會昌五年（845），武宗令長安兩街各留佛寺兩所，每寺留僧三十人，各州留寺一所，除留少許僧人之外，其餘僧人令其還俗，且命寺院限期拆毀，其財貨田產一律沒收，將所有廢寺的銅像銷毀後鑄錢，金銀佛像器皿等銷毀後上繳國庫，鐵佛像銷毀後鑄為農具。

　　周世宗於顯德二年（955），也整飭佛教，嚴格限制度僧數量，不僅禁止僧尼捨身事佛，並銷毀銅像鑄錢。〔註43〕

　　歷史上這幾次的滅佛事件，便成為小說情節的歷史文化依據。《西遊記》中車遲國和滅法國的情節便有滅佛事件的折射，如第四十四回，孫行者對一群在車遲國城外做活的僧人感到不解，聽監工的小道士曰：

> 因當年求雨之時，僧人在一邊告斗，都請朝廷的糧食；誰知那和尚不中用，空念空經，不能濟事。後來我師父一到，喚雨呼風，拔濟了萬民塗炭。卻才惱了朝廷，說那和尚無用，拆了他的山門，毀了他的佛像，追了他的度牒，不放他回鄉，御賜與我們家做活，就當小廝一般。

那做苦力的和尚亦道：

> 只因呼風喚雨，三個仙長來此處，滅了我等；哄信君主，把我們寺拆了，度牒追了，不放歸鄉，亦不許補役當差，賜與那仙長家使用，苦楚難當！但有個遊方道者至此，即請拜王領賞；若是和尚來，不分遠近，就拿來與仙長家傭工。……他會摶砂煉汞，打坐存神，點水為油，點石成金。如今興蓋三清觀宇，對天地晝夜看經懺悔，祈君主萬年不老，所以就把君心惑動了。

又第八十四回，當唐僧一行人行至滅法國，未進城前，即聽見觀世音菩薩警告曰：

> 那國王前生那世裏結下冤仇，今世裏無端造業。二年前許下一個羅天大願，要殺一萬個和尚。這兩年陸陸續續，殺夠了九千九百九十六個無名和尚，只要等四個有名的和尚，湊成一萬，好做圓滿哩。

〔註43〕俞曉紅：《古代白話小說研究》（合肥：安徽人民出版社，2005 年 8 月），頁169～170。

這兩回的情節，皆明顯影射歷史上的滅法事件，尤其是車遲國中三大仙把持朝政，壓制僧佛的情節，這是歷史上「三武一宗」滅佛事件的投影。

（二）三教論衡與僧、道之爭

「三教論衡」是歷代帝王利用佛教文化來鞏固皇權和穩定人心的手段。北周武帝曾於建德二年（573）召集儒、釋、道三家道徒論辯，論三教之先後，並將佛教排在最後，關於此事，《周書》就曾記載：

> 帝升高座，辨釋三教先後，以儒教爲先，道教次之，佛教爲後。
>
> 〔註44〕

唐朝廷也曾召集儒、釋、道三家的代表講論各家教義，並進行辯論，唐高祖李淵就爲了調和三教關係，於武德八年頒布《先老後釋詔》，文載：

> 老教孔教，此土元基，釋教後興，宜崇客禮。今可老先次孔末後釋
>
> 宗。〔註45〕

由於皇帝標榜道家爲先，因此釋家與道家時常發生衝突。後來，唐高宗李治爲了平衡釋、道關係，便命僧人、道士各七人，僧東道西，同上百福殿，並曰：「佛道二教，同歸一善」，以弭平紛爭。〔註46〕

　　小說的創作也受到儒、釋、道三教並存與爭勝的影響。情節中常出現有關僧、道爭勝的情節。如《西遊記》第四十五回，當唐僧一行到達車遲國時，在城外和道士展開了一場爭鬥，首先，孫悟空打死看管和尚的小道士，放走五百名替道士做勞役的和尚後，並與猪八戒和沙和尚享用三清觀裏的供品。進到大殿後，國王命唐僧師徒與三位國師賭勝求雨，但風婆、雲童、霧郎、雷公、電母及四海龍王等，皆被孫悟空制伏，道士全輸，讓孫行者佔盡風光，導致三位國師極爲不滿。第四十六回，孫悟空與三大仙鬥法，更明顯是三教論衡的反映，文中虎力大仙、鹿力大仙和羊力大仙三者，與唐僧師徒賭「坐禪」、「隔板猜枚」、「砍頭再安」、「剖腹挖心」和「油鍋洗澡」等，經過數回合的較量之後，僧徒大獲全勝。又第七十八回，唐僧師徒來到比丘國，與國丈道士們展開一場僧、道優劣的辯論，當國王問唐僧西方之路有何好處時，

〔註44〕令狐德棻等撰：《周書》第 1 冊（北京：中華書局，1971），頁 83。

〔註45〕（唐）釋道宣：《集古今佛道論橫》卷丙，〈高祖幸國學當集三教問僧道是佛師事第二〉，《大正藏》第 52 冊（佛光教育基金會，1990），頁 381。

〔註46〕（唐）釋道宣：《集古今佛道論橫》卷丁，〈上以西明寺成功德圓滿佛僧創入榮泰所期又召僧道士入內殿躬御論場觀其義理事第二〉，《大正藏》第 52 冊（佛光教育基金會），頁 389。

唐僧道：「爲僧者，萬緣都罷；了性者，諸法皆空。大智閒閒，澹泊在不生之內；眞機默默，逍遙於寂滅之中。三界空而百端治，六根淨而千種窮。……只要塵塵緣總棄，物物色皆空。素素純純寡愛慾，自然享壽永無窮。」然老道國丈付之一笑，曰：「寂滅門中，必云認性；你不知那性從何而滅！枯坐參禪，儘是些盲修瞎煉。」又言：「修仙者，骨之堅秀；達道者，神之最靈。……比你那靜禪釋教，寂滅陰神；涅槃遺臭殼，又不脫凡塵！三教之中無上品，古來惟道獨稱尊。」這一番激烈的釋、道之辯，仍以僧家取勝告終。另《後西遊記》第二十二回，學生道：「和尙，人乎？鬼乎？」先生道：「人也，鬼道焉。」「匪自我天王之開文教也，斥此輩爲異端，摒諸中國，不與同西土久矣。」「子異端之人也，不耕不種，又遑遑求異域之空文，何功於予土？而予竭養親資生之稻糧，以飽子無厭之腹。」「昔天王之未開此山也，萬姓盡貪嗔癡蠢，往往爲佛法所愚妄，以爲捨財布施，可獲來生之報，以致傷父母之遺體，破素守之產業，究竟廢滅人道，斬絕宗嗣，總歸烏有，豈不哀哉？幸天王之憐念此土，忽開文教之矣，痛掃異端，大張聖教。」「子誠聞言悔過，逃釋歸儒。若執迷不悟，倘貪口腹，予恐其不獲免耳。」此以儒諷佛。而唐長老回應：「可奈一個教書先生，高榜斯文，滿口咬文嚼字，一味毀僧謗佛。」「我看這班書獸，沉迷入骨。」小行者亦言：「此輩不過是些迂儒蠢漢。」這是以佛刺儒。對於儒、佛、道之爭，更可從第二十三回中明顯表露出來，該回中，文明天王手持文筆飛身上馬，馬前一對龍旗上寫道：「大展文明，以報聖人知我；痛除仙佛，使知至教無他。」這些對話與情節，都是僧、道相爭或僧、儒相爭之例，爲三教論衡的展現。

三、小說中的佛、道神譜

　　歷史上的各種神話人物及其故事，在小說所建構的三教合一的大框架中，都被安置於相應的位置，形成了後來民間影響極大的龐雜的神的譜系，尤其是神魔小說的編撰，其實是對中國民間各種神話故事的大規模的整理。〔註47〕

　　《西遊記》、《續西遊記》、《西遊補》、《後西遊記》中的神佛眾多，包括佛教、道教與自然界及其他諸神，尤其是《西遊記》，更進一步運用了奇特虛幻的想像力，統合了三教各種神佛的形象，建構出一套完整又龐雜的神佛譜

〔註47〕陳大康：《明代小説史》（北京：人民文學出版社，2007年4月），頁399。

系，對以後的小說及民間信仰產生極大的影響。

　　茲將《西遊記》、《續西遊記》、《西遊補》、《後西遊記》中佛、道神整理
於下。

（一）佛教神

　　《西遊記》、《續西遊記》、《西遊補》、《後西遊記》中出現的佛教神有：

　　1、「四大天王」

　　見於《西遊記》第三十六回，為「持國」、「多聞」、「增長」、「廣目」四
者。「四大天王」為佛教神祇，或稱「四天王」、「護世四天王」，主管「風調
雨順」，一般分列於淨土佛寺的第一重殿（天王殿）的兩側。四者為「南方增
長天王」，其持劍，司風；「東方持國天王」，拿琵琶，司調；「北方多聞天王」，
執傘，司雨；「西方廣目天王」，持蛇，司順。〔註48〕

　　2、「哪吒三太子」

　　見於《西遊記》第八十三回、《後西遊記》第四回。「哪吒」原是佛教之
神，為毗沙門天王之第三太子，後被道教吸收進神仙體系。相傳其為托塔李
天王李靖之子，手拿火尖槍，臂套乾坤圈，腰圈紅色混天綾，腳踏風火輪。
嬉於東海，殺死了龍王太子，其父李靖大怒，哪吒割肉還父，削骨還母。道
教太乙真人以蓮花為其化身，使之再生，成為神通廣大的神仙。〔註49〕

　　3、「十八羅漢」

　　見於《西遊記》第十五回，稱「十八位護伽藍」。「十八羅漢」是由十六
羅漢發展而來。蘇軾在〈自海南過清遠峽寶林寺敬贊禪月所匣十八大阿羅漢〉
中記第十七位是「慶友尊者」，十八位是「賓頭盧尊者」。北宋高僧志磐在《佛
祖統記》中記十七位為「摩訶迦葉」，十八位為「君屠鉢嘆」。十八羅漢在元
朝以後替代了十六羅漢的地位，今佛寺供奉的十八羅漢最後兩位為「慶友尊
者」與「玄奘大師」。〔註50〕

　　4、「如來佛」

　　見於《西遊記》第五回、《續西遊記》第一回、《後西遊記》第五回。「如
來佛」即釋迦牟尼佛，為佛教的創始人，民間以農曆四月初八為佛誕日，即

〔註48〕烏丙安：《中國民間神譜》（瀋陽：遼寧人民出版社，2007年6月），頁331。
〔註49〕烏丙安：《中國民間神譜》，頁337。
〔註50〕烏丙安：《中國民間神譜》，頁326。

浴佛節。〔註51〕

5、「觀世音菩薩」

　　見於《西遊記》第五回，稱「南極觀音」；又見於《續西遊記》第四十四回、《西遊補》第十六回、《後西遊記》第二十一回。佛教認爲「觀世音菩薩」具有大悲濟世的精神與功德，能解救眾生於苦難中，號爲施無畏者。其造像繁多，產生了六觀音、七觀音、三十三觀音之說，而這些觀音主要有馬頭觀音、千手觀音、十一面觀音、不空羂索觀音、如意輪觀音等。在長期流傳中，塑造出許多符合人們審美心理與情趣的觀音像，如：馬郎婦觀音、白衣觀音、楊枝觀音、送子觀音、魚籃觀音、水月觀音等。〔註52〕

6、「彌勒佛」

　　見於《西遊記》第六十六回、《後西遊記》第十一回。民間傳「彌勒佛」蒙釋迦牟尼授記，將繼承釋迦牟尼而在人間成佛，故稱爲未來佛。漢地佛寺供奉的笑口常開的大肚彌勒佛像，乃爲彌勒化身的五代布袋和尚形象，傳其能消災除病，帶來樂趣，讓人皆大歡喜。〔註53〕

7、「藥師佛」

　　見於《西遊記》第七十八回、《後西遊記》第十一回。「藥師佛」全稱爲「藥師琉璃光如來」，亦稱「藥師琉璃光王佛」、「大醫王佛」、「十二願王」、「醫王善逝」、「消災延壽藥師佛」。其與「釋迦牟尼佛」和「阿彌陀佛」合稱爲「三寶佛」或「橫三世佛」。具有醫百病，消災延壽之能力。〔註54〕

8、「燃燈佛」

　　見於《西遊記》第九十八回、《續西遊記》第六十九回、《後西遊記》第十一回。「燃燈佛」又稱「錠光佛」、「定光如來」、「燃燈古佛」。其爲釋迦牟尼的老師，釋迦牟尼成佛由其授記。〔註55〕

9、「文殊菩薩」

　　見於《西遊記》第三十九回。「文殊菩薩」是眾菩薩之首，被認爲是如來法王之子。在大乘佛教中專司智慧，經常協同釋迦牟尼宣講佛法。在佛教圖

〔註51〕烏丙安：《中國民間神譜》，頁298。
〔註52〕烏丙安：《中國民間神譜》，頁312。
〔註53〕烏丙安：《中國民間神譜》，頁300。
〔註54〕烏丙安：《中國民間神譜》，頁304。
〔註55〕烏丙安：《中國民間神譜》，頁303。

像中，其塑像常在釋迦牟尼佛的左邊，與普賢菩薩一起隨侍於釋迦身邊。民間賦予其佑護學子讀書升學之神職。〔註56〕

10、「普賢菩薩」

見於《西遊記》第七十七回。「普賢菩薩」專司理德，其職責是普及佛門所倡導的善。其是大乘佛教行願的象徵，包括修行與誓願兩方面，是佛教徒在實踐菩薩道上的榜樣與典範。〔註57〕

11、「阿彌陀佛」

見於《西遊記》第一百回。「阿彌陀佛」意為無量壽佛或無量光佛，為西天極樂世界的教主。相傳只要一心專念阿彌陀佛名號，死後即可往生極樂世界。〔註58〕

12、「五方揭諦」

見於《西遊記》第七十九回。「五方揭諦」為佛教的守護神。〔註59〕

13、「旃檀功德佛唐三藏」

見於《後西遊記》第五回。

14、「定光佛」

見於《後西遊記》第十一回。

15、「善財童子」

見於《後西遊記》第十一回，稱「紅還兒」。「善財童子」在中國佛教禪寺裡，常被塑繪於觀世音菩薩左側，民間認為其具看管金庫，為天下眾生及時開庫施濟之能。〔註60〕

16、「地藏王菩薩」

見於《西遊記》第五十八回、《後西遊記》第二十一回。據《地藏菩薩本願經》載：「地藏王菩薩」曾受釋迦牟尼佛的囑託，要在釋迦滅度後，彌勒佛降誕前擔任教化眾生之責，其地位相當「代理佛」，故又被稱為「大願地藏」。〔註61〕

〔註56〕烏丙安：《中國民間神譜》，頁317。
〔註57〕烏丙安：《中國民間神譜》，頁320。
〔註58〕烏丙安：《中國民間神譜》，頁298。
〔註59〕鄭志明：《中國社會的神話思維》，頁158。
〔註60〕烏丙安：《中國民間神譜》，頁339。
〔註61〕烏丙安：《中國民間神譜》，頁321。

17、「十殿閻君」

見於《西遊記》第五十八回，稱「十代冥王」，為「第一殿秦廣王、第二殿楚江王、第三殿宋帝王、第四殿卞城王、第五殿閻羅王、第六殿平等王、第七殿泰山王、第八殿都市王、第九殿忤官王、第十殿轉輪王」；又見於《後西遊記》第三回。民間俗信地獄分十殿，每殿各有一閻王司職，「十殿閻君」分別為：一殿秦廣王蔣，二殿楚江王歷，三殿宋帝王余，四殿五官王呂，五殿閻羅天子包，六殿卞城王畢，七殿泰山王董，八殿都市王黃，九殿平等王陸，十殿轉輪王薛。〔註62〕

18、「閻羅王」

見於《西遊補》第十回。「閻羅王」為佛教體系中的地獄之王，為冥界主宰，俗信人死後要到陰界接受閻王的審判。〔註63〕

19、「判官」

見於《西遊記》第五十八回。民間地獄「判官」種類繁多，可分為掌刑判官、掌善簿判官、掌惡簿判官、掌生死簿判官等。〔註64〕

20、「牛頭馬面」

見於《西遊記》第五十八回。「牛頭馬面」為陰曹地府中鬼卒，均源自佛教。〔註65〕

（二）道教神

《西遊記》及其續書中出現的道教神有：

1、「玉帝」

見於《西遊記》第三回，稱「高天上聖大慈仁者玉皇大天尊玄穹高上帝」；《西遊補》第二回；《後西遊記》第四回。「玉皇大帝」的道教全稱為「昊天金闕無上至尊自然妙有彌羅至真玉皇上帝」，或稱為「弦穹高上玉皇大帝」，與「北極大帝」、「天皇大帝」、「土皇地祇」並稱為「四御」，總管天神，位列「三清」之下，民間稱其為「玉皇」、「玉帝」或「玉皇大帝」，並將其位置提升為宇宙的最高神靈，成為萬神之主，同時視為道教的最高神靈。〔註66〕

〔註62〕烏丙安：《中國民間神譜》，頁70。
〔註63〕烏丙安：《中國民間神譜》，頁69。
〔註64〕烏丙安：《中國民間神譜》，頁73。
〔註65〕烏丙安：《中國民間神譜》，頁74。
〔註66〕烏丙安：《中國民間神譜》，頁243。

2、「三清尊神」

見於《西遊記》第七回，稱「玉清元始天尊」、「上清靈寶天尊」、「太清道德天尊」。「三清」是指「三清天」，道家將宇宙分為凡世與仙世，人居住在凡世，神仙居住在仙世。仙界共有三十六重天，眾多神仙依照其等極差別，分別住在各重天中。欲界六重天，色界十八重天，無色界四重，三界之內各有二十八重天。第二十九重天至第三十二重天受王母庇護，王母佑其天無災無難。第三十三重天是「太清天」，第三十四重天為「上清天」，第三十五重天為「玉清天」，為道教神仙居住的最高仙界。「元始天尊」居住在玉清天，「靈寶天尊」居住在上清天，道德天尊居住在太清天，通稱為「三清天尊」。《道德經》曰：「道生一，一生二，二生三，三生萬物。」三清尊神就是「道」的人格化，即「一氣化三清」。「三清」是道教尊奉的最高尊神，其次是玉皇大帝，然後才是眾天神。〔註67〕

3、「四御」

見於《西遊記》第七回。「四御」是輔佐「三清」的四位天帝，道教稱「三天四御」是統率天地萬神，是宇宙萬物的創造者。關於「四御」較常見的說法有兩種，第一種：是所謂的「四極大帝」，其為「北極紫微大帝總御萬星」、「南極長生大帝總御萬靈」、「太極天皇大帝總御萬神」、「東極清華大帝總御萬類」；第二種；「昊天金闕至尊玉皇大帝」、「中天紫微北極太皇大帝」、「勾陳上宮南極天皇大帝」、「承天效法后土皇地祇」。〔註68〕

4、「五方五老」

見於《西遊記》第五回，稱「西天佛老」、「南方南極觀音」、「東方崇恩聖帝」、「北方北極玄靈」、「中央黃極黃角大仙」。「五方五老」原是道教神明，《雲笈七籤》說元始天王化為三清後，又化生為五方五老，即「東方安寶華林青靈始老帝君」、「南方梵寶昌陽丹靈真老君」、「中央混元玄靈黃老君」、「西方七寶金門皓靈皇老君」、「北方洞陰朔單鬱絕五靈玄老君」。《西遊記》的五方五老中，西方和南方以佛教之「佛老」和「南極觀音」取代，且其他三方之神名亦有出入，鄭志明認為《西遊記》中北方的「北極玄靈」，是指北極大帝，其全名為「中天紫微北極太皇大帝」，是道教的一位至上神，相傳為元始天尊的化身，統率三界星神及山川諸神，為一切現象的宗主；東方的「崇恩聖帝」，是在第九十回中

〔註67〕烏丙安：《中國民間神譜》，頁245。
〔註68〕鄭志明：《中國社會的神話思維》，頁129。

出現的「東極妙嚴宮太乙救苦天尊」，也就是四極大帝中的「東極青華大帝」，或稱「青玄上帝」；中央的「黃極黃角大仙」，是《雲笈七籤》中的「黃靈黃老君」，即「中央玄靈黃老君」，也就是俗稱的「黃帝」。〔註69〕

5、「王母娘娘」

見於《西遊記》第五回、《後西遊記》第四回。「王母娘娘」的形象是根據神話中的「西王母」而來。西王母又稱「瑤池金母」，民間俗稱「王母娘娘」，道教視西王母為延年益壽的象徵，亦是一位引導長生升仙的尊神，當民間信仰將玉皇大帝升為萬神之主時，西王母遂轉而成為玉皇大帝的妻子，稱為「王母娘娘」，此身份在《西遊記》中有所體現。〔註70〕

6、「四值功曹」

見於《西遊記》第十五回。「四值功曹」為天庭中值年、值月、值日、值時的四位天神。其職責是記載天界真神的功績以向玉帝稟奏，又充當保護神，以及焚燒人間上奏天庭的表文等。《西遊記》第五回中，孫悟空大鬧蟠桃會，玉帝大怒，調兵遣將捉拿孫悟空，其中就包括二十八宿、九曜星官、十二元辰、五方揭諦、四值功曹等神仙。第三十三回中，日值功曹又變為樵夫，為唐僧通風報信對付妖魔，充當保護神的角色。〔註71〕

7、「六丁六甲」

見於《西遊記》第十五回。「六丁六甲」為六丁神與六甲神十二位神祇的合稱，其名稱取自於干支紀年法。道教認為其隸屬玄武，為道教護法，職能是行風雷、治妖魔，當道士作法時會召請他們驅逐鬼怪。〔註72〕

8、「太上老君」

見於《西遊記》第五回、《西遊補》第四回、《後西遊記》第四回。「太上老君」即為三清中的「太清道德天尊」，名列道教至高神第三位，民間亦稱為「老子」或「太上真君」，道教尊其為道祖。〔註73〕

9、「東華帝君」

見於《西遊記》第二十六回。「東華帝君」是即東王公，被視為男仙之首，

〔註69〕鄭志明：《中國社會的神話思維》，頁128～130。
〔註70〕烏丙安：《中國民間神譜》，頁258。
〔註71〕烏丙安：《中國民間神譜》，頁252。
〔註72〕烏丙安：《中國民間神譜》，頁253。
〔註73〕烏丙安：《中國民間神譜》，頁247。

主陽和之氣，其聖地就是東方仙島，據《三教搜神大全》卷一謂東華帝君是東方諸天之尊，君牧眾聖，為生物之主。〔註74〕

10、「真武祖師」

見於《西遊記》第三十三回。「眞武大帝」是源於古代的星辰崇拜，即二十八宿中的北方玄武（龜蛇）七宿，後轉而成爲鎮守北方的至尊，明成祖加封爲「北極鎮天眞武玄天上帝」，眞武信仰因統治者的推動而迅速流行起來，使其成爲一位僅次於三清、玉帝的大神。〔註75〕

11、「二郎神」

見於《西遊記》第六十三回。「二郎神」本爲地方水神，其身份有不同的說法，一說爲戰國時人李冰，後訛傳爲其次子李二郎，或指李冰父子二人的合稱。後道教將隋代趙昱視爲二郎神，宋眞宗並封其爲清源妙道眞君。明代以後又有楊二郎的說法。另外還有五代蜀漢王孟昶、晉名將鄧遐、佛教毗沙門天王的次子獨健等不同說法。〔註76〕

12、「張道陵天師」

見於《西遊記》第五十一回。「張天師」即張道陵，爲東漢五斗米道的創立者，號爲「正一眞人三天法師」。〔註77〕

13、「許旌陽天師」

見於《西遊記》第五十一回。「許旌陽」即東晉道士許遜，創有「太上靈寶淨明法」，後代淨明忠孝道尊爲教主，北宋徽宗賜號爲「神功妙濟眞君」，世人稱爲許眞君。〔註78〕

14、「張紫陽」

見於《西遊記》第七十一回，稱「大羅天上紫雲仙紫陽仙人張伯瑞」。「張紫陽」即北宋道士張伯瑞，爲道教內丹派南宗開山祖師，號紫陽山人，後世稱爲張紫陽或紫陽眞人。〔註79〕

〔註74〕 鄭志明：《中國社會的神話思維》，頁137。
〔註75〕 呂宗力、欒保群：《中國民間諸神》（上）（台北：臺灣學生書局，1991年10月），頁73～96。
〔註76〕 干樹德：〈二郎神信仰的嬗遞〉，《文史知識》第6期（1995年6月13日），頁75～79。
〔註77〕 呂宗力、欒保群：《中國民間諸神》（下），頁795～814。
〔註78〕 呂宗力、欒保群：《中國民間諸神》（下），頁845～859。
〔註79〕 呂宗力、欒保群：《中國民間諸神》（下），頁895～898。

15、「葛仙翁天師」

見於《西遊記》第五十一回。「葛仙翁」是三國時葛玄，後代道教又稱爲太極左仙公，北宋徽宗封爲沖應眞人，南宋理宗封爲沖應孚佑眞君。〔註80〕

16、「丘弘濟天師」

見於《西遊記》第五十一回。「丘弘濟」爲金元道士丘處機，拜王重陽爲師，道號長春子，元世祖封爲「長春演道主教眞人」，元武帝加封爲「長春全德神化明應眞君」，後人稱爲「長春眞人」。〔註81〕

17、「黃帝」

見於《西遊補》第五回，稱「軒轅」。「黃帝」本爲中華民族的人文始祖，相傳其生於軒轅之丘，故又稱爲軒轅氏。漢初盛行黃老之學的道家思想，黃帝因而被道教尊爲道家之祖。〔註82〕

《西遊記》與《續西遊記》、《西遊補》、《後西遊記》相較，《西遊記》在道教諸神的質與量的描繪上明顯較爲突出。

第三節　時代思潮轉變

一部文學作品的產生必有其肇因，或因作者好意所驅使，或是作者生平經歷的激發，或社會背景與時代思潮的鼓動，這些都是文藝創作形成的背景因素。《西遊記》、《續西遊記》、《西遊補》、《後西遊記》亦然，有關其形成的原因，有一大因素是時代背景對作家及其作品的啓發及影響，包含作家自覺及個性解放思潮，這促使文學作品展現出對情感欲望與自由的追求、童話色彩的浪漫氛圍，及以諧謔寄託情懷的文學特質。以下針對此項作進一步的說明。

一、作家自覺

明清政治黑暗，時局不穩，在內憂外患之下，許多作家關注社會歷史的發展變化，而激發出匡世濟俗的熱腸，希冀能充當理想社會的角色，這樣的時代思潮便影響著明清文學的創作。皋于厚曾針對明清的小說，列出小說主要的特徵，包括：（一）、明清小說中展現的理想人物和理想人格，是對現實

〔註80〕鄭志明：《中國社會的神話思維》，頁154。
〔註81〕馬書田：《中國道教諸神》（北京：團結出版社，1996年4月），頁267～285。
〔註82〕烏丙安：《中國民間神譜》，頁53。

的否定和反撥中產生出來的。(二)、明代中葉以前小說的理想世界,是建立在王道仁政的基礎上;而明代後期的小說,則過渡到個體化的理想,並藉由紛雜的現實人生表現出來。(三)、明清小說中的理想願望,由明代後期中民間的市民心曲,逐漸向文人的志趣轉化。(四)、小說顯露的封建道德日趨淡薄,而新的道德觀則日益鮮明。(五)、明清小說探索的理想主流,與社會及哲學文化思潮有著密切關係。(六)、優秀的明清小說家,大多是清醒的現實主義者。〔註83〕是故,明清小說創作者深深具有自我意識的覺醒,而自我意識的覺醒,讓小說創作者能將自身對社會的感懷,自覺地體現於文學作品之中,也促使小說蘊含著許多寓意。

二、晚明個性解放思潮

明朝朱元璋以程朱理學作為統治思想的基礎,建立保守的宗法農業社會,強調三綱五常的等級次序,以及封建倫理道德,以確保政局穩定。此時,儒學是一種為專制政治所需求的理論。到了明代中後葉,制度衰敗及經濟的發展,人們對封建傳統的僵化與拘束日漸感到不耐,於是王守仁提出「心學」主張,對程朱理學的傳統儒學造成極大的衝擊。其以「樂是心之本體」為基點,強調心是天地萬物之主,並注重內心的省思,開啟了人們對心靈思維的探索,也促使人們個性化的開展,成為個性解放的哲學基礎,而這也影響著小說的創作。

(一)表現情感欲望與自由的追求

由於晚明個性解放思潮的影響,促使人性日益復甦,市民意識增強,人們對情感欲望以及歡樂生活的追求,達到前所未有的重視和肯定,而這樣的改變也影響了《西遊記》的創作。

《西遊記》中的孫悟空,不愛受拘束,喜好自在自由,所以小說中極力刻劃出一個恣意「放心」的大聖。他大鬧天宮、反抗權威、蔑視偶像,完全率性而為,表現出追求個性解放與自由的精神,而這種強調自我個性的態度,也正是明代個性思潮湧動,以及人生價值觀念改變的反映。又豬八戒對食色之欲的貪愛,亦是對原始人性期待的渴望與折射。雖然這和西行取經的宗教

〔註83〕皋于厚:〈理想世界的探尋和理想人格的設計──論明清小說主潮及其流向〉,《江海學刊》第 6 期（1999）,頁 168～174。

性相左，但從八戒內心渴望與壓抑的矛盾心態之中，似反映出明代中葉以後，市民階層在傳統禮教和世俗欲望之間徘徊游移與掙扎的心境。

（二）體現文學童話浪漫色彩

明代中後葉重視「心學」，李贄吸取禪宗超脫的思想及王陽明心學重視主體精神的哲學主張，給予新的解釋和發揮，形成著名的「童心說」。而此「童心說」，李贄曾於〈童心說〉中闡述：

> 夫童心者，真心也。若以童心為不可，是以真心為不可也。夫童心者，絕假純真，最初一念之本心也。若夫卻童心，便失卻真心；失卻真心，便失卻真人。人而非真，全不復有初矣。童心者，人之初也；童心者，心之初也。夫心之初曷可失也！然童心胡然而遽失也？蓋方其始也，有聞見從耳目而入，而以為主於其內而童心失。其長也，有道理從聞見而入，而以為主於其內而童心失。其久也，道理聞見日以益多，則所知覺日以益廣，於是焉又知美醜也，而務欲掩之而童心失。夫道理聞見，皆自多讀書識義理而來也。古之聖人，曷嘗不讀書哉！然縱不讀書，童心固自在，縱多讀書，亦以護此童心而使之勿失焉耳，非若學者反以多讀書識義理而反障之也。夫學者既以多讀書識義理障其童心矣，聖人又何用多著書立言以障學人為耶？童心既障，於是發而為言語，則言語不由衷；見而為政事，則政事無根柢；著書為文辭，則文辭不能達。非內含於章美也，非篤實生輝光也，欲求一句有德之言，卒不可得。所以者何？以童心既障，而以從外入者聞見道理為之心也。〔註84〕

李贄認為「童心」即是「真心」，所指的是最初一念之「本心」，而此「本心」乃是與生俱來的，因此「童心」也是與生俱來的心，是故，人應回歸到最初的原始狀態，回到嬰兒那天真純樸的心靈境界。一旦人的「童心」被蒙蔽之後，人就會言不由衷，辭不暢達。所以「童心」是針對假道學家那些虛偽的封建禮教，以及傳統倫理道德觀念的反動。許金如亦言：

> 李贄是從王陽明學派發展出來的思想家，受王陽明心學和禪宗思想影響較大。他的「童心說」與王陽明的「心外無佛」、「本性即佛」的觀點相似。……上承老莊阮嵇，近取陽明心學、禪宗美學，形成

〔註84〕李贄：《焚書》，頁98，收錄《李贄文集》（北京：社會科學文獻出版社，2000年5月）。

了自己很有特色和個性的自然論美學思想。〔註85〕
明清文學作品受到「童心說」的影響，明末富於童話色彩的《西遊記》，正是
李贄〈童心說〉思潮的反映，文中那股天眞爛漫的童話色彩，便是體現出明
代中後期文人志士對於精神解放的浪漫追求，書中動物世界的奇異刻劃，以
及孫悟空富於想像、樂觀活潑和自由不羈的性格特徵，都是明代中、後葉人
們追求精神解放與回歸心靈原初狀態的象徵。

所以《西遊記》的童話文藝特性和李贄的「童心說」有著密不可分的關
鍵性。

（三）以諧謔寄託情懷

晚明文學思潮是明季在個性解放之下的文學標誌，作家們以抒發眞實情
感來創作文學作品。清初士人亦崇尚自然，在作品中抒發性靈，自娛娛人。
加以清代嚴酷的文字獄，文人們動輒得咎，不敢肆無忌憚隨意書寫，故只能
以另一種方式間接呈顯心迹，以諧謔的方式來逃避現實生活壓力。

所謂「諧謔」，是一種以喜劇手法書寫的文藝技巧，其目的在於「寓莊於
諧」，藉諧謔來透視社會。而「寓莊於諧」，「寓」爲寄寓、寄託之意；「莊」
爲嚴肅、端莊之意；「諧」爲諧趣、詼諧之意。簡明言之，「寓莊於諧」乃指
以詼諧有趣的技法寓寄莊嚴主題於其中的寫作手法。〔註86〕

劉勰於《文心雕龍・諧隱第五十》，對「諧辭」的寫作特徵描述得極爲貼
切，言：

> 諧之言皆也；辭淺會俗，皆悅笑也。昔齊威酣樂，而淳于說甘酒；
> 楚襄讌集，而宋玉賦〈好色〉，意在微諷，有足觀者。及優旃之諷漆
> 城；優孟之諫葬馬，並譎辭飾說，抑止昏暴。是以子長編史，列傳
> 〈滑稽〉，以其辭雖傾回，意歸義正也。〔註87〕

劉勰認爲「諧語」應具有「辭淺會俗，皆悅笑也」的審美娛樂功能，以及「意
在微諷，有足觀之」的認識功能。而此「辭俗」、「悅笑」和「微諷」即爲諧
謔的寫作手法與目的。文中並舉優旃和優孟之例，言其善用「譎辭飾說」來

〔註85〕許金如：〈近代自然人性論美學的晨輝——評李贄的美學思想〉，《揚州師院學
　　　　報》第 1 期（1995），頁 411。
〔註86〕林淑貞：《寓莊於諧：明清笑話型寓言論詮》（台北：里仁書局，2006 年 9 月
　　　　10 日），頁 10。
〔註87〕羅立乾：《新譯文心雕龍》（台北：三民書局，1999 年 8 月），頁 145。

勸諫君王，以抑止昏暴，此「譎辭」、「飾說」乃是「諧讔」的寫作特徵，即是運用奇異的言辭，不直書目的，而以假託的方式來指出諷寓的一種寫作手法。

　　明清在嚴酷的文網與專制的政治之下，士人為了抒發困厄與被壓制的不滿情懷，只能尋求其他文學形式來化解怨憤之氣，他們常以諧讔手法，或寄寓、或諷刺。但文士們卻不似魏晉名士那般放浪形骸，放縱不羈，而是以一種笑看現實世界的態度來感知人生，藉詼諧戲謔的文風表現出來。明中後期，文人間瀰漫流行著一股風流蘊藉、瀟灑狂放的風氣，以不同程度表現出蔑視禮法、我行我素的傾向，在這股風氣的薰陶之下，文學的審美情趣也隨之改變，促使諧讔詼諧的筆法成為風尚。《西遊記》便是吳承恩將他對社會、人生的看法和態度，以諧讔的手法來對當時世態進行諷刺，使小說賦予戲謔性、諷喻性和幽默感。

第四節　對前代文學之傳承

　　一種文體的形成並非一蹴可幾，而是經過漫長的演繹過程，《西遊記》及其續書亦然，其長時間廣泛吸收了中國文學的養分，包括先秦寓言隱含寓意的手法，以及許多傳統與民間文學的傳承與誘發，如神話傳說、志怪傳統、歷史事蹟、宋元說話、平話、傳統戲曲、寶卷、壁畫、佛經翻譯等，這些都與《西遊記》及其續書的創作有著或多或少的關聯性。以下將依次說明之。

一、傳承說話、戲曲與平話

　　完整的《西遊記》故事之形成，並非一人一時的創作，而是自唐至明，經過歷史事件與文人創作長期累積的成果，促使西遊取經故事的情節與人物塑造，在歷經漫長的時光歲月後逐漸累積與豐富，由歷史走向神異世界。

　　自唐、五代至宋初，是西遊故事初步形成，是由玄奘取經歷的單一歷史事件逐步轉化為神話傳說的時期。《西遊記》本取材於唐僧玄奘赴印度取經的故事，據《舊唐書・方伎傳》記載，玄奘自貞觀三年前往印度求取佛經，至貞觀十九年返回中土，自西域帶回佛經 657 部，後經玄奘口述西行取經的過程，由弟子辯機筆錄成《大唐西域記》。爾後，取經事件逐漸被神化，在玄奘弟子慧立、彥悰撰寫的《大慈恩寺三藏法師傳》中，出現了神化的痕跡。唐

末，出現演義玄奘取經而成的神奇故事，如筆記小說《獨異志》、《大唐新語》、《開天傳信記》等，其不僅記載此取經故事，並加以誇飾與變形。到了唐、五代的寺院俗講，取經歷程被改編成情節完整的神話傳說故事。然而截至唐末，有關取經的各種著作，都只是處於佛教神話化的階段而已。

至宋末明初，西遊故事廣泛傳播，並且豐富發展起來，促成小說《西遊記》的主要人物與情節逐漸定型，並臻至成熟。成書於北宋年間，刊行於南宋末年的說經話本小說《大唐三藏取經詩話》，有了豐富的變化，包括猴行者第一次出現，其化身為白衣秀士，一路上斬除妖怪保護唐僧；而深沙神為沙僧的雛型亦已出現；書中歷史上的真實人物也開始由虛構人物取代；佛教故事演向神魔故事發展等，這些轉變，皆標誌著玄奘取經已由歷史故事轉向文學故事的轉變。〔註88〕

另外，宋代南戲《陳光蕊江流和尚》、金院本《唐三藏》、元代吳昌齡的雜劇《唐三藏西天取經》、無名氏的《二郎神醉射鎖魔鏡》、《二郎神鎖齊天大聖》、元末明初楊景賢的《西遊記》雜劇等戲劇作品，也由取經的題材移至神魔之爭，劇中故事的主角也從聖僧變為斬妖伏魔的孫行者，進一步發揮了玄奘西行途中的艱難險阻與異域風情。特別是楊景賢的《西遊記》雜劇，豬八戒首次出現在取經故事中；而孫行者也有了「齊天大聖」的稱號；深沙神也改稱沙和尚。至明中葉以後，西遊故事再經改寫與修訂而逐漸完善。

故西遊故事的發展，與說話、平話、雜劇有著深切的關聯性，而這些關連性也與《西遊記》故事情節的發展有關。

（一）宋元說話

「說話」即講故事，在文學史上，專指唐、宋、元時期民間文學技藝的一種。宋代由於城市經濟的發展，市民階層的擴大，使得「說話」愈趨盛行。南宋「說話四家」各有不同的題材，此四家的論述首見於南宋耐得翁《都城紀勝》一書，文曰：

〔註88〕李悔吾：《中國小說史》，頁316～317。關於《大唐三藏取經詩話》的性質、成書與刊印年代，眾說紛紜，袁行霈綜合王國維《大唐三藏取經詩話跋》、羅振玉《大唐三藏法師取經記跋》、德富蘇峰《魯迅氏之〈中國小說史略〉》、鄭振鐸《宋人話本》、太田辰夫《大唐三藏取經詩話考》、王力《漢語史稿》、小川環樹《〈西遊記〉的原本及其改作》、程毅中《宋元話本》、張錦池《〈大唐三藏取經詩話〉成書年代考論》等意見，定論《大唐三藏取經詩話》當成書於北宋年間，刊印於南宋末年，參見袁行霈：《中國文學史》，頁620。

> 說話有四家：一者小說，謂之銀字兒，如煙粉、靈怪、傳奇、說公
> 案，皆是搏刀、杆棒及發迹變泰之事。說鐵騎兒謂士馬金鼓之事。
> 說經謂演說佛書；說參請謂賓主參禪悟道等事。講史書講前代書史
> 文傳興廢爭戰之事。〔註89〕

故宋元說話四家中的「說經」，其題材特徵是演說佛書與參禪悟道，而此內容
與《西遊記》、《續西遊記》、《西遊補》、《後西遊記》的關係相當密切。

　　流行於宋代的《大唐三藏取經詩話》，可視爲說經一類的話本，它是演說
唐玄奘取經的故事，與佛教傳說有密切關係，最初可能出自僧徒俗講，因此
可以視爲說經一類的話本。〔註90〕該書可謂是《西遊記》的先聲，如其中的：
（一）、災難邪魔衍成《西遊記》中的八十一難。（二）、白衣秀士猴行者衍成
《西遊記》中的孫悟空。（三）、《西遊記》中的緊箍帽、金箍棒、紫金鉢盂，
原是《大唐三藏取經詩話》中大梵天王賜予猴行者的隱行帽、金環錫杖、鉢
盂。可見，《西遊記》的內容是經過長時間的累積而成，而有一部分的內容取
自於說話。

（二）平　話

　　「平話」即評話，是中國說唱藝術中「說」的一種，所謂「說」，是指相
聲、評書和講古，乃以「說」爲主要的表演體裁。平話由說話、講史發展而
來，除了說話表演之外，也爲古典小說的創作開創了前所未有的模式。

　　元明之際出現一部《西遊記平話》，其發展了《西遊記》取經的主體故事，

〔註89〕　上海古籍出版社編：《古典文學三百題》（台北：建宏出版社，1993年11月），
　　　　　頁740。另胡士瑩亦提出四家的分法爲：一、小說（即銀字兒）：包括煙粉、
　　　　　靈怪、傳奇、說公案，皆是樸刀杆棒及發迹變泰之事；二、說鐵騎兒：士馬
　　　　　金鼓之事；三、說經：演說佛書，又有說參請、賓主參禪悟道等事，以及說
　　　　　渾書；四、講史書：講說前代書史文傳，興廢爭戰之事。見胡士瑩：《話本小
　　　　　說概論》（北京：中華書局，1980），頁107。
〔註90〕　程毅中言：「關於《大唐三藏取經詩話》的撰作年代，近人研究的結果比較趨
　　　　　於一致，多數認爲當在宋代，甚至更早一些。……當然，《取經詩話》並沒有
　　　　　演說佛經，也沒有多少參禪悟道的故事，而且在話本裡還是年代較早，題材
　　　　　和體裁較特殊的作品，它產生於宋代說話分家數之前。因此以往學者沒有爲
　　　　　它分別門類，如孫楷第《中國通俗小說書目》就把它列在宋元部的小說類裡。
　　　　　但從它的淵源說，和佛典文獻及唐五代的僧徒俗講文學確有一定的聯繫，猶
　　　　　如《廬山遠公話》，雖然增添了神異荒誕的‘七諕’，但還是佛教徒的宣教作
　　　　　品，以至日本人新修的《大正藏》也收錄作爲佛典。」見程毅中：《宋元小說
　　　　　研究》（南京：江蘇古籍出版社，1998），頁369～370。

玄奘在《西遊記平話》中修成正果，成爲旃檀佛如來。可惜原書已佚，無法
得知全貌，然該書之「車遲國鬥聖」情節（即《西遊記》第四十四至四十六
回內容），在元末明初朝鮮人邊暹等人所編的古代漢語教科書《朴通事諺解》
已有記載。〔註91〕

（三）戲　曲

　　《西遊記》在成書以前，故事情節已被搬上舞台。玄奘西天取經的故事在宋、
元時期的戲劇中早已出現相關的內容，如：金院本的《唐三藏》、〔註92〕宋元南
戲《陳光蕊江流和尚》、〔註93〕元初吳昌齡《唐三藏西天取經》雜劇、〔註94〕元
初趙彥暉《一枝花妖精狐媚了唐三藏》、〔註95〕元末明初楊景賢《西遊記雜劇》
〔註96〕等。這些戲曲或多或少影響了《西遊記》的創作，如：（一）、《西遊記》

〔註91〕 佚名撰（朝鮮）、崔世珍諺解：《老乞大諺解朴通事諺解》（台北：聯經出版社，
　　　　1978），頁294～309。
〔註92〕 元陶宗儀《輟耕錄》（共30卷）卷25，「院本名目」中的「打略拴搐」項下「和
　　　　尚家門」有金院本《唐三藏》，見周光培編：《歷代筆記小說集成・元代筆記
　　　　小說》第2冊（全4冊）（石家莊：河北教育出版社，1994年4月），頁504。
〔註93〕 明徐渭《南詞敘錄》中「宋元舊篇」載有《陳光蕊江流和尚》，參見中國戲曲
　　　　研究院編：《中國古典戲曲論著集成三》（北京：中國戲劇出版社，1959年7
　　　　月），頁251。而《陳光蕊江流和尚》今殘存佚曲三十八支，見錢南揚輯錄：《宋
　　　　元戲文輯佚》（上海：上海古典文學出版社，1956年12月），頁165～172。
〔註94〕 在范氏天一閣抄本鍾嗣成《錄鬼簿》上卷，吳昌齡《西天取經》劇下，註有其
　　　　題目正名曰「老回回東樓叫佛唐三藏西天取經」。見（元）鍾嗣成、賈仲明著，
　　　　浦漢明校：《新校錄鬼簿正續編》（成都：巴蜀書社，1996年10月），頁95。
〔註95〕 散曲家將傳說典入曲文，已見取經故事的風行。見劉蔭柏：《《西遊記》發微》
　　　　（台北：文津出版社，1995年9月），頁149～150。
〔註96〕 楊景賢《西遊記雜劇》，其題名《楊東來批評西遊記》，共6本24折，收錄於
　　　　隋樹森編：《元曲選外編》第2冊（北京：中華書局，1959年9月），第1版，
　　　　頁633～694。由於此劇刊本爲明萬曆甲寅年（四十二年，1614），實已在《西
　　　　遊記》小說最初刊本，即萬曆二十年（1592）世德堂刊本之後22年，故胡光
　　　　舟認爲此劇並非楊景賢所作之原貌，而是在《西遊記》小說流行之後，楊東
　　　　來等人將小說的情節增補入楊景賢的原作中，將其四折雜劇予以接續加長而
　　　　形成目前所見的內容，其中孫行者在此劇中的稱號爲「通天大聖」，又劇中的
　　　　豬八戒首次出現於取經故事的文學作品中，沙和尚之名稱亦是第一次出現，
　　　　參考胡光舟，《吳承恩與西遊記》（上海：上海古籍出版社，1978年9月），頁
　　　　75～76。雜劇將唐僧神話爲「西天毗盧伽尊者」轉世，所托生的肉身是「諸
　　　　佛議論」的結果，其取經是奉「佛命」化闡教，而非降謫贖罪。謝明勳認爲，
　　　　若將《西遊記雜劇》視爲《西遊記》故事的承續，那麼或許可以作爲由《詩
　　　　話》過渡到「百回本」的重要憑藉。參見謝明勳：〈百回本《西遊記》之唐僧
　　　　「十世修行」說考論〉，《東華人文學報》第1期（1999年7月），頁125。

中西遊取經的每一次劫難都有始末及高潮，若單一抽離，皆可編成一齣戲曲。
（二）、《西遊記》中孫悟空、唐僧、豬八戒、沙僧四者的安排，原先於南宋刊行
的《大唐三藏取經詩話》中是一行七人，雖然金院本《唐三藏》與元初吳昌齡的
《唐三藏西天取經》今已失傳，但金院本與元雜劇通常有四至五個腳色，加上後
來元末明初楊景賢的《西遊記雜劇》正是四個腳色。（三）、《西遊記》中喜劇角
色的安排與性格的刻劃並非憑空捏造，而是和戲曲中滑稽詼諧的腳色密不可分，
如豬八戒在《大唐三藏取經詩話》中並沒有，其應是受到戲曲的影響，他與孫悟
空滑稽調笑、插科打諢的喜劇性表現，明顯受到戲曲的影響。（四）、《西遊記》
中孫悟空伶牙俐齒、豬八戒俏皮詼諧的口吻，以及其他人物的自述和對話，加上
短語、快語的文字書寫，此皆表現出說書人的機智、俏皮和幽默，帶有市民曲藝
中說書人說話的特色。可見《西遊記》中人物的確立與金元同類題材的戲曲有著
密切的關聯。〔註97〕

二、與其他文學之傳承

以下就《西遊記》及其續書在成書過程中與其他文學的關係分項論述之，
以期對其創作背景有更全面的認識與瞭解。

（一）先秦寓言

《西遊記》及其續書承襲了先秦寓言的寫作手法，肯定文學作品中所隱
含的特定主旨與作者情志，因此陳元之曾於〈西遊記序〉中評《西遊記》，曰：

> 彼以為濁世不可以莊語也，故委蛇以浮世。委蛇不可以為教也，故
> 微言以中道理。道之言不可以入俗也，故浪謔笑謔以恣肆。笑謔不
> 可以見世也，故流連比類以明意。於是其言始參差而俶詭可觀，謬
> 悠荒唐，無端崖涘，而譚言微中，有作者之心，傲世之意，夫不可
> 沒也。〔註98〕

其以寓言寄託微言的觀點來評述《西遊記》，不僅明確闡明了作者的創作心
態，也道出明代知識份子在亂世中為了明哲保身的無奈與悲哀之情。因此《西
遊記》借虛幻的創作手法來表明作者對現實社會的諸多想法，其虛擬出許多
妖魔神怪及誇張情境，這看似脫離現實，但其實妖魔神怪乃是人獸合一的形

〔註97〕林庚：《《西遊記》漫話》（北京：北京出版社，2004年1月），頁113～119。
〔註98〕陳元之：〈西遊記序〉，見《鼎鐫京本全像西遊記》，收錄於《明清善本小說叢
刊初編》第5輯（台北：天一出版社）。

貌，其中的悲歡離合與喜怒哀樂卻與現實人生相近。作者創作的主要目的是希冀透過文學作品以諷刺炎涼世態，以對明代黑暗社會進行揭露與撻伐。這透過虛幻誇張的小說情節來闡明主旨意涵的手法，實是受到先秦寓言筆法所影響。

先秦《莊子》的筆法就有許多諧謔的特質，其往往藉假託來闡述哲學思想。如西漢司馬遷《史記》中之〈滑稽列傳〉，就藉俳優的滑稽言行寄寓微言。至明朝俗文學發達，具有諧謔性質的笑話也大行其道，「笑話」文學如越南星的《笑贊》、浮白齋主人的《笑林》、馮夢龍的《笑府》與《古今譚概》、江盈科的《雪濤諧史》、潘遊龍的《笑禪錄》等，其採用誇張的戲謔手法來進行嘲諷。這戲謔筆法影響了寓言小說的寫作，在《西遊記》中就有許多諧謔的元素，如子母河八戒懷孕、女妖企圖與三藏發生關係、孫悟空大鬧天宮、高老庄八戒招親等情節，都具有幽默詼諧的藝術魅力。

（二）神話傳說

神話傳說是早期先民對抗大自然與生活的智慧結晶，而這些神話傳說的流傳與演變也影響著後代文學的創作，《西遊記》及其續書即是例證。

「神話」是早期人類對客觀世界認識的反映，是先民經由思想認識和經驗智慧，透過幻想虛構所表現出來的口頭故事。早期人們對險惡的自然環境茫然無知，但又希望能征服支配它，於是將天地萬物賦予人格化和神格化，希望藉由不自覺的想像，將自然界化為具體的形象和奇特的意象，於是產生英雄式人物，形成了神話。

關於神話的闡釋，茅盾在〈中國神話研究〉中曾言：

> 是一種流行於上古時代的民間故事，所敘述的是超乎人類以上的神們的行事，雖然荒唐無稽，可是古代人民互相傳述，卻確信以為是真的。〔註99〕

魯迅在〈神話與傳說〉中述：

> 昔者初民，見天地萬物，變異不常，其諸現象，又出於人力所能以上，則自造眾說以解之：凡所解釋，今謂之神話。〔註100〕

劉大杰亦在〈殷商文學與神話故事〉中說：

〔註99〕茅盾：《神話雜論》（台北：世界書局，1929）。
〔註100〕魯迅：《中國小說史略》（釋評本）（上海：上海文化出版社，2005年1月），頁12。

神話是初民對於自然現象的解釋，反映人類和自然界的鬥爭。〔註101〕
又言：

> 遠古的神話故事，都是原始社會勞動人民集體的創作。在有文字以
> 前，已經廣泛地流傳在人民的口頭。它們流傳日久，使得故事的內
> 容複雜化、系統化、美麗化，而成為初民在生產勞動的過程中，對
> 於自然現象的解釋，對於自然界的鬥爭和願望以及社會生活在藝術
> 概括中的反映。〔註102〕

隨著認識水平的提高，人們便運用有意識的聯想和想像對原有的神話素
材進行改寫，創造出許多賦有神話元素的文學作品，並藉以進行勸誡和諷喻。

而「傳說」的產生則晚於「神話」，且大多敘述古史事蹟和英雄行為。魯
迅曾對「傳說」作了說明：

> 迨神話演進，則為中樞者漸進於人性，凡所敘述，今謂之傳說。傳
> 說之所道，或為神性之人，或為古英雄，其奇才異能神勇為凡人所
> 不及，而由於天授，或有天相者，簡狄吞燕卵而生商，劉媼得交龍
> 而孕季，皆其例也。〔註103〕

可見，「傳說」原與歷史人物、歷史事件、地方古蹟、自然風物和社會習俗有
關，只是漸漸地，神話與傳說輾轉相傳後，神話中的神變成人，而傳說中的
人又變為神，於是神話和傳說遂混淆不清了。

《西遊記》及其續書，將神話和傳說的元素注入小說中的例證多處可見。
茲說明如下。

1、「十洲三島」

《西遊記》第一回，記載孫悟空的家鄉位居東勝神洲海外之傲來國，其
海中有一花果山，此山乃「十洲之祖脈，三島之來龍」。此「十洲三島」是借
用古代神話傳說中神仙居住之處。

2、「托塔李天王」

《西遊記》第四回及《後西遊記》第四回中有「托塔李天王」。「李天王」
即為李靖，本為唐初名將，死後配享武成王（姜太公）廟。在唐人小說《續

〔註101〕劉大杰：《中國文學發展史》（台北：漢京文化事業有限公司，1992年6月20
　　　　日），頁21。
〔註102〕劉大杰：《中國文學發展史》，頁22。
〔註103〕魯迅：《中國小說史略》（釋評本），頁12～13。

玄怪錄》中有其代龍行雨的故事,知其在唐已被神化,且於五代封爲「靈顯王」。元末楊景賢的《西遊記》雜劇,其中有一折〈神佛降孫〉,李天王道:「天兵百萬總歸降,金塔高擎鎭北方,四海皆知名與姓,毗沙門下李天王。」此時已將二神合一。而在《西遊記》中,乃依據民間傳說與信仰塑造出「托塔天王李靖」,使其脫離毗沙門天王,而成爲一位徹底中國化的神明。〔註104〕

3、「王母娘娘」

《西遊記》第五回的「王母娘娘」,是根據古代神話西王母的信仰而來,後來道教將西王母與東王公相配,成爲地位最高的女神,故《西遊記》中王母娘娘的形象乃依據民間西王母傳說改編而成。〔註105〕

4、「赤腳大羅仙」

《西遊記》第五回的「赤腳大羅仙」(赤腳大仙),本是宋昭陵太子,幼時每穿履襪,便即脫去,故宮中稱爲「赤腳仙人」。

5、「南極觀音」

《西遊記》第六回中出現「南極觀音」。她本是大乘佛教中僅次於佛的第二等果位,是未來成就佛果的修行者。在《西遊記》第六回中稱其爲「南海普陀落伽山大慈大悲救苦救難靈感觀世音菩薩」,並將其塑造成「魚籃觀音」的形象,形貌爲「懶散怕梳粧,容顏多綽約。散挽一窩絲,未曾戴纓絡。不掛素藍袍,貼身小襖縛。漫腰束錦裙,赤了一雙腳。批肩繡帶無,精光兩臂膊。玉手執鋼刀,正把竹皮削。」其手提紫竹籃,籃中有亮灼灼的金魚。這樣的描繪乃是繼承了民間傳說與戲曲小說中觀音的名號與形象,較屬於中國本土信仰中的造型,而非印度大乘佛教的原始形象。〔註106〕

6、「黎山老母」

《西遊記》第二十三回中的「黎山老母」,本爲「驪山老母」,是中國古代傳說中的仙女。傳說中殷周時有位驪山女,時爲天子,到了唐宋以後成爲女仙,遂尊稱爲「姥」,或曰「老母」。〔註107〕

〔註104〕柳存仁:〈毗沙門天王父子與中國小說之關係〉,《新亞學報》第3卷第2期(1958年2月1日),頁55~98。

〔註105〕劉耿大:《《西遊記》迷境探幽》(上海:學林出版社,1998年5月),頁106~107。

〔註106〕鄭志明:《中國社會的神話思維》,頁143~144。

〔註107〕鄭明娳:《《西遊記》探微》,頁68。

7、「女媧」

《西遊記》第三十五回中記「混沌初分，天開地闢，有一位太上老君，解化女媧之名，煉石補天，普救閻浮世界」。此「女媧」是民間信仰中最爲顯赫的古老女神，具有始祖神、造物主及文化英雄的神格性質，女媧常與盤古開天闢地的神話相黏合。〔註108〕

8、「彌勒佛」

《西遊記》第六十六回之「彌勒佛」。其原爲釋迦牟尼佛的弟子，民間盛傳其蒙釋迦牟尼佛授記，將繼承釋迦而在人間成佛，所以將其名爲「未來佛」。後來，衍生出許多彌勒佛轉世的傳說，其中最著名的是唐末五代後梁的「布袋和尙」，世人以其爲彌勒之化身，後世便以布袋和尙取代彌勒佛之形象。《西遊記》中彌勒佛之形象即是根據布袋和尙的傳說塑造而成的。〔註109〕

9、「泗州大聖」

《西遊記》第六十六回之「泗州大聖」，是民間傳說中觀音的化身。相傳其本爲西域僧人僧伽，於唐高宗時至長安、洛陽等地行化，後定居泗州。唐中宗曾請其至宮中講說佛法。僧伽圓寂後葬於泗州，世人稱其爲觀世音菩薩的化身，後「州」改「洲」，又稱「四洲文佛」。

爾後來所流傳的「泗州大聖」（觀世音菩薩）擒水母傳說，則是源於大禹鎖水怪巫支祁（無支祁）的神話。巫支祁本爲一形若猿猴的淮河水怪，後又變爲女水怪，即水母娘娘。〔註110〕劉蔭柏認爲「無支祁」的傳說，對於孫悟空的形象及故事之演變應當有一定的影響。〔註111〕

10、「照妖鏡」

《續西遊記》中，二氂有個自天宮偷來的照妖鏡，它是張騫乘槎誤入斗牛宮所得來的月鏡。此傳說源於漢武帝時，漢武帝被一神仙所迷，希求長生不老，於是派遣方士入海尋求神仙，張騫遂奉武帝之命出使西域，尋求神話中的崑崙山。相傳崑崙山是一座仙山，是神與人天地交通的必經之處，故崑

〔註108〕楊利慧：《女媧的神話與信仰》（北京：中國社會科學出版社，1997年12月），頁103～104。
〔註109〕鄭志明：《中國社會的神話思維》（台北：谷風出版社，1993年6月），頁142。
〔註110〕呂宗力、欒保群：《中國民間諸神》（下）（台北：臺灣學生書局，1991年10月），頁1005～1008。
〔註111〕劉蔭柏：《《西遊記》發微》（台北：文津出版社，1995年9月），頁58～68、98、120。

崑山有長生不死的象徵。《續西遊記》中二黿之「照妖鏡」，便與崑崙山的神話傳說有關。〔註112〕

11、「龍王」

《西遊記》及其續書中描寫了許多動物神及自然神，賦予其保護人間的神性。如「龍王」，「龍」本是古人幻想出來的一種動物，在古代傳說中，龍具備降雨的神性。後來佛教傳入中國之後，佛經中描寫龍王可以興雲佈雨。至唐宋以後，帝王更敕封龍神爲王。道教並且吸收民間傳說與佛教的龍王信仰，創造出各種龍王，於是龍王廟四處林立。〔註113〕

12、「自然神」

《西遊記》及其續書中描繪了許多自然神，如雷神、山神、風神等，此亦源於古代自然崇拜的信仰。

在民間信仰的形成過程中，常會將一些源自古老神話或出於民間信仰中的神祇拉進神仙譜系之中，而成爲神仙世界中的一員，而在諸神明間的不斷混合與交融過程中，有些神祇的原有地位及職司會因此改變與調整。如「女媧」的煉石補天，傳說女媧是受玉帝或太上老君所指派，因此女媧在民間的傳說中便與太上老君產生關聯。〔註114〕

《西遊記》中就有「李老君乃開天闢地之祖」，並能「解化女媧之名，煉石補天，普救閻浮世界」一事的論述，即是吳承恩融合神話傳說與道教神祇加以創造而成的結果。

可見，《西遊記》及其續書深深受到神話傳說的影響，而這樣的影響並不是小說家自己創造的，而是集體共相傳承的結果。

（三）志怪傳統

中國早期社會著重巫術及占卜；到了漢末與六朝，又關注超自然的問題，舉凡不朽、來生、賞罰與因果關係，以及道術、巫法、煉丹等。魏晉初期又崇尚老莊，玄風盛行，使得社會上下巫道神佛夾雜泛濫。從三國時期至隋初，由於朝代更替，社會動盪，人們幻想享樂，羽化登仙；加上佛教傳入，報應

〔註112〕杜而未：《崑崙文化與不死觀念》（臺北：臺灣學生書局，1985 年 4 月），頁48～49。

〔註113〕呂宗力、欒保群：《中國民間諸神》（上）（臺北：臺灣學生書局，1991 年 10月），頁 437～443。

〔註114〕楊利慧：《女媧的神話與信仰》，頁 93～94、103～104。

輪迴，鬼神顯驗的宗教觀念驅使，這些都進一步在故事情節與文學背景當中反映出來，促使文學作品參雜著靈異色彩，充斥著鬼神精靈與妖怪。因此「志怪」之名隨之產生，「志怪小說」即是在這樣的背景中孕育發展起來的，可見，文學中的志怪特質與早期的宗教有著極大的關聯。魯迅對此曾作出概括的分析：

> 中國本信巫，秦漢以來，神仙之說盛行，漢末又大倡巫風，而鬼道愈熾；會小乘佛教亦入中土，漸見流傳。凡此，皆張皇鬼神，稱道靈異，故自晉訖隋，特多鬼神志怪之書。〔註115〕

此說明志怪小說所反映的對象多為神仙鬼魂、精怪妖異、凶祥卜夢及殊方異物，泛指社會上和自然界一切反常的現象。

魏晉南北朝的文學明顯有神異色彩的傾向，此時期的「志怪小說」，在小說發展史上是創作繁榮的時期，其作者眾多，題材廣泛，以「異、神、怪」為主要特徵。重要作品記有曹丕《列異傳》、王浮《神異記》、張華《博物志》、郭璞《玄中記》、干寶《搜神記》、葛洪《神仙傳》、王嘉《拾遺記》、孔約《志怪》、祖台之《志怪》、荀氏《靈魂志》、戴祚《甄異傳》、陶潛《搜神後記》、劉義慶《幽明錄》和《宣驗記》、劉敬叔《異苑》、郭季產《集異記》、東陽無疑《齊諧記》、祖沖之《述異記》、任昉《述異記》、王琰《冥祥記》、吳均《續齊諧記》、蕭繹《金樓子志怪篇》、侯白《旌異記》、顏之推《冤魂志》、佚名的《窮怪錄》、《稽神異苑》、《續異記》、《錄異傳》、《神異傳》、《外國圖》、《神鬼傳》、《志怪》等三十餘部。

其題材廣泛，舉凡世間奇怪之事物，無所不記，內容大致可分為三類：（一）、地理博物體志怪小說，如晉朝張華的《博物志》。（二）、雜史雜傳志怪小說，如晉朝葛洪的《神仙傳》。（三）、雜記體志怪小說，如晉朝干寶的《搜神記》。作品如曹丕《列異傳》之〈宗定伯捉鬼〉：

> 南陽宗定伯，年少時，夜行逢鬼。問曰：「誰？」鬼曰：「鬼也。」鬼曰：「卿復誰？」定伯欺之，言：「我亦鬼也。」鬼問：「欲至何所？」答曰：「欲至宛市。」鬼言：「我亦欲至宛市。」共行數里。鬼言：「步行大亟，可共迭相擔也。」定伯曰：「大善。」鬼便先擔定伯數里。鬼言：「卿太重！將非鬼也？」定伯言：「我新死，故重耳。」定伯因復擔鬼，鬼略無重。如是再三。定伯復言：「我新死，不知鬼悉何

〔註115〕魯迅：《中國小說史略》（釋評本），頁34。

所畏忌？」鬼曰：「唯不喜人唾。」於是共道遇水，定伯因命鬼先渡；聽之了無聲。定伯自渡，漕漼作聲。鬼復言：「何以作聲？」定伯曰：「新死不習渡水耳。勿怪！」行欲至宛市，定伯便擔鬼至頭上，急持之，鬼大呼，聲咋咋，索下不復聽之。徑至宛市中，著地化為一羊。便賣之，恐其便化，乃唾之，得錢千五百，乃去。於時言：「定伯賣鬼，得錢千五百。」〔註116〕

這是記述宗定伯憑藉勇氣和機智捕獲一鬼的故事，其在干寶《搜神記》中亦有記載，大同小異，只把宗定伯改為宋定伯，題名為〈宋定伯賣鬼〉。將世間的邪惡勢力與困難比喻成「鬼」，藉由捉鬼告誡人們面臨困難與挑戰時應鎮定，避免慌亂，如同宗定伯捉鬼時一樣，以智取勝。作品運用擬人法，使鬼魅生動逼真的形象躍然紙上，特別是描寫渡河和鬼魅的呼聲，情態宛然，生動有趣。又如干寶《搜神記》（卷十九）的〈李寄斬蛇〉：

東越閩中有庸嶺，高數千里。其西北隰中，有大蛇，長七八丈，大十餘圍，土俗常懼。東冶都尉及屬城長吏，多有死者。祭以牛羊，故不得禍。或與人夢，或下諭巫祝，欲得啗童女年十二三者。都尉令長，並共患之。然氣屬不息。共請求人家生婢子，兼有罪家女養之。至八月朝祭，送蛇穴口，蛇出，吞嚙之。累年如此，已用九女。

爾時預復募索，未得其女。將樂縣李誕家，有六女，無男，其小女名寄，應募欲行，父母不聽。寄曰：「父母無相，惟生六女，無有一男，雖有如無。女無緹縈濟父母之功，既不能供養，徒費衣食，生無所益，不如早死。賣寄之身，可得少錢，以供父母，豈不善耶？」父母慈憐，終不聽去。寄自潛行，不可禁止。

寄乃告請好劍及咋蛇犬。至八月朝，便詣廟中坐。懷劍，將犬。先將數十米餈，用蜜麨灌之，以置穴口。蛇便出，頭大如囷，目如二尺鏡，聞麨香氣，先啗食之。寄便放犬，犬就嚙咋，寄從後斫得數創。瘡痛急，蛇因踊出，至庭而死。寄入視穴，得其九女髑髏，悉舉出，咤言曰：「汝曹怯弱，為蛇所食，甚可哀愍。」於是寄女緩步而歸。越王聞之，聘寄女為后，拜其父為樂將令，母及姊皆有賞賜。自是東冶無復妖邪之物。其歌謠至今存焉。〔註117〕

〔註116〕魯迅：《古小說鉤沉》（上海：魯迅先生紀念委員會編，1947），頁141～142。
〔註117〕黃鈞：《新譯搜神記》，頁657～658。

這則故事記敘東越閩中少女李寄冒險入蛇穴，智斬大蛇爲民除害的事跡，藉此讚揚李寄能以勇敢、機智和沉著斬除大蛇，爲民除害，肯定其破除迷信的精神，從側面揭露出官吏昏庸，巫祝害人的事實。

至唐，這種志怪傾向遂成爲文學的共同傳統，而不僅是在敬事鬼神或闡揚宗教而已。舉凡唐代作意好奇的傳奇筆記；宋元話本中的靈怪、神仙、妖術。明代以「記」、「傳」、「演義」命名的小說敘述模式，如《天妃濟世出身傳》、《呂仙飛劍記》、《封神演義》等，都帶有濃厚的宗教色彩；以及元代雜劇的神仙道化，皆充斥著搜奇志異的敘述特點。爾後，明清的神魔小說更充斥著此怪誕誇張之風。

《西遊記》、《續西遊記》、《西遊補》、《後西遊記》融入佛道的各種宗教元素，虛擬出許多神魔妖怪，極盡幻想誇張之能事。如《西遊記》中的孫悟空可以七十二變，一翻觔斗能出十萬八千里，即使刀劈火燒亦不能傷其身，不僅如此，他還有三頭六臂，變化萬千，這些變幻，讓小說兼具誇張與怪誕的傳奇色彩。

（四）歷史事蹟

西遊取經故事的形成，乃由唐代玄奘取經的歷史事件爲源頭，再慢慢演變成爲長篇白話通俗小說。故《西遊記》及其續書中有關唐玄奘師徒及龍馬西行取經及演化的題材，實與歷史事蹟有明顯的關聯。

玄奘取經的事蹟於《舊唐書》中有明確的記載：

> 僧玄奘，姓陳氏，洛州偃師人。大業末出家，博涉經論。嘗謂翻譯
> 者多有訛謬，故就西域，廣求異本以參驗之。貞觀初，隨商人往遊
> 西域。玄奘既辯博出群，所在必爲講釋論難，蕃人遠近咸尊伏之。
> 在西域十七年，經百餘國，悉解其國之語，仍採其山川謠俗，土地
> 所有，撰《西域記》十二卷。貞觀十九年，歸至京師。太宗見之，
> 大悅，與之談論。於是詔將梵本六百五十七部於弘福寺翻譯，仍敕
> 右僕射房玄齡、太子左庶子許敬宗，廣召碩學沙門五十餘人，相助
> 整比。……凡成七十五部。〔註118〕

此玄奘取經的事蹟，於貞觀二十年經由玄奘口述，弟子辯機筆錄，撰成《大唐西域記》，共十二卷，記載著玄奘西行取經歷行百餘國的經過。後來，由慧

〔註118〕劉昫等撰、楊家駱主編：《新校本《舊唐書》》（台北：鼎文書局，1976），第
　　　　5版，頁5108～5109。

立與彥悰撰成《大唐慈恩寺三藏法師傳》（簡稱《慈恩傳》），共十卷，以極度頌揚的口吻記述玄奘的生平事蹟，加以神異和誇張化，敘述著玄奘西域取經的歷程，使書中除了弘揚佛法之外，更增添了許多傳奇和神通。

　　玄奘的事蹟經一再傳誦之後，成為民間故事的素材，並予以改編與神化。在《大唐慈恩寺三藏法師傳》中濃厚的神異化傾向，也成為後來《西遊記》的情節來源，除此，書中胡人換馬、流沙之困、玄奘成為高昌國御弟、歸途中翻船失經等事件，都成為《西遊記》中鷹愁澗收龍馬、流沙河伏沙僧、唐太宗拜御弟、通天河老黿沉經的情節。

　　宋代有關於玄奘取經故事的作品，首推《大唐三藏取經詩話》及《新雕大唐三藏法師取經記》。《大唐三藏取經詩話》對《西遊記》產生的影響主要在於：（一）、猴行者的加入，助三藏法師除難，達到取經的目的。（二）、深沙神為沙和尚的影子。（三）、途中出現許多的妖魔災難。〔註119〕

　　由上可見，《西遊記》的故事是以玄奘法師西行取經的歷史事蹟為基礎，在經過多次的演變之後，促使小說情節與題材的意趣逐漸轉變，可謂是一部「集體累積型」的小說。

（五）民間故事

　　關於民間故事的影響，《西遊記》中所述及的「陳光蕊」、「江流兒」事例，李福清認為是出自於淮海一帶所流傳的〈陳光蕊為三元大帝的父親〉民間故事，其更舉出幾例少數民族所流傳的唐僧故事，以印證《西遊記》與民間故事的關聯，如：（一）、達斡爾族的無文字神話與唐僧過通天河有關，不過故事中的烏龜卻吃了唐僧肉。（二）、彝族故事裡有唐僧是由膝蓋骨生成的奇生變形。（三）、索倫族故事則將唐僧取經代之以取不死之書。〔註120〕而根據孟繁仁考察，其以為《西遊記》的故事是濫觴於北方黃土高原，在發展演變的過程中，曾以西夏人的童話形式流行過一段時間。〔註121〕

〔註119〕參考胡適：《《西遊記》考證》（台北：遠流出版社，1986年5月），頁45～52。鄭明娳：《《西遊記》探源》（上），頁 247～249。何錫章：《幻象世界中的文化與人生——『西遊記』》（雲南：雲南人民出版社，1999年6月），頁30～33。

〔註120〕李福清：《李福清論中國古典文學》（台北：洪葉出版股份有限公司，1997），頁118～132。

〔註121〕孟繁仁：〈《西遊記》故事與西夏人的童話〉，收錄於西遊記文化學刊編委會：《西遊記文化學刊》【1】（北京：東方出版社，1998），頁146～155。

（六）寶　卷

《西遊記》與元明時期的寶卷亦有著深厚的關係，其中以元代中晚期的《銷釋眞空寶卷》爲最早。《銷釋眞空寶卷》中有一則敍述唐僧西天取經的故事，言：

> 唐僧西天去取經，一去十萬八千里。
>
> 昔日如來眞口眼，致今拈起又重新。
>
> 正觀殿上說唐僧，發願西天去取經。
>
> 唐聖主，燒寶香，三參九轉；祝香亭，排鸞駕，送離金門。
>
> 將領定，孫行者，齊天大聖；豬八戒，沙和尚，四聖隨根。
>
> 正遇著，火焰山，黑松林過；見妖精，和鬼怪，魍魎成群。
>
> 羅刹女，鐵扇子，降下灘露。流沙河，紅孩兒，地湧夫人。
>
> 牛魔王，蜘蛛精，設入洞去。南海裡，觀世音，救出唐僧。
>
> 說師父，好佛法，神通廣大，誰敢去，佛國裡，去取眞經？
>
> 滅法國，顯神通，僧道料聖，勇師力，降邪魔，披剃爲僧。
>
> 兜率天，彌勒佛，願聽法旨。極樂國，火龍駒，白馬馱經。
>
> 從東土，到西天，十萬餘里。戲世洞，女兒國，匿了唐僧。
>
> 到西天，望聖人，慇懃禮拜；告我佛，發慈悲，開大沙門。
>
> 開寶藏，取眞經，三乘教典；暫時間，一刹那，離了雷音。
>
> 取眞經，回東土，得見帝王。告我佛，求懺悔，放大光明。
>
> 到東土，擒眞經，唐王大喜；金神會，開寶藏，字字分明。〔註122〕

寶卷中的豬八戒、沙和尚、齊天大聖、白馬馱經、牛魔王、蜘蛛精、雷音取經等與小說中的人物、情節雷同。又如，明嘉靖年間《清源妙道顯聖眞君一了眞人護國佑民忠孝二郎寶卷》，其中有許多言及唐僧取經的內容，於〈五眼六通品第十三〉中敍述唐僧與孫行者：

> 唐僧領旨辭聖主，出了長安望西行。……到了山中無出路，要見活佛難上難。唐僧祝贊天合地，阿彌陀佛念萬千。正是長老爲難處，猛聽人語叫連天；叫聲師父救救我，情願爲徒把經擔。唐僧一見忙念咒，大山崩裂在兩邊。行者翻身拜師父，擔經開路上西天。〔註123〕

〔註122〕張希舜、濮文起、高可、宋軍主編：《寶卷》第 19 冊（太原：山西人民出版社，1994），頁 262～264。

〔註123〕張希舜、濮文起、高可、宋軍主編：《寶卷》第 14 冊（太原：山西人民出版

《銷釋科意正宗寶卷》亦有唐僧取經的描寫，如〈出玄門遊三界品第十六〉：

> 唐僧白馬，師徒五人，西天去取經。每路辛苦，只爲眾生傳下大法，
> 照樣修行，唐僧譬語，收攬一身。〔註124〕

　　由於通俗寶卷多產生於市井之間，直接間接地吸收了民間傳說、詩話、雜劇、平話、小說的題材，故在研究《西遊記》上，寶卷提供了重要的參考依據。

（七）壁　畫

　　《西遊記》中的西遊故事亦可自壁畫中窺見，如歐陽修《于役志》中曾提及揚州壽寧寺經藏院玄奘取經壁畫：

> 甲申與君玉飲壽寧寺，寺本徐知誥故第，……壁畫尤妙，……畫污
> 墁之，惟藏院畫玄奘取經一壁獨在，尤爲絕筆。〔註125〕

這壁畫應是目前所見最早的五代《玄奘取經圖》，因瓜州人民爲了頌揚唐僧法師西行的事蹟，而將其畫於洞窟之中。當年玄奘潛行出關，爲了逃避官府追緝，河西高僧慧威特派弟子慧琳與道整密送，餐風宿露行至瓜州，獲得瓜州刺史獨孤達、州吏李昌抗旨護送出玉門關，渡葫蘆河，偷越國境，此驚險事蹟遂於民間廣爲流傳。

　　另外，甘肅安西縣榆林石窟和東千佛洞，亦發現有六幅西夏時期所繪製的《玄奘取經圖》壁畫，描繪玄奘冒險西行、取經東歸及途中所歷之事。這六幅都是以《大唐三藏取經詩話》的內容爲依據。〔註126〕

（八）佛經翻譯

　　印度佛經翻譯對中國傳統文學產生極大影響，尤其在小說的宗教層面上。胡適對此曾有一番論述：

> 中國固有的文學很少是富於想像力的，像印度人那種上天下地毫無
> 拘束的想像力，中國文學裡竟尋不出一個例。……印度人幻想文學
> 之輸入確有絕大的解放力。試看中古時代的神仙文學如《列仙傳》、
> 《神仙傳》，何等簡單，何等拘謹！從《列仙傳》到《西遊記》、《封

社），頁31～33。
〔註124〕劉蔭柏：《《西遊記》發微》（台北：文津出版社），頁130～148。
〔註125〕歐陽修：《于役志》，清康熙間刊本五朝小說本，頁5。
〔註126〕段文杰：〈玄奘取經圖研究〉，《藝術家》第210期（1992年11月），頁289
　　　　～291。

神傳》，這裡面才是印度的幻想文學的大影響！〔註127〕

梅維烜（Victor Mair）在研究敦煌文學的變文時，強調其中「幻」與「化」的特質，影響了中國人對於小說的了解，進而促使小說從街頭巷議、軼史與筆記中逐漸推展成為虛構故事，肯定中國在吸收印度文化之後，才在唐代開始出現了有意識的文學創作。〔註128〕

　　佛教傳入與新的文學、語言的形式，確實對虛構文學提供許多素材，並影響著生活的許多層面。文人結合了佛祖、高僧與奇人的冒險事跡，為文學提供許多引人入勝的題材，如《西遊記》的故事大抵基於唐史玄奘的事蹟，此史實是宗教史上的一個事實，作者加以虛構，使小說深具宗教意義，富於濃厚的宗教色彩。

　　印度佛經翻譯對《西遊記》及其續書的影響，可從寫作手法與小說內容兩方面來看。

1、寫作手法

　　《西遊記》大鬧天宮中，孫悟空與二郎神鬥法，令人眼花撩亂，以及西行路上，孫悟空率眾與各路妖精鬥志鬥勇，大顯神通的降妖伏魔，尤其是在車遲國與虎力、鹿力、羊力三大仙輪番鬥法，這些情節的生成與想像奇特的佛教文學有明顯的淵源關係。〔註129〕如《賢愚因緣經》卷十《須達起精舍品》，是描寫須達長者建只園精舍供佛及度化舍衛國人的事蹟，須達長者為了建立精舍引起六師外道的嫉恨和阻撓，舍利佛遂變化神通，降伏六師外道，文為：

> 六師眾中，有一弟子，名勞度差，善知幻術。於大眾前，咒作一樹，自然長大，萌覆眾會，枝葉鬱茂，花果各異……時舍利佛，便以神力，作旋嵐風，吹拔樹根，倒著於地，碎為微塵……又復咒作一池，其池四面，皆以七寶，池水之中，生種種華……時舍利佛，化作一大六牙白象，其一牙上，有七蓮花，一一花上，有七玉女。其象徐庠，往詣池邊，并含其水，池即時減……時舍利佛，即便化作金剛力士，以金剛杵，搖用指之。山即破壞，無有遺餘……復作一龍身，有十頭，於虛空中，雨種種寶，雷電振地，驚動大眾……時舍利佛，

〔註127〕胡適：《白話文學史》，頁140。
〔註128〕參見余國藩著、李奭學編譯：《《紅樓夢》、《西遊記》與其他》，頁362。
〔註129〕俞曉紅：《古代白話小說研究》（合肥：安徽人民出版社，2005年8月），頁160。

便化作一金翅鳥王，擘裂啖之……復作一牛，身體高大，肥壯多力，麤腳利角，跑地大吼，奔突來前。時舍利弗，化作師子王，分裂食之……復變其身，作夜叉鬼，形體長大，頭上火燃，目赤如血，四牙長利，口自出火，騰躍奔赴。時舍利弗，自化其身，作毘沙門王。夜叉恐怖，即欲退走，四面火起，無有去處，唯舍利弗邊，涼冷無火。即時屈伏，五體投地，求哀脫命。辱心已生，火即還滅。……時舍利弗，身昇虛空，現四威儀，行住坐臥。身上出水，身下出火。東沒西踊，西沒東踊，北沒南踊，南沒北踊。或現大身，滿虛空中，而復現小；或分一身，作百千萬億身，還合為一身。於虛空中，忽然在地。履地如水，履水如地。作是變已，還攝神足，坐其本座。時會大眾，見其神力，咸懷歡喜。〔註130〕

又，釋迦牟尼佛四十多年教法中的重要中篇經典《中阿含經》，其中卷三十之《降魔經》描述大目犍連尊者入定時，忽覺魔王化作細形入己腹中，乃喝叱令其出，魔王即化細形出尊者之口，文載：

耳時尊者大目犍連教授，為佛而作禪屋，露地經行。彼時魔王化作細行，入尊者大目犍連腹中……尊者大目犍連便知魔王在其腹中。尊者大目犍連即從定寤，語魔王曰：「汝波旬出！汝波旬出！……必生惡處，受無量苦。」……彼魔波旬復作是念：「今此沙門，知見我故，而作是說耳。」於是魔波旬化作細形，從口中出，在尊者大目犍連前立。〔註131〕

又《舊雜譬喻經》上卷十八條中，載〈梵志作術〉：

梵志獨行，來入水池浴，出飯食，作術吐出一壺。壺中有女人，與於屏處作家室。梵志遂得臥。女人則復作術，吐出一壺，壺中有年少男子，復與共臥。已便吞壺。須臾梵志起，復內婦著壺中。吞之已，作杖而去。〔註132〕

〔註130〕魏慧覺等譯：《賢愚經》卷10《須達起精舍品》，見《大正藏》第4冊（佛光教育基金會影印，1990），頁420。

〔註131〕《中阿含經》由東晉瞿曇僧伽提婆於西元401年由梵譯漢，其中《降魔經》是由瞿曇僧伽提婆譯，見《中阿含經》第30卷，為《大正藏》第1冊（佛光教育基金會影印），頁620。

〔註132〕康僧會譯：《舊雜譬喻經》卷上第18條，見《大正藏》第4冊（佛光教育基金會影印），頁514。

這些極富奇幻色彩的神異故事，均啓發了明清寓言小說的創作，爲其神通變異的藝術泉源。

　　除此，林庚認爲《西遊記》中孫悟空的形象，其原型深受印度史中「哈奴曼」的影響，這也是受到印度文學影響的另一面向。〔註133〕

　　2、小說內容

　　翻譯佛經對《西遊記》及其續書內容的影響，如《西遊記》第二十七回的「三打白骨精」。在佛教修道中有所謂「白骨觀法」，如《蘇婆呼童子請問經》之《律分品第一》言：「若貪恚盛者，修白骨觀及膨脹爛壞諸不淨觀。」〔註134〕《大般涅槃經》中言：「聲聞弟子有因緣故生於貪心，畏貪心故修白骨觀。」〔註135〕「修白骨觀」是爲了息念去欲，而將女色幻想成一具骷髏嶙峋的白骨，帶有佛教意旨。而佛典中亦有描述化美女爲白骨故事，如《賢愚經》之《優波毱提品第六十》中描寫門徒在尊者說佛法時爲波旬魔王所幻化而成的美人所惑，尊者遂將此女化作白骨的事例，文曰：

> 於第四日，復集大眾。魔王復化作一女人，端正美妙，侍立尊後。
> 眾人注目，忽忘法事。於時尊者，尋化其女，令作白骨。眾人見已，
> 乃專聽法。〔註136〕

　　另外，《大般涅槃經》之《師子吼菩薩品之四》中亦有世尊教人子寶稱修白骨觀一事，言：

> 爾時我復往波羅奈，住波羅河邊。時波羅奈有長者子。名曰「寶稱」，
> 耽荒五欲，不知非常。以我到故，自然而得白骨觀法，見其殿舍宮
> 人婇女，悉爲白骨，心生怖懼，如刀毒蛇，如賊如火。〔註137〕

　　於《西遊記》第二十七回，白骨精三次幻化身形去誘騙唐僧師徒，最後

〔註133〕林庚：《《西遊記》漫話》（北京：北京出版社，2004年1月），頁15。

〔註134〕輸波迦羅等譯：《蘇婆呼童子請問經》卷上之《律分品第一》，見《大正藏》第18冊（佛光教育基金會影印），頁722。

〔註135〕慧嚴等人依照《般泥洹經》撰成《大般涅槃經》，載於《大般涅槃經》卷23之〈光明遍照高貴德王菩薩品第二十二之五〉，見《大正藏》第12冊（佛光教育基金會影印），頁760。

〔註136〕魏慧覺等譯：《賢愚經》卷13《優波毱提品第六十》，見《大正藏》第4冊（佛光教育基金會影印），頁443。

〔註137〕慧嚴等人依照《般泥洹經》撰成《大般涅槃經》，載於《大般涅槃經》卷28之《師子吼菩薩品之四》，見《大正藏》第12冊（佛光教育基金會影印），頁788。

死於行者的金箍棒下，此乃受到佛教白骨觀法的觀念所影響。文中白骨精第一次化作一位月貌花容的女子，長得眉清目秀，齒白唇紅，左手提著青砂罐，右手提著綠瓷瓶，其「翠袖輕搖籠玉筍，湘裙斜拽顯金蓮。汗流粉面花含露，塵拂蛾眉柳帶姻。」第二次變作一位年滿八旬的老婦人，手拄著一根彎頭竹杖，一步一聲的哭著，長得「雨鬢如冰雪，走路慢騰騰，行步虛怯怯，弱體瘦伶仃，臉如枯菜葉，滿臉都是荷包摺。」第三次變爲一個老公公，其「白髮如彭祖，蒼冉賽壽星。耳中鳴玉磬，眼裏幌金星。手拄龍頭拐，身穿鶴氅輕。數珠招在手，口誦南無經。」這妖精三番變形，戲弄唐僧，最後孫悟空念動咒語，喚來土地神與山神的幫助，最後用金箍棒打死妖精，妖精斷絕靈光後，頓時變作一堆粉骷髏，在脊梁出現一行「白骨夫人」的字樣。這段情節中，美女是妖魔，亦是骷髏，汲取了佛典白骨觀的旨意，將「紅粉骷髏」的寓意寄於鬥妖的故事當中。可見《西遊記》中「三打白骨精」的情節構思，深受佛教「白骨觀」法的影響是極爲明顯的。

第五章 《西遊記》及其三本續書的寓意

　　由於《西遊記》、《續西遊記》、《西遊補》、《後西遊記》的宗教性濃厚，所以讀者能有較大的空間進行想像，進而衍生出多面向的寓意。

　　對於《西遊記》、《續西遊記》、《西遊補》及《後西遊記》寓意的闡述，以下先提出歷來學者不同的主張；次闡述筆者的看法；再針對筆者所主張的寓意，分為「寓意一『修心破情以證佛道』」及「寓亦二『諷刺人性與社會亂象』」二類進行說明，期能對此四部小說背後的意涵，有更全面深入的瞭解。

第一節　多方思維多元寓意

　　關於《西遊記》、《續西遊記》、《西遊補》、《後西遊記》的寓意，其中尤以《西遊記》的寓意最眾說紛紜，這是因為《西遊記》是在歷史故事、民間軼聞及說書的創作基礎上，經過長時間的演變而形成的；其中又雜糅了許多神話傳說，以及宗教、社會與政治等各種因素；書又輔以虛幻和充滿想像的寫作風格，讓讀者在亦幻亦真中賦予更多解讀的空間。諸此，導致於學界對小說寓意的關注與討論始終爭議不斷。

　　茲將《西遊記》、《續西遊記》、《西遊補》、《後西遊記》之寓意作分類，以展現其歷來寓意詮釋之異。

一、三教合一說

　　從儒、釋、道三教合一的角度來詮釋《西遊記》者包括：

　　1. 清代劉一明認為《西遊記》具有「闡三教一家之理，傳性命雙修之道」之旨。〔註1〕

〔註1〕劉一明：《西遊原旨》（上海：上海古籍出版社，1990）。

2. 黃公偉認爲《西遊記》是「爲『三道歸一』之因，而取材於佛」，故主張其中談神怪妖魔可能是宋明以來理學三教合流的思想表現。〔註2〕

3. 張易克持儒、釋、道三教合一說，以爲丘處機將《西遊記》與王重陽之「立教十五論」相結合。〔註3〕

4. 李安綱主張《西遊記》雖可表達儒、釋、道、易、醫的傳統文化，但《西遊記》的主題卻是三教合一，其金丹大道是人體生命學的表述，該書是用文學藝術來闡示教義、道法、醫學、修練等艱澀深奧的哲理。〔註4〕

5. 周文志以儒、釋、道、易、醫之理論來詮釋《西遊記》。〔註5〕

6. 陳遼主張《西遊記》雖是靈猴神話之集大成者，但該書乃是儒、道、佛思想互補之作。〔註6〕

二、修心說

明代陳元之、李卓吾、謝肇淛；清代汪象旭、黃太鴻、尤侗；當代魯迅、孟瑤、譚正璧、羅龍治、吳雍壁、徐貞姬、鄭明娳、劉遠達、劉勇強、吳聖昔、楊義等人，皆主張《西遊記》寓有求放心、定心、修心之意。〔註7〕鍾夫在〈續西遊記前言〉中亦主張《續西遊記》在闡揚佛教志誠之心，寓有修煉心性以滅除機心的思想。〔註8〕

三、儒釋相融，釋主儒次

佛家以慈悲救世爲重心，儒家以立名教、道德倫理爲重心，而《後西遊記》作者亦依據此論點，提出心與道的關係，第六回中一句「此心到底不分層」道出了二者的關係，文曰：「眞儒了不異眞僧，一樣光明火即燈。門隔人

〔註2〕黃公偉：《中國文學史》（台北：帕米爾書店，1967年8月），頁610。

〔註3〕張易克：《《西遊記》研究》（高雄：學術擂台出版社，1998年3月）。

〔註4〕李安綱：《新評新校《西遊記》》（太原市：山西古籍出版社，1995），第1版，頁7。

〔註5〕周文志：《看破《西遊記》》（昆明：雲南人民出版社，1999年12月）。

〔註6〕陳遼：〈《西遊記》是儒道佛思想互補之作〉，見於江蘇省社會科學院文學研究所編：《明清小說研究》（江蘇：中國文聯出版社，1988年1月），頁55～67。

〔註7〕關於各學者所主張之參考文獻，請參閱本論文章第五章第三節〈修心破情以證道〉。

〔註8〕季跪撰，鍾夫、世平標點：《續西遊記》（台北：建宏出版社，1995年7月），見鍾夫撰〈前言〉，頁5。

天多少路，此心到底不分層。」認爲儒釋同樣具有入世救世之精神，有調合與認同儒家之「經世致用」，以及佛家之「佛法在人間，不離世間覺」之觀點，看出作者調合儒、釋的意圖，如第二十三回，文載：

> 花花花，有根芽，種豆還得豆，種瓜不成麻，儒釋從來各一家。儒有儒之正，儒有儒之邪；釋有釋之得，釋有釋之差。大家各不掩瑜瑕。你也莫毀我，我也莫譽他；你認你的娘，我認我的爺；爲儒尊孔孟，爲僧奉釋迦，各人血肉各精華。我若學你龍作蛇，你要學我鳳成鴉，勸君須把舵牢拿，風光本地浩無涯。

此以理性開放的態度，尊重儒釋二家之學說。又從書中有關諷儒刺佛的書寫，亦可看出作者意圖調合佛儒之心態，其對於儒家的名教，世儒的虛僞雖有諷刺，但並非極力排斥。且第六回，大顚和尙對韓愈言：「大人儒者也，以儒攻佛，而佞佛者必以爲謗，群起而重其焰。若以佛之清淨而規正佛之貪嗔，則好佛者雖愚亦不能爲左右袒而不思所自矣。」主張對韓愈迎佛骨的肯定。又第二十二，文載：「尊儒儒不尊，滅佛佛不滅。到底佛與儒，妙義不可說。」以上皆爲佛、儒調合之事例，可以看出作者調和佛、儒以相融二教之意圖。林保淳對此曾表明看法，言：

> 雖是用了相當辛辣的諷刺手法譏嘲那些盲目攻佛的文人，其實中心主旨，還是在調和儒佛，因此對孔子的春秋筆及筆下的瑞獸，仍具有相當的推崇（故不殺麒麟，只教它歸隱），作者所呈現的，毋寧說是實情，而這種實情的批評與駁斥，也是導向使儒者正視佛教的一種調和手段。〔註9〕

他認爲《後西遊記》的主題寓意主要在闢斥俗說、開示佛法、調和儒佛。〔註10〕而魯迅亦言：「其謂儒釋本一，亦同《西遊》。」〔註11〕二者皆認同《後西遊記》有儒、釋相融調和之意。

作者雖對儒、釋二家抱持開放的態度，然而認同與接納的程度卻有所差異。其在尊佛的過程中，爲了明道之需求，不免站在佛家之上論他家之劣，如書中以儒家的開儒功臣──伏羲時負河圖出水的龍馬作爲唐半偈西行取經

〔註9〕 林保淳：〈《後西遊記》略論〉，《中外文學》第 14 卷第 5 期（1985 年 10 月），頁 62。

〔註10〕 林保淳：〈《後西遊記》略論〉，頁 54～62。

〔註11〕 魯迅：《中國小說史略》（釋評本），頁 141。

的座馬，顯示儒家雖有可取之處，但層次上實低於佛。可見作者以佛為主，以儒為次之居心。作者於第二回中曾言：

> 世上有三教：曰儒、曰釋、曰道。儒教雖是孔仲尼治世的道法，但立論有些迂闊，他說天地間人物有生必有死，人當順受其正，仙佛求長生不死皆是逆天。衣、冠、禮、樂，頗有可觀。只是其人習學詩書，專會咬文嚼字，外雖仁義，內實好貪，此輩中人，決無成仙之理，不必求他。要求還是釋道二教，常生異人。

由此論述，可見作者對儒、佛的看法，乃以佛高儒低來彰顯佛的崇高地位，有著高下輕重之別。

四、儒家要旨說

張書紳於《新說西遊記》中，主張《西遊記》原是證聖賢儒之道，曰：「《西遊》一書，古人命為證道書，原是證聖賢儒者之道。至於證仙佛之道，則誤矣。」〔註12〕然何謂「聖賢儒者之道」？其曰：「今《西遊記》是把《大學》誠意正心，克己明德之要，竭力備細，寫了一書，明顯而易見，卻然可據。不過借取經一事，以寓意耳，亦何有于仙佛之事哉！……故明其書曰《西遊》，實則《大學》之別名。」〔註13〕張書紳是從儒家的角度來詮釋《西遊記》，主張書中主題是《大學》中的修養之道。

馮文樓亦認為《西遊記》是以宗教的形式來演繹士不可以不弘毅，任重而道遠之儒家精神。〔註14〕花三科則謂《西遊記》是「佛表道裏儒骨髓」，是吳承恩遊心於儒學之小說創作。〔註15〕

五、金丹證道說

清代陳士斌於《西遊真詮》中，主張《西遊記》是講求金丹大道之書，曰：「讀者又以為此書為仙佛同源，而道為入室升堂，禪為登峰造極，似矣。

〔註12〕張書紳：《新說《西遊記》》（上海：上海古籍出版社，1990），見〈總批〉。
〔註13〕同上註。
〔註14〕馮文樓：〈取經：一個多重互補的意義結構〉，《明清小說研究》第23期（1992年1月），頁67。
〔註15〕花三科：〈佛表道裏儒骨髓——《西遊記》〉，《寧夏大學學報》第16卷第2期（1994）。

不知此書專爲仙家金丹大道而發。」〔註16〕陳士斌又以《參同契》、《悟眞篇》、《易經》的道理來詮釋《西遊記》，曰：「西遊一書，講金丹大道，只講得性命二字，實只是先天眞乙之氣。」〔註17〕樸學家丁晏亦於《石亭記事續編》中主張《西遊記》是證道之書，曰：「《西遊》雖虞初之流，然膾炙人口，其推衍五行，頗契道家之旨，故特表而出之，以見吾鄉之小說家，尚有明金丹奧旨者……。」〔註18〕道光、咸豐年間的陸以湉，也在《冷廬雜識》中認爲《西遊記》是一部「推衍五行之旨，視他演義書爲勝」之書。〔註19〕

清以後，陳敦甫、〔註20〕王崗〔註21〕二人將《西遊記》視爲是道教修煉內丹過程之書，表現出全眞教「大周天」與「小周天」的煉丹過程。余國藩亦主張《西遊記》寓有道教修煉成仙的意旨，其論述可參見氏著英譯本《西遊記》之〈導論〉、〈朝聖行——論《神曲》與《西遊記》〉及《紅樓夢、西遊記與其他》，而在《紅樓夢、西遊記與其他》中，指出修道煉丹成仙之旨可從《西遊記》中人物的對話；悟空、八戒和悟淨的自敘詩；以及《西遊記》回目中顯示出來。余國藩並從修道煉丹成仙的主題來看悟空三人與五行對應的關係。認爲悟空因道教稱鉛爲金公，眞鉛生庚，天干庚辛爲金，配地支申酉，而申爲猴，故爲「金公」。八戒爲「木母」，因丹道中木母指汞，眞汞生於亥，亥屬豬。而悟淨因與流沙河有關，故配土，稱「土母」、「黃婆」。〔註22〕

六、諷刺說

孫遜、孫菊園的《明清小說叢稿》，對《西遊補》寓意進行試探，認爲書

〔註16〕陳士斌評點：《西遊眞詮》（上海：上海古籍出版社，1990），第九十八回回末批。

〔註17〕同上註，第五十回回末批。

〔註18〕丁晏：《頤志齋叢書》之《石亭紀事》（台北：藝文印書館，年 1971），頁 22 ～23，此據清咸豐至同治間山陽丁氏六藝堂刊同治元年彙印本影印。

〔註19〕陸以湉：《冷廬雜識》卷 4，見朱一玄、劉毓忱：《《西遊記》資料彙編》（天津：南開大學出版社），頁 176。

〔註20〕陳敦甫：《《西遊記》釋義》（台北：全眞教出版社，1976 年 10 月）。

〔註21〕王崗：〈《西遊記》：一個完整的道教內丹修煉過程〉，《清華學報》（1995 年 3 月），頁 51～84。

〔註22〕參見余國藩英譯本《西遊記》之〈導論〉及〈朝聖行——《神曲》與《西遊記》〉二文，收於余氏：《余國藩《西遊記》論集》（台北：聯經出版社，1989 年 10 月），頁 176、202、211。余國藩著、李奭學編譯：《《紅樓夢》、《西遊記》與其他》（北京：生活・讀書・新知三聯書店，2006 年 10 月），頁 273～285。

寓有譏彈明季世風。〔註 23〕王增斌與田同旭則認為《後西遊記》凸顯了佛門弊端和世儒亂相，欲借以改變明末醜惡的社會。〔註 24〕

七、憂亡國說

孫遜、孫菊園在《明清小說叢稿》中，認為《西遊補》還充滿著亡國之憂及宗社之痛。〔註 25〕

八、批駁因果報應宿命觀

宿命論主張人的夭壽吉凶於前生就已注定，而從《後西遊記》中孫小聖之論述，可看出宿命觀點的不合理性，如第三回，孫小聖在陰曹看了大唐貞觀十三年時，涇河老龍告唐太宗許救反殺一案的審判單時，見其中有「及查老龍生死簿，南斗未盡其生，而北斗已注其合死人曹之手」數語，孫小聖有感而發，嘆言有一事不足以服人，十殿閻王問何事不足以服人？孫小聖言：

> 我聞善惡皆因心造，這龍王未生時，善惡尚未見端，為甚北斗星君先註其合死人曹官之手？既先註定了，則老龍擅改天時，就減雨數，這端惡業皆北斗星君制定，他不得不犯了。上帝好生，北斗何心，獨驅老龍於死地？吾所不服。

十殿閻王聽了茫然不知所從，半晌道：

> 或者老龍王前世有業，故北斗註報於今世。

孫小聖反駁道：

> 若說今世無罪遭刑，足以報前世之冤業，則善惡之理何以能明？若今世仍使其犯罪致戮，以彰善惡之不爽，則前世之冤愆終消不盡。況前世又有前世，後世又有後世，似這等前後牽連，致令賢子孫終身受惡祖父之遭殃，惡子孫舉世享賢祖父之服庇，則是在上之善惡昭無不爽，在下之善惡有屈無伸矣。恐是是非非，如此游移不定，不祇足開舞文弄法之端乎？

〔註 23〕孫遜、孫菊園：《明清小說叢稿》（臺北：中國文化大學出版部，1992 年 9 月），第 1 版，頁 236～249。

〔註 24〕王增斌、田同旭：《中國古代小說通論綜解》（上）（北京：中國文聯出版公司，1999 年 1 月），第 1 版，頁 426。

〔註 25〕孫遜、孫菊園：《明清小說叢稿》，236～249。

此段宏論，足見對因果報應之宿命觀點作強而有力的批駁。故李悔吾認為《後西遊記》有進步的觀點，其主要表現在於對因果報應宿命論的有力批駁。〔註26〕

九、遊戲說

清代阮葵生曾於《茶餘客話》中對《西遊記》作者的寫作發表其看法，言：

> 然射陽才士，此或其少年狡獪，遊戲三昧，亦未可知。要不過為村
> 翁塾童笑資，必求得修煉秘訣，則夢中說夢。〔註27〕

後來胡適、魯迅正式提出《西遊記》是「出於遊戲，亦非語道」的「遊戲說」主張。胡適打破以往對《西遊記》加諸宗教上的理解，提出「趣味說」，認為《西遊記》全書皆以詼諧滑稽為宗，曰：

> 不過因為這幾百年來讀《西遊記》的人都太聰明了，都不肯領略那
> 極淺極明白的滑稽意味和玩世精神，都要妄想透過紙背去尋那個「微
> 言大義」，遂把一部《西遊記》罩上了儒釋道的袍子。因此，我不能
> 不用我的笨眼光，指出《西遊記》有了幾百年逐漸演化的歷史；指
> 出這部書起於民間的傳說和神話，並無「微言大義」可說；指出現
> 在的《西遊記》小說的作者是一位「放浪詩酒，復善諧謔」的大文
> 豪作的，我們看它的詩，曉得他確有「斬鬼」的清興，而絕無「金
> 丹」的道心；指出這部《西遊記》至多不過是一部很有趣味的滑稽
> 小說，神話小說，它並沒有什麼微妙的意思，它至多不過有一點愛
> 罵人的玩世主義。這點玩世主義也是很明白的，它並不隱藏，我們
> 也不用深求。〔註28〕

而魯迅亦在《中國小說史略》中提出相同的看法，曰：

> 評議此書者有清人山陰悟一子陳士斌《西遊真詮》，西河張書紳《西
> 遊正旨》（乾隆戊辰序）與悟元道人劉一明《西遊原旨》（嘉慶十五
> 年序），或云勸學；或云談禪；或云講道，皆闡明理法，文辭甚繁。
> 然作者雖儒生，此書則實出於遊戲，亦非語道，故全書僅偶見五行
> 生克之常談，猶未學佛，故末回至有荒唐無稽之經目，特緣混同之

〔註26〕李悔吾：《中國小說史》（台北：洪葉文化事業有限公司，1995年4月），初版，頁538～539。

〔註27〕阮葵生撰：《茶餘客話》（台北：藝文印書館，1968）。

〔註28〕胡適：《《西遊記》考證》，見胡適：《胡適古典文學研究論集》（上海：上海古籍出版社，1988），頁923。

教，流行來久，故其著作，乃亦釋迦與老君同流，眞性與元神雜出，
使三教之徒，皆得隨宜附會而已。〔註29〕

魯迅認爲《西遊記》作者只是偶用五行生剋的說法，遂被誤解與宗教主題有
關，此僅爲宗教附會之說罷了。

　　章培恆、駱玉明亦認爲《西遊記》只是一部神話小說，並不賦予認何哲
理、道德或政治上的意涵，作者並非有意識地將故事作爲一種理性認識的隱
喻來書寫，而僅是爲了提供娛樂，讓讀者在騁馳幻想與詼諧嘲戲的快感中得
到娛樂的效果而已。〔註30〕

十、保安衛國說

　　阿閣老人認爲《西遊記》寓有保國圖強之內涵，言：
　　　　細觀其自借煉石化身起點，以至遠逝異國，學道而歸，恢復昔時一
　　　　切權利，吾人苟能利用其前半段之所爲，即可得今日出洋求學之效
　　　　果，以精器械，以致富強，保種在是，保教亦在是。古人謂妙訣即
　　　　在書中，吾于《西遊》亦云。〔註31〕
阿閣老人從《西遊記》前兩回的故事內容聯想到「出洋求學」，並看出「精器
械」、「致富強」，以「保種」、「保教」的意圖。

　　朱式平也提出「安國醫國說」，主張孫悟空因玉帝輕賢而大鬧天宮，罪後
卻以安天大會爲結局，這是小說意圖以鬧天作爲教訓，來告誡玉帝要「施教
育賢」，方能「乾坤安靖，海宇得清寧」。故「安天」思想貫穿全書，這是《西
遊記》的主題。〔註32〕

十一、天地不全說

　　吳達芸提出「天地不全」的說法，其立論依據在於第九十九回，唐僧師
徒被八大金剛摔落雲端，正當老黿背負他們橫渡通天河時，老黿將身一晃，

〔註29〕魯迅：《中國小說史略》（釋評本），頁140。
〔註30〕章培恆、駱玉明：《中國文學史》（下）（上海：復旦大學出版社，2004年11
　　　　月），頁272～275。
〔註31〕原載於1906年《月月小說》第1卷，收錄於梁啓超等著、阿英編：《晚清文
　　　　學叢鈔小說戲曲卷》（台北：新文豐出版公司，1989年4月），頁459。
〔註32〕朱式平：〈試論《西遊記》的政治傾向〉《山東師院學報》第6期（1978），頁
　　　　53～61。

導致唐僧四眾連馬併經掉落水中，隨後，風、霧、雷、電等陰魔又從中作祟，在度過一連串的危機之後，唐僧師徒趕緊移經於高崖上，開佛經晾曬，不慎崖石上沾住了幾卷《佛本行經》，使得三藏極為懊悔，但孫悟空卻笑道

> 不在此！不在此！蓋天地不全，這經原本是全全的。今沾破了，乃是應不全之奧妙也。豈人力所能與耶！

吳達芸由此處的取經不全，推出《西遊記》的主題寓意是在呈顯「天地不全」之意涵。〔註33〕此不同於以往的詮釋觀點，確實極富創意。

十二、階級抗爭說

1. 張天翼將《西遊記》中的神佛和妖魔階級化，視神佛為高高在上的統治者，而妖魔為反抗封建統治的人民。書中神與魔之間的對抗，主要是反映封建社會中統治階級和人民之間的矛盾鬥爭，而此鬥爭是表現在農民階層的抗爭上。〔註34〕

2. 李希凡指出《西遊記》前七回，孫悟空與天界神佛間的神魔鬥爭，是封建社會階級鬥爭的昇華，其中神的統治者和統治機構是指中國的封建統治者，而孫悟空是人的叛逆英雄的理想化象徵，他有如一支英勇的農民起義軍，起而反抗封建統治者。〔註35〕

3. 趙明政認為孫悟空大鬧天宮，是中國歷史大小數百次農民衝擊封建政權和封建秩序的集中和概括。〔註36〕

4. 張國風以階級鬥爭的角度來詮釋《西遊記》，認為作者受到農民起義的影響，使得書中充滿了反叛的色彩。〔註37〕

5. 錢念孫認為《西遊記》是在表達人們對統治者的不滿，是在對壓迫者的反抗，為典型的「農民起義說」。〔註38〕

〔註33〕吳達芸：〈天地不全──《西遊記》主題試探〉，《中外文學》第10卷第11期（1982年4月），頁80～109。

〔註34〕張天翼：〈《西遊記》札記〉，參見作家出版社編輯部編：《《西遊記》研究論文集》（北京：作家出版社，1957），頁1～16。

〔註35〕李希凡：〈漫談《西遊記》的主題和孫悟空的形象〉，參見梅新林、崔小敬編：《20世紀《西遊記》研究》（北京：文化藝術出版社，2008年10月），第1版。

〔註36〕趙明政：〈孫悟空是「新興市民」的形象嗎？〉，《安徽大學學報》第3期（1978），頁53～61。

〔註37〕張國風：《中國古代小說史話》（北京：商務印書館，1996年12月），頁135。

〔註38〕錢念孫：《中國文學演義》（上海：上海文藝出版社，1996年11月），頁444。

6. 丁黎分析書中的神魔關係，是統治者與被統治間的關係，其中孫悟空從魔到神的轉變，實質就是從叛逆英雄蛻變為統治階級的幫兇和打手。因此，《西遊記》是用藝術形式給予封建統治者的一份「陳情表」和「勸諫書」，是一部鎮壓和瓦解人民反抗之經。〔註39〕

7. 何滿子認為大鬧天宮是農民領袖反抗封建王朝的象徵；而天帝和佛祖是揭露明朝統治集團墮落的真面目；又西天路上的許多妖魔是明朝那些橫行霸道之宦官權臣和地主豪紳的象徵；並認為孫悟空是人民反抗封建壓迫的英雄象徵。〔註40〕

8. 吳組緗、〔註41〕李辰冬〔註42〕亦認為《西遊記》是農民起義的階級鬥爭，是統治階級與被統治階級間鎮壓和瓦解人民反抗的鬥爭。

9. 超然亦言：「吳承恩撰寫的幽默小說《西遊記》裡面寫到儒、釋、道三教，包含著深刻的內容，它是一部寓有反抗封建統治意義的神話作品。」〔註43〕

十三、新興市民說

1. 朱彤認為吳承恩的時代雖然是封建社會，但資本主義已開始萌芽，使得新興社會的市民勢力逐漸嶄露頭角，社會中的階級矛盾因而日益複雜，中國社會正面臨著新舊交替的歷史轉變。朱彤從新興市民階層的政治追求來看待《西遊記》與孫悟空，認為《西遊記》表現了要求變革的時代精神，反映出新興市民社會勢力的政治思想訴求。而孫悟空的形象就是新興市民社會勢力的政治思想面貌，是文學理想化下浪漫主義形式的表現。〔註44〕

2. 李盾從市民平等的角度，主張《西遊記》是追求人們個性的自由解放。〔註45〕

〔註39〕丁黎：〈從神魔關係論《西遊記》的主題思想〉，《學術月刊》第 9 期（1982），頁 52～60。
〔註40〕何滿子：《《西遊記》研究的不協合音》，《江海學刊》第 1 期（1983）。
〔註41〕吳組緗：《中國小說研究論集》（北京：北京大學出版社，1998 年 1 月），頁 138。
〔註42〕李辰冬：《三國、水滸與西遊》（台北：水牛出版社，1977 年 6 月），頁 105～133。
〔註43〕引文原載於德國的《邁耶大百科全書》，參見超然：《《西遊記》探源》（北京：民族出版社，2005 年 1 月），第 1 版，頁 11。
〔註44〕朱彤：〈論孫悟空〉，《安徽師大學報》第 1 期（1978），頁 68～79。
〔註45〕李盾：《中國古代小說演進史》（台北：文津出版社，1990 年 10 月），頁 193。

3. 俞小紅認為《西遊記》在某一程度上是市民階層爭取長生不老的理想反映，其言：「作者著力表現的主角孫悟空，在某種程度上反映了市民階層爭取長生不老的生活理想。最初他漂洋過海，求仙訪道，追求生命永恆；在鬧天宮階段，他試圖衝決一切羈絆，爭取精神生命的自由，因此他蔑視並否定既定權威；取經路上，他表現得精力旺盛，情意真摯，並以超然的態度對待和處理他人的嫉妒、誤解及色利之欲。孫悟空作為一個近代神話的主人公，形象中折射了近代社會的市民意識。」〔註46〕

十四、追求正義說

胡光舟認為孫悟空大鬧天宮可概括為「反抗」二字，孫悟空勇於反抗皇權尊嚴、自由禁錮，以及傳統勢力的壓制，所以他的大鬧天宮是對反抗正統秩序的讚揚，有著正義性質和進步的社會意義。而唐僧取經亦可視為是一種光明、偉大、正義之事。

對於《西遊記》的主題，胡光舟下了結論，曰：

> 《西遊記》有統一的主題，大鬧天宮側重於對傳統勢力的反抗，取經故事側重於對理想光明的追求，但二者都表現在正義反對邪惡的鬥爭中，統一在孫悟空這個理想主義英雄形象身上，還統一在兩個故事所共同具有的正義性之中。〔註47〕

王齊洲亦肯定《西遊記》具有正統的正義，他主張《西遊記》並不盲目維護正統，也不歌頌一般的正義，而是追求正統的正義，以達到正統與正義的統一。此「正統的正義」是指追求國泰民安的清明政治。所以孫悟空皈依的目的是為了實現聖君賢臣，政治清明的理想社會。〔註48〕

十五、反動說

傅繼俊認為《西遊記》的主題是為了統治階級而服務的，主要在於「反動」。書中的玉帝、如來是統治階級的化身和縮影，孫悟空雖然大鬧天宮，但他的造

〔註46〕俞曉紅：《古代白話小說研究》（合肥市：安徽人民出版社，2005 年 8 月），頁176。

〔註47〕胡光舟：〈對《西遊記》主題思想的再認識〉，《江漢論壇》第 1 期（1980），頁 104～110。

〔註48〕王齊洲：〈孫悟空與神魔世界〉，《學術月刊》第 7 期（1984），頁 72～79。

反行為是在為後來皈依所鋪墊的，因此《西遊記》並沒有塑造人民理想中的造反英雄，也沒有歌頌反抗統治階級的鬥爭，而是讚美投降變節的叛徒，一如孫悟空，可見《西遊記》是一部為封建統治階級服務的典型作品。〔註49〕

十六、人生哲理說

金紫千將孫悟空的「人生之曲」分為三個時期：第一時期，在第一回至第六回，此時期主要在於「追求」，孫悟空所追求的是一種無限的幸福，一種絕對的自由。第二時期，在第七回，此時期所表現的是「挫折」，孫悟空被如來收伏，壓在五行山下。第三時期，從第七回以後，此時期所表現的是人生中的「成功」階段，孫悟空隨唐僧取經，一路上行善除惡，最後修成正果，皈依成佛，他的歷程有如一條人生道路，是一部典型的精神發展史。故《西遊記》顯然在說明「人的思想只有歸於正道，才能達到理想的目標」的人生哲理，而這也是吳承恩對人生的看法。〔註50〕

吳聖昔認為《西遊記》具有哲理性和積極性，有如「一曲富有哲理意味的理想之歌」，而其豐富的意涵，可以給不同時代的各階層人民予以幫助和啟發，此啟發是樂觀向上的。〔註51〕

十七、樂觀克服說

1. 王燕萍認為《西遊記》是在歌頌戰鬥精神和積極進取的樂觀主義，所以孫悟空是正義的化身，作者予以極力的讚揚，其認為《西遊記》的主題是：

> 通過大鬧天宮、西天取經等情節，表現孫悟空對傳統勢力的鬥爭，
> 熱情歌頌孫悟空反抗壓迫與束縛、追求自由、不畏艱難、頑強勇敢
> 的戰鬥精神和積極進取的樂觀主義精神。〔註52〕

2. 姜云主張《西遊記》的主題為：

> 在追求自由、平等理想的漫長路途上，只要勇敢頑強、百折不撓、
> 排除萬難，就能夠到達光明的彼岸，用《西遊記》中幾次暗示的話

〔註49〕傅繼俊：〈我對《西遊記》的一些看法〉，《文史哲》第5期（1982），頁65～70。

〔註50〕金紫千：〈也談《西遊記》的主題〉，《文史哲》第2期（1984），頁62～66。

〔註51〕吳聖昔：《西遊新解》（北京：中國文聯出版社，1989年5月），第1版。

〔註52〕王燕萍：〈試論《西遊記》的主題思想〉，《廣西師範大學學報》第1期（1985），頁28～34。

　　來說，就叫「功到自然成」。這是作者探索人生道路後作出的哲理性

概括，是作者理想、信念的反映。〔註53〕

　　3. 游國恩、金啓華及中國社科院文學研究所編的《中國文學史》則以為，《西遊記》中的八十一難代表人們挑戰困難的樂觀精神、征服自然的願望和信心，以及正義戰勝邪惡的勇氣。〔註54〕

　　4. 呂晴飛指出《西遊記》寫於明末資本主義萌芽時期，故不論作者自覺與否，對個性解放、人們爭取自由和幸福的努力，以及對人的主觀能動作用都有極大的影響，並予以肯定和頌揚，書中孫悟空的形象便是注入了新興市民的能動力，展現出追尋自由，以及新興市民運用聰明才智，樂觀奮鬥的階級特性。〔註55〕

　　5. 林庚認為，《西遊記》雖沒有直接寫到江湖社會本身，但在漫長取經的過程中所發生的劫難和考驗，卻是依據市民生活中闖蕩江湖的人生經驗創造出來的，故書中角色在經歷各種各樣的考驗之後，終能克服萬難，如願以償。〔註56〕

　　6. 袁珂認為《西遊記》是一本有志者事竟成的童話書，主要在宣揚人定勝天的理想。〔註57〕

　　7. 黃清全、蔣松源、譚邦從神話的觀點，認為神話所凸顯的是「強者為尊」的概念，一種「人定勝天」的理想。而《西遊記》則繼承和發展了神話的傳統，其頌揚的也是神話英雄和人定勝天的理想，此可從孫悟空的形象凸顯出來，他正體現了征服困難和駕御自然的能力與英雄氣概。〔註58〕

〔註53〕 姜云：〈《西遊記》：一部以象徵主義為主要特色的作品〉，《文學遺產》第6期（1986），頁85～91。

〔註54〕 金啓華：《新編中國文學簡史》（中州：中州古籍書社，1989年1月），頁497。游國恩：《中國文學史》（香港：三聯書局，1990年7月），頁93。中國社科院文學研究所編：《中國文學史》（北京：人民文學出版社，1991年5月），頁1057。

〔註55〕 呂晴飛：〈《西遊記》的主題思想〉，《北京社會科學》第4期（1990），頁70～86。

〔註56〕 林庚：《中國文學簡史》（台北：五南圖書出版公司，2002年1月），頁620～621。

〔註57〕 袁珂：《神話論文集》（台北：漢京文化公司，1987年1月），頁208。

〔註58〕 黃清泉、蔣松源、譚邦和：《明清小說的藝術世界》（台北：洪葉文化事業有限公司，1995年5月），頁90～95。《西遊記》第四回，寫孫悟空所持的旗幟上，寫「齊天大聖」，此「齊天」有人與天齊之寓；第三十三回，寫孫悟空戲弄小妖時，用假葫蘆裝真葫蘆，耍弄一個「裝天」的把戲；第四十五回，寫

十八、英雄傳奇說

1. 曾廣文認為《西遊記》的主題是在讚揚孫悟空這個英雄人物，更準確地說，是在歌頌為大眾爭取自由和幸福執著不懈的精神，這是由於吳承恩年少時頗有才名，但因時運不濟而潦倒終身，故其身處於生民塗碳的黑暗社會中，希冀有英雄人物出現來清除世間種種邪惡。〔註59〕

2. 林庚認為中國古代的長篇章回小說，至少在先前的發展上是以英雄傳奇的主題為中心的，以講史類的章回小說最能充分體現英雄傳奇的思想，因為既是講史，便或多或少與歷史上的英雄有關。《西遊記》在取經過程中出現的種種劫難和考驗，也都是依據著市民生活中闖蕩江湖的人生經驗創造出來的，為小說提供一個遠離日常生活，以及充滿緊張和冒險氣氛的背景環境，因此孫悟空的江湖好漢性格鮮明延續了英雄傳奇的傳統，而這也是小市民共同的期待。〔註60〕

十九、追求人才說

張錦池認為《西遊記》是在找尋能夠掃蕩邪惡勢力的人才，言：

> 道學之中已幾無治平之人，期望能有觀音式的人物去發現並啟用孫
> 悟空式的人物，以掃蕩社會邪惡勢力，共建玉華國式的王道樂土，
> 這便是作者的創作本旨。〔註61〕

故《西遊記》作為孫悟空的英雄傳奇，是一部借神魔寫人間，在幻想中求索治國安邦人才的文學巨著，書中的核心問題是集中在反映人才觀的問題上。〔註62〕

二十、將功贖罪說

諸葛志認為《西遊記》是一部描寫唐僧五眾將功贖罪的小說。書以五聖

孫悟空要雷、電、風、雨諸神聽命於他，有「馭天」之意。由「齊天」、「裝天」至「馭天」，正是「人定勝天」的展現。

〔註59〕 曾廣文：〈世間豈謂無英雄——《西遊記》的主題思想新探〉，《成都大學學報》第 3 期（1985），頁 42～48。

〔註60〕 林庚：《《西遊記》漫話》（北京：北京出版社，2004 年 1 月），頁 69～75。林庚：《中國文學簡史》，頁 620。

〔註61〕 張錦池：《《西遊記》考論》（哈爾濱市：黑龍江教育出版社，1997 年 2 月），頁 230。

〔註62〕 張錦池：〈論孫悟空形象的演化與《西遊記》的主題〉，《學術交流》第 5 期（1987），頁 87～93。

的罪過爲開場，以克服神佛妖魔的凶難作爲贖罪的代價，通過五聖「犯罪——贖罪——上西天」的苦難歷程，表現出東土大唐人生作惡犯罪的各種面貌，以及人們一旦有罪惡便會自強不息地贖罪的被動入世精神。其中唐僧是爲「不聽說法」的罪過來贖罪；孫悟空是爲「鬧天宮」的彌天大罪來贖罪；豬八戒是爲「調戲嫦娥」的流氓罪行來贖罪；沙僧是爲「失手打破玻璃盞」的過失來贖罪；龍馬是爲「縱火燒了家中的一顆明珠」來贖罪。〔註63〕

二十一、反理學說

　　田同旭認爲《西遊記》是一部「以情反理」的小說，且在文學史上，《西遊記》是明代文學中反映情理主題的先驅之作。他指出吳承恩處於明代反理學思潮逐漸走向興盛的時代，此時龍溪學派與泰州學派正風行於天下，因此許多文學家如湯顯祖、徐渭等人，寫了《牡丹亭》、《翠鄉夢》等作品來弘揚人欲，鞭撻理學，而《西遊記》亦是反理學之作。其進一步推崇《西遊記》是第一次將明代社會新思潮引入小說創作的文學作品，認爲該書以情理鬥爭爲宗旨，是明代文學中反映情理主題的先驅之作。〔註64〕

二十二、追求人權說

　　徐揚尚認爲《西遊記》所要表達的是在追求人權，反映出儒家權力化的牢籠，藉此諷刺、揭露和批判王權與神權的專制腐敗。此可從三方面來看：（一）、孫悟空率性大鬧天宮，雖然失敗，但他後來被迫保護金禪子送經東土，這是以退爲進，反客爲主，追求基本人權的反映。（二）、書中天界的等級秩序與運作機制，是儒家文化等級秩序和體制王法的再現，其中孫悟空大鬧天宮，是對儒家文化中等級秩序、體制王法和運作機制的顛覆，企圖找回基本人權。（三）、如來和觀音代表西方極樂世界，強迫悟空三徒皈依佛法、弄虛作假，這是吳承恩對現實生活中儒學權力化的的諷刺。〔註65〕

〔註63〕諸葛志：〈《西遊記》主題思想新論〉，《浙江師大學報》第 2 期（1991），頁 13～18。諸葛志：〈《西遊記》主題思想新論續編〉，《浙江師大學報》第 4 期（1993），頁 54～57。

〔註64〕田同旭：〈《西遊記》是部情理小說──《西遊記》主題新論〉，《山西大學學報》第 2 期（1994），頁 67～72。

〔註65〕徐揚尚：《明清經典小說重讀：尋找失落的傳統》（北京：新華書店，2006 年 6 月），頁 86～95。

二十三、追求真理說

鍾嬰認爲取經是取大乘經，以追求眞理爲目的。其言孫悟空大鬧天宮的情節，「充滿浪漫主義的激情，是明代中葉以後思想解放思潮的反映，是歷代人民叛逆思想的折光，也包含作者那種傲岸不馴、玩世不恭的個性的昇華。」這樣，取經就成了追求眞理的象徵，成了爲大多數人謀利益的福祉。因此孫悟空、豬八戒、沙僧加入取經的行列，在虔誠的唐僧帶領下排除萬難，是爲普濟衆生而努力，在追求眞理中求得人生價值的實現。〔註66〕

二十四、生態環保說

歐陽健的觀點非常特殊，完全跳脫前人詮釋的窠臼，從環境生態的角度切入。他從人與大自然的互動中，觀察到孫悟空重返花果山的途中，觸目所及盡是敗山頹景，因此，認爲《西遊記》所關注的是戰爭對環境的危害。而取經沿途，亦是在巡視督察自然界的生態平衡。故孫悟空的職責是在改造惡劣的環境，處理人與自然萬物之關係。〔註67〕

二十五、醫藥科學說

俠人、周桂笙視《西遊記》爲「科學小說」。「科學小說」是晚清由國外譯介進來的一種新的小說類型，主要以小說形式來說明科學原理。晚清小說家對於含有異聞與醫學內容的古典小說，都常被認爲是科學小說。因此俠人認爲不僅《鏡花緣》、《蕩寇志》等備載異聞可視爲科學小說，其他如《西遊記》之暗證醫理，亦不可謂非科學小說。《西遊記》中提到醫學知識之處主要在第六十八回及六十九回，寫孫悟空爲朱紫國王看診施藥的情節。〔註68〕周桂笙亦認爲《西遊記》是一部具有科學性質的小說，其言：

> 與近世科學，最有關係爲《西遊記》一書，作者之理想亦未嘗不高，
> 惜乎後人不竟，科學不明，固不能一一見諸實事耳。然西方人所制
> 之物，多有與之暗合者矣。如電話機之爲順風耳，望遠鏡之爲千里

〔註66〕鍾嬰：《《西遊記》新話》（潘陽市：遼寧教育出版社，1992年10月），頁68。

〔註67〕歐陽健：《中國神怪小說通史》（南京：江蘇教育出版社，1997年8月），頁396。

〔註68〕見陳平原、夏曉虹編：《二十世紀中國小說理論資料（第1卷）》（北京：北京大學出版社，1997年2月），第1版，頁97。

眼，腳踏車之爲風火輪之類，不勝枚舉。〔註69〕

周桂笙與俠人不同的是，周桂笙著眼的不是醫學，而是小說中與西方科技產物有關的奇能異物，如順風耳之於電話、千里眼之於望遠鏡、風火輪之於腳踏車等。

第二節　《西遊記》及其三本續書寓意論析

一、《西遊記》

　　筆者認爲《西遊記》既不是直接描寫現實生活，又不像原始神話那神幻奇異的書寫方式，而是透過虛構的故事情節，超現實的故事人物，運用詼諧滑稽的筆墨，讓小說蘊含深刻的寓意，充滿濃厚的寓言色彩。自《西遊記》問世以來，明清有許多評點家在序跋、眉批及行批中主張《西遊記》富含寓意性，如明代葉畫於《李卓吾先生評西遊記》第二回總批中言：

　　　　《西遊記》極多寓言，讀者切勿草草放過。〔註70〕

認爲《西遊記》中多寓言。清初汪象旭論《西遊記》，於《西遊證道書》中托名虞集的〈序〉文中亦言：

　　　　所言者在玄奘，而意實不在玄奘。所紀者在取經，而志實不在取經，
　　　　特假此以喻大道耳。……夫大《易》皆取象之文，《南華》多寓言
　　　　之蘊，所由來尚矣。昔之善讀者，聆周興嗣性靜心動之句而獲長生，
　　　　誦陸士衡山暉澤媚之詞而悟大道，又何況是書之深切著明者哉？
　　　　〔註71〕

該〈序〉以《易》、《莊子》爲喻，明確指出《西遊記》「意不在取經」，而具有深切的寓意性。另汪象旭、黃太鴻亦於《西遊證道書》第一回，評曰：

　　　　此書乃證道，借喻數人姓名，原屬烏有子虛。是何人眞見唐僧取經
　　　　實實有八戒挑擔，沙僧牽馬乎？若必如此看《西遊記》，又何異刻中

〔註69〕原載於《新小説》第 22 號（1905），引文載於陳平原、夏曉虹編：《二十世紀中國小説理論資料》第 1 卷（北京：北京大學出版社），頁 164。

〔註70〕參見李卓吾評點：《李卓吾先生評西遊記》，參見古本小説集成編委會編：《古本小説集成》（上海：上海古籍出版社），頁 27。載於第二回總批中。

〔註71〕吳成恩撰，汪象旭、黃太鴻評點：《新鐫出像古本西遊記證道書》（台北：天一出版社，1985），見僞托虞集之〈序〉文。

求劍，膠柱鼓瑟，向癡人前說夢乎？

說明《西遊記》實有寓意，讀者不可僅據文字求其實。清代劉一明亦言：

> 西遊立言與禪機頗同，其用意處盡在言外。或藏於俗常言中，或託
> 於山川人物中，或在一笑一戲裏分其邪正，或在一言一字上別其真
> 假。〔註72〕

陳士斌評《西遊記》認爲《西遊記》具有寓意。其又於第十一回，論述唐太宗遊地府先撞見李淵等人而非遇見鬼魅時，評曰：

> 仙師寓《春秋》之意於隱言之中，予發《西遊》未發之義，以明仙
> 師不言之隱。〔註73〕

其認爲《西遊記》蘊含著寓意，是春秋筆法。

民國以後，魯迅及胡適亦肯定《西遊記》的寓意性，魯迅言：

> 作者稟性，復善諧劇，故雖述變幻恍惚之事，亦每染解頤之言，使
> 神魔皆有人情，精魅亦通世故，而玩世不恭之意寓焉。（詳見胡適《西
> 遊記考證》）」〔註74〕

魯氏認爲《西遊記》的作者雖然善於諧劇，使小說中的神魔精魅人性化，能通世故，然而全書卻具有玩世不恭的寓意。胡適在《西遊記考證》中亦言：

> 《西遊記》被這三四百年來的無數道士和尚秀才弄壞了。道士說：
> 這部書是一部金丹妙訣。和尚說：這部書是禪門心法。秀才說：這
> 部書是一部正心誠意的理學書。〔註75〕

除此，余國藩也肯定《西遊記》蘊含寓意的特質，說：

> 即使乾坤大戰、神人異物、怪奇經歷和身心的非凡躍動等輕鬆生動
> 的描寫，當中也大有寓意在。〔註76〕

當代學者同時注意到《西遊記》的寓意特質。鄭明娳將《西遊記》視爲

〔註72〕劉一明：《西遊原旨》（台北：天一出版社，1985），頁61，見序文〈西遊記讀法〉中。

〔註73〕陳士斌評：《西遊真詮》，又名《悟一子批點西遊真詮》，見古本小說委員會編：《古本小說集成》（上海：上海古籍出版社，1990年8月），據上海古籍出版社所藏乾隆四十五年庚子（1780）刊本影印。

〔註74〕魯迅：《中國小說史略》（釋評本）（上海：上海文化出版社），頁140。

〔註75〕胡適：《胡適文存》第2冊《西遊記考證》（香港：遠東圖書公司，1962），頁390。

〔註76〕余國藩著、李奭學編譯：《《紅樓夢》、《西遊記》及其他》（北京：生活·讀書·新知，三聯書店），頁308。

寓言小說。﹝註77﹞姜云亦界定《西遊記》爲「寓言小說」，認爲它是一部深具象徵主義的作品。﹝註78﹞陳萬益認爲《西遊記》是一部將單純的佛教徒取經故事演繹成別有寓意的小說。﹝註79﹞浦安迪將《西遊記》視爲是一部藉由寓言的方式來闡述學人修道過程本質的小說。﹝註80﹞

　　截至目前爲止，關於《西遊記》的寓意一直衆說紛紜，尤其是六〇年代以後，學界對《西遊記》之主題寓意的探究更爲多元，或取譬自然，或象徵社會，或影涉歷史，或直指人心，有主張三教一體說、煉丹說、反映時代說、鬥爭說、封建意識說、追求理想福祉說、修心修身說等不同說法，亦有認爲《西遊記》僅是一部遊戲之作罷了，其中並無深刻意涵，故角度不一，說法各異。

　　林辰整理各家對《西遊記》主題思想的說法，分爲舊說、新說、今說三個階段。第一階段爲明清時期，有「道家說」、「佛家說」、「儒家說」，其中「道家說」認爲《西遊記》是一部解五行、說天道、講性命的書；「佛家說」主張爲一部傳大乘之教、弘揚佛法之書；「儒家說」以爲是一部修身正意、收放心之書。第二階段爲民國期時期，主要有胡適的「趣味說」和魯迅的「遊戲說」。第三階段是五十年代盛行的「造反說」、「反抗說」、「革命說」、「起義說」、「鎮壓說」，讚揚孫悟空大鬧天宮的反抗性格，反映了古代農民起義的精神，但亦有以爲《西遊記》是一部鎮壓農民起義的反動著作。﹝註81﹞

　　屈小強亦將中國大陸五十年代以後各家的主題論述歸納爲十二項：（一）、主題矛盾說和主題轉化說。（二）、歌頌反抗、光明與正義說。（三）、安天醫國、誅奸尚賢說。（四）、反映人民鬥爭說。（五）、歌頌新興市民說。（六）、玩世主義與現實主義統一說。（七）、將功贖罪說。（八）、批評嘲佛說。（九）、明尊暗貶神道儒，中興佛教成大道說。（十）、修心著重現實說。（十一）、三教合一說。（十二）、莊嚴肅穆的人生論題說。﹝註82﹞

﹝註77﹞鄭明娳：《《西遊記》探源》下（台北：文開出版公司，1982年9月），初版，頁20。

﹝註78﹞姜云：〈《西遊記》：一部以象徵主義爲主要特色的作品〉，《文學遺產》第6期（1986），頁85～91。

﹝註79﹞王夢鷗等合著：《中國文學的發展概述》（台北：中央文物供應社，1982年9月），初版，頁292。

﹝註80﹞浦安迪：〈《西遊記》、《紅樓夢》的寓意探討〉，《中外文學》第8卷第2期（1979年7月），頁43。

﹝註81﹞林辰：《神怪小說史》（杭州：浙江古籍出版社，1998年12月），第1版。

﹝註82﹞屈小強：《《西遊記》中的懸案》（成都：四川人民出版社，1994年6月），頁

　　由於文學閱讀是動態的，理解也會因不同的思考而有所修正，故歷來學者對於《西遊記》內容意涵的探究，可謂是豐富多元，真可謂蔚為大觀，諸如儒、釋、道、陰陽五行、金丹大道、生命科學、神話原型、農民起義、政治諷喻等眾說紛紜，也各有千秋。

　　觀《西遊記》整部故事是以求取佛經為主要情節，其中描寫許多佛教神佛和佛教經典，唐僧師徒最終取得佛經，並參悟佛道修成正果，然而書中除了濃厚的禪宗明心見性思想之外，還有許多道家修心煉性的描寫，以及儒家修身修心的意涵，從儒、釋、道三家的鋪敘來達到修煉心性的目的，是一部融合儒、釋、道之「心學」著作，但內容主要著重於佛教修心的層面。

　　以往主張《西遊記》具「修心」主題者，明代有陳元之、李卓吾、謝肇淛三家；清代有汪象旭、黃太鴻、尤侗等。陳元之於〈西遊記序〉中，提及早先有一篇無名氏所著關於《西遊記》的舊〈敘〉，〈敘〉言：

> 其敘以猻，猻也；以為心之神。馬，馬也；以為意之馳。八戒，其所戒八也；以為肝氣之末。沙，流沙；以為腎氣之水。三藏，藏神藏聲藏氣之三藏；以為郛郭之主。魔，魔；以為口耳鼻舌聲意恐怖顛倒幻想之障。故魔以心生，亦以心攝。是故攝心以攝魔，攝魔以還理。還理以歸之太初，即心無可攝。此類以為道道成耳。此其書直寓言哉。〔註83〕

舊〈敘〉中將降妖伏魔視為修煉心性以達無心無攝太初境界之門徑，認為《西遊記》是一部降心除魔、修身證道的寓言書。李卓吾於《李卓吾先生批評西遊記》評點《西遊記》，認為書中具有「寓言」、「隱語」的特質，雖然表面上充斥著幻筆和戲筆，但卻蘊含著微言大義，暗傳密諦。並特別著重對「心」的論述，如第一回，石猴尋訪須菩提祖師的住處「靈台方寸山」時，夾批記：「靈台方寸，心也。」、「一部《西遊》此是宗旨」。又第十三回，唐僧言：「心生，種種魔生；心滅，種種魔滅。」旁批記：「宗旨」；又於文中「斜月三星洞」句旁，夾批記：「斜月象一勾，三星象三點，也是心。言學仙不必在遠，只在此心。」〔註84〕將《西遊記》視為是一部「修心」之書。謝肇淛認為《西

　　238～247。

〔註83〕陳元之：〈西遊記序〉，見劉蔭柏編：《《西遊記》研究資料》（上海，上海古籍出版社，1990），頁556。

〔註84〕吳承恩著、李卓吾批評：《李卓吾先生批評西遊記》（鄭州：中州書畫社出版，1983）。

遊記》是「求放心」之喻，而非一般的遊戲之作。其於《五雜俎》中云：

> 小說野俚諸書，稗官所不載者，雖極幻妄無當，然亦有至理存焉。
> 如《水滸傳》無論已。《西遊記》曼衍虛誕，而其縱橫變化，以猿爲
> 心之神，以豬爲意之馳，其始之放縱，上天下地，莫能禁制，而歸
> 於緊箍一咒，能使心猿馴伏，至死靡他，蓋亦求放心之喻，非浪作
> 也。……〔註85〕

「放心」之語本出於《孟子‧告子》之「求放心」，偏重儒家性質的修養論，
但《西遊記》與《孟子‧告子》中的「放失之心」不同。孟子所謂之放失之
心是指「善心」、「常心」，而謝肇淛所謂之放失之心爲「放逸之心」、「放縱之
心」，這放逸之心是由心所產生的邪魔所致，所以應該收斂放逸之心，以達到
心滅而種種魔滅的目的。汪象旭、黃太鴻的《西遊證道書》，從「證道」的角
度來詮釋《西遊記》，曰：「仙、佛之道，又總不離乎一心。此心果能了悟，
則萬法歸一，亦萬法皆空。故未有悟能、悟淨，而先有悟空。所謂成佛作祖，
皆在乎此。此全部《西遊記》之大旨也。」〔註86〕尤侗於〈西遊眞詮序〉中
亦曰：「總以一言蔽之曰：一切惟心造而已。……記《西遊記》者，《華嚴》
之心法也。」〔註87〕後世魯迅亦認爲，《西遊記》雖爲遊戲之作，但假欲勉求
大旨，則爲謝肇淛之「求放心」，其於《中國小說史略》中曰：

> 作者雖儒生，此書則實出於遊戲，亦非語道，故全書僅偶見五行生
> 克之常談，尤未學佛，故末回至有荒唐無稽之經目，特緣混同之教，
> 流行來久，故其著作，乃亦釋迦與老君同流，眞性與原神雜出，使
> 三教之徒，皆得隨宜附會而已。假欲勉求大旨，則謝肇淛（《五雜俎》
> 十五）之「《西遊記》漫衍虛誕，而其縱橫變化，以猿爲心之神，以
> 豬爲意之馳，其始之放縱，上天下地，莫能禁制，而歸於緊箍一咒，
> 能使心猿馴伏，至死靡他，蓋亦求放心之喻，非浪作也。」數語，
> 已足盡知。作者所說，亦第云：「眾僧們議論佛門定旨，上西天取經
> 的緣由，……三藏箝口不言，但以手指自心，點頭幾度，眾僧們莫

〔註85〕謝肇淛撰、郭熙途校點：《五雜俎》卷15（瀋陽：遼寧教育出版社，2001年2
　　　月），初版，頁323。
〔註86〕吳承恩著、李卓吾評、黃周星評：《西遊記》（上）（山東：山東文藝出版社，
　　　1996年2月，第1版，頁2。
〔註87〕尤侗：〈《西遊眞詮》序〉，見陳士斌評點：《西遊眞詮》（上海：上海古籍出版
　　　社，1990），頁1。

解其意，……三藏道『心生種種魔生，心滅種種魔滅，我弟子曾在化生寺對佛說下誓願，不由我不盡此心，這一去，定要到西天見佛取經，使我們法輪迴轉，皇圖永固。』」而已。〔註88〕

魯迅此說一出，後世學者如孟瑤、〔註89〕譚正璧、羅龍治、〔註90〕吳雍璧、〔註91〕徐貞姬、〔註92〕鄭明娳、〔註93〕劉遠達、〔註94〕劉勇強、〔註95〕吳聖昔、〔註96〕楊義〔註97〕等人皆接踵繼之，認為《西遊記》是寓放心、定心、

〔註88〕魯迅：《中國小説史略》（釋評本），頁140。

〔註89〕孟瑤：《中國小説史》（下）（台北：傳記文學出版社，1986年1月），頁425。孟謠列舉謝肇淛的「求放心」與《西遊記》（第十三回）中的說法，認為這兩處，也許就是《西遊記》的大旨要義及其寓意所在。《西遊記》十三回云：「眾僧們燈下議論佛們定旨，上西天取經的原因，三藏箝口不言，但以手指自心，點頭數度。眾僧們莫解其意：合掌請問道：『法師指心點頭者，何也？』三藏答曰：『心生，種種魔生，心滅，種種魔滅。我弟子曾在化生寺對佛說下洪誓大願，不由我不盡心。這一去，定要到西天，見佛求經，使我們法輪回轉，願聖主皇圖永固。』眾僧聞得此言，人人稱羨，個個宣揚。」謝肇淛《五雜俎》云：「《西遊記》曼衍虛誕，而其縱橫變化，以猿為心之神，以豬為意之馳：其始之放縱，上天下地，莫能禁制，而歸於緊箍一咒，能使心猿馴伏，至死靡他，蓋亦求放心之喻，非浪作也。」

〔註90〕羅龍治：〈《西遊記》的寓言和戲謔特質〉，《書評書目》第52期（1977年8月），頁11～20。

〔註91〕吳雍璧：《西遊記》（臺灣師範大學國文研究所，碩士論文，1980年6月），頁102～125。

〔註92〕徐貞姬：《《西遊記》八十一難研究》（台北：輔仁大學中文研究所，碩士論文，1980年6月），徐氏指出，「八十一難是肉身凡僧三藏各人的修心養性過程」，是闡明人的本性以及使人蛻變的歷練過程。

〔註93〕鄭明娳：《古典小説藝術新探》（台北：時報文化出版公司，1987年12月），頁152，認為西行取經的主題不外「修心」。鄭明娳：《《西遊記》探源》（台北：臺灣師範大學國文研究所，博士論文，1981年6月）中，指出《西遊記》的主題可由第十九回烏巢禪師口授《心經》揭示出，全書乃汲取《心經》中觀世音度一切苦厄的形象及修心的主旨，以迄「空」的終極境界，故《西遊記》主要闡明的是由「心靈的修持」中以達「空」的終極境界。

〔註94〕劉遠達：〈試論《西遊記》的思想傾向〉，《思想戰線》第1期（1982），頁27～32。劉遠達認為《西遊記》是宣揚王陽明的心學，作者特意塑造一個犯上作亂的形象來修心，為起義農民樹立改邪歸正的榜樣。所以《西遊記》是藝術化的心學，是「破心中賊」的政治小説。

〔註95〕劉勇強：《《西遊記》論要》（台北：文津出版社，1991年3月），頁55～80。

〔註96〕吳聖昔：《西遊新解》（北京：中國文聯出版公司，1989），頁37。吳氏認為《西遊記》：「是淨化心靈中或許存在的假、醜、惡因素的催化劑，並同時促使心靈中潛在的對真善美的企求和嚮往，得以加速昇華，從而使人們在情感、理智、品質、道德等精神因素在新的高度上獲得新的平衡和出現新的和諧。這

修心的著作。蒲安迪則持「修身說」，主張《西遊記》是強調身心自我整合的作品，書中的成道之路是自身完整性的恢復過程。〔註98〕

　　《西遊記》除了「修心證道」的意涵之外，從吳承恩作品的字裡行間，又透露出對明代世風的不滿，再將小說中的事件輔以明代時代背景作對照，《西遊記》應同時蘊含著對明世風的諷刺，批判意味十分濃厚。而對於諷刺性，將於本章第四節說明論述。

二、《續西遊記》

　　關於《續西遊記》之創作意圖，真復居士曾於〈續西遊記序〉中云：

> 《西遊》，佛記也；亦魔記也。魔可云佛，佛亦可云魔，是何以故？蓋佛以慧顯，魔以智降，此魔而可以入佛者也。然則雖舉諸佛菩薩三十二相之身百千萬億之化而魔之，亦奚不可！夫魔之眛佛，亦云是也。乃展轉相因，惟由靜而有動於心者生也。既能生佛，又能生魔，故空諸一切，以歸於無……中士不悟，實生機心……機也者，抉造化之藏，奪五行之秀，持之極微，發之極險。故曰：「天發殺機，移星易宿；地發殺機，龍蛇起陸；人發殺機，天地翻覆。」……夫機者，魔與佛之關捩也。封之則冥，撥之即動……機心存於中，則大道畔於外，必至之理也。前《記》謬悠譎誕，滑稽之雄。大概以心降魔，設七十二種變化，以究心之用……雜取丹鉛嬰姹之說，以求合乎金丹之旨。世多愛而傳之，作者猶以荒唐毀褻為憂。兼之機變太熟，擾攘日生，理舛虛無，道乖平等。繼撰是編，一歸剷削。俾去來各自根因，真幻等諸正覺。起魔攝魔，近在方寸。不煩剿打撲滅，不用彼法勞叨。即經即心，即心即佛。有覺聲聞，圓實功行。助登彼岸，還返靈虛。化不淨根，解之塗縛。作者苦心，略見於此。

　　　就是作為遊戲之作《西遊記》密諦的啟示性和最根本的價值所在，這種啟示
　　　性和價值是超越時代的，因而是不朽的，永恆的。」
〔註97〕楊義：〈《西遊記：中國神話文化的大器晚成》，《中國社會科學》第1期（1995）。
　　　楊氏認為《西遊記》不是一部宗教文學，「它是用《心經》中一個「心」字，
　　　代替了對煩瑣而嚴密的教義教規的演繹，強化了人的包括信仰、意志和袪邪
　　　存正的道德感的主體精神。換言之，他在混合三教中解構了三教教義教規的
　　　神聖感和嚴密性，從而昇華出一種超越特定宗教的自由心態。」
〔註98〕蒲安迪：《明代小說四大奇書》（北京：中國和平出版社，1993年10月），頁
　　　149～317。

〔註99〕

此序文說明《續西遊記》主要的主旨是在宣揚佛理。按此段序言，可看出三層意旨：（一）、前段：述《西遊記》是一部描寫佛魔相因轉化的書，因佛魔兩者無絕對的界限，所差僅在於佛以慧顯，魔以智降，故佛魔因循轉化的關鍵在於「心」由靜而動的過程，因為此「心」能生佛，亦能生魔。（二）、中段：述因一般人不懂佛魔轉化的關鍵，故容易產生「機心」，而此「機心」對於成佛會造成極大的傷害，因為它是成為佛與魔的轉捩點。（三）、末段：述《西遊記》是一部誑謔之書，因孫悟空的七十二變是運用機心來降魔，所以《續西遊記》的作者著重人之「方寸」，認為魔的起與攝，關鍵在於對「心」的修持，而修道成佛其實無須外求，只要把握人的內心即可，即「經即心、心即佛」，這是作者創作《續西遊記》的目的。〔註100〕

鍾夫在〈續西遊記前言〉中亦言：

> 本書竭力宣揚所取真經本身的威力和佛家慈悲方便的宗旨，提倡以崇尚志誠，減除機心，去感化眾妖。〔註101〕

其主張《續西遊記》是在闡揚佛教志誠之心，寓有藉修煉心性以減除機心的思想。

觀《續西遊記》一書的內容，該書寫作著重對「心」的描寫，強調正心與邪心的交戰過程，而此邪心幾乎都由取經人之機變心所產生。關於全書之惡心，可參見表二、「《續西遊記》之善惡心分類表」，包含有姦心、盜心、詐心、偽心、詭心、忍心、逆心、亂心、歹心、誣心、淫色心、邪心、怒心、貪心、欺騙心、矜驕心、好勝心、痴心、三心二意心、誇獎心、狐疑心、怠慢心、妄誕心、名利心、憂貧之心、自誇心、妒嫉心、競爭心、嗔心、昧心、誇心、逞心、不平心、拗氣心、剿滅心、戒心、抱怨心、虛假心、嘲笑心、報仇心、焦心、偷竊心、惜花之心、不布施心、離心、詛咒心、妄想心、賊心、敵鬥心、恨心、怯懼心、懶惰心、驚心、凶心、暴心、偏心、險心、奸心、狠心、殺心、爭心、諂心、賊心、讒心、怨心、私心、忿心、殘心、獸心、恚心、除妖滅怪心、不敬經心、不安心、性急心、暴躁心、慢師心、機

〔註99〕 季跪撰，鍾夫、世平標點：《續西遊記》（台北：建宏出版社），見真復居士，〈《續西遊記》序〉，頁7～8。

〔註100〕 高玉海：《古代小說續書序跋釋論》，頁103。

〔註101〕 季跪撰，鍾夫、世平標點：《續西遊記》（台北：建宏出版社），見鍾夫撰之〈前言〉，頁5。

變心、多心、錢鈔利心、毒心、憎嫌心、惹妖魔心、騙經心、不一心、搶奪
心、飢餓求飽心、好潔心、復仇心、惜花心、不佈施心、詛咒心、不平等心、
殺害心、酒色財氣心、利慾心、怯懼心、傷生心、不捨心、不挑經心、繫心、
打鬥心等。這些惡心最後都成爲心魔，所以應去除邪惡之心，讓人心回歸到
原始清明的境界，才能杜絕機心。書中，行者後來在澄淨本心時，將心靈處
於「志誠、方便、恭敬、善、眞、喜、老實、敬畏、正念、仁、忠厚、孝、
慈悲、濟貧、謝、甘貧、正直無私、定、寡慾、慈悲、不傷生」等心之狀態
時，心魔便不再產生，故《續西遊記》主要在闡明「修心」的意涵。王增斌、
田同旭亦主張此看法，言：

> 禪宗標榜「以心傳心」，「不立文字」，「教外別傳」等，主張「見性
> 成佛」，不依經論，而以般若智慧，覺知「自心眞性」，以達修行成
> 佛的目的……本書宣揚的核心思想是禪宗佛學的精要「明心見性」
> 思想……依作者之意，只有消除了心中種種貪癡妄念不淨根因，明
> 其本性，才能達到修眞成佛的目的。〔註102〕

認爲《續西遊記》主要是在表達「明心見性」的禪教眞諦。高桂惠亦認同此
說法，主張《續西遊記》是行者、靈虛、到彼三人闡釋心性的問題，其中佛
道思想濃厚。〔註103〕

「明心見性」的禪教眞諦，也見《續西遊記》中的描寫，如第七十五回
的詞：「世事盡皆夢幻，人生自有眞經。老僧披剃換儀形，只爲了明心性。一
人貪癡皆妄，此中味卻虛靈。邪魔乘隙亂惺惺，早把一腔持定。」〔註104〕說
明了出家人應打破無明，戒貪嗔癡，方能清淨根因，明心見性。

故從《續西遊記》的內容及序文的描寫，可以看出該書的主旨在於修心、
滅除機心，以達到「明心見性」的目的。書中所描繪的心魔都是由人性衍生
而來，凸顯出人心與人性之黑暗面，亦間接賦予諷刺意涵，尤其是針對僧人
與官吏之黑暗面。

總而言之，《續西遊記》主要的寓意在於闡明「明心見性」的思想，同時
又具有「諷刺心性」之意涵，著重在「諷人性」及「諷僧人官吏」上。關於

〔註102〕王增斌、田同旭：《中國古代小說通論綜解》（上），頁406～407。
〔註103〕高桂惠：〈《西遊記》續書的魔境——以《續西遊記》爲主的探討〉，收錄於李
　　　　豐楙、劉苑如主編：《空間、地域與文化——中國文化空間的書寫與闡釋》（台
　　　　北：中央研究院中國文哲研究所，2002），頁235。
〔註104〕季跪撰，鍾夫、世平標點：《續西遊記》，頁517。

諷刺性,可參見本章第四節。

三、《西遊補》

清代一佚名者曾撰〈續西遊補雜記〉,文中言:

> 問:《西遊補》,演義耳,安見其可傳者?曰:凡人著書,無非取古人
> 以自寓,書中之事,皆作者所歷之境;書中之理,皆作者所悟之
> 道;書中之語,皆作者欲吐之言。書中之語,皆作者欲吐之言:
> 不可顯著而隱約出之,不可直言而曲折見之,不可入於文集而借
> 演義以達之。蓋顯著之路,不若隱約之微妙也;直言之淺,不若
> 曲折之深婉也;文集之簡,不若演義之詳盡也。〔註105〕

其對《西遊補》以荒誕不稽的形式來寄寓思想表示讚賞,並認同小說應當寄寓作家不便直言的思想情感。

關於《西遊補》的寓意,董說曾於〈西遊補答問〉中言:

> 問:《西遊》舊本,妖魔百萬,不過欲剖唐僧而俎其肉;子補《西遊》,
> 而鯖魚獨迷大聖,何也?
>
> 曰:孟子曰:「學問之道無他,求其放心而已矣。」

此已明確指出其創作的意圖是為了「求放心」。董說又指出「心」與「魔」的關係,言:

> 問:《西遊》不闕,何以補也?
>
> 曰:《西遊》之補,蓋在火燄芭蕉之後,洗心掃塔之先也。大聖計調
> 芭蕉,清涼火燄,力過之而已矣。四萬八千年,俱是情根團結,
> 悟通大道,必先空破情根;空破情根,必先走入情內;走入情
> 內,見得世界情根之虛,然後走出情外,認得道根之實。《西遊
> 補》者,情妖也;情妖者,鯖魚精也。〔註106〕

此述大聖之心受到「情妖」所困,而此情妖乃為「鯖魚精」,「鯖魚」似意指「情欲」。故《西遊補》以鯖魚作為書中唯一的魔障,又寫行者受鯖魚精所迷惑而不

〔註105〕高玉海:《古代小說續書序跋釋論》(北京:中國社會科學出版社,2007 年 5 月),頁 115～118。此〈讀西遊補雜記〉不見於崇禎年間刊本《西遊補》,首見於清空青室刊大字本《西遊補》附錄。

〔註106〕董說著、楊家駱主編:《西遊補》(台北:世界書局),頁 35～40。高玉海:《古代小說續書序跋釋論》(北京:中國社會科學出版社),頁 109～112。

自知，顯示《西遊補》作者所關切的，乃在人與內在情欲的問題上。〔註107〕

明代嶷如居士亦於〈西遊補序〉中言：

> 作者偶以三調芭蕉扇後，火焰清涼，寓言重言，覺情魔圍結，形現
> 無端，隨其夢境迷離，一枕子幻出大千世界。

表明《西遊補》是借孫悟空之夢幻化出各種世態。〈序〉中描寫「思夢、噩夢、正夢、懼夢、喜夢、寤夢」等幻夢，並於夢中包含了思念、噩耗、正氣、恐懼、喜色、醒悟等。這應該是作者創作《西遊補》的目的，希冀讀者能借由此六夢省悟人生，以明瞭現實世界的一切都是幻象的佛理，故有證佛道之意味。

除了「修心」、「破情悟道」之外，該書又具有譏彈明季世風的諷刺意涵。如第九、十回，嚴懲秦檜的情節，似是對明朝奸宦魏忠賢的撻伐。第四回，看榜文人的醜態是對科舉文人的諷刺。魯迅就認為《西遊補》全書譏彈明季世風之意多。〔註108〕高桂惠亦主張《西遊補》中寄寓了對政治社會諸現象的諷刺。〔註109〕

除此，《西遊補》之作者似有意鼓吹「反清復明」之主張，但又不能明目張膽地表明，只能欲隱欲顯於書中。董說曾於其詩作〈入吳不及晤昭法〉中表露亡國之痛，詩曰：

> 濛濛舊事破山雷，痛定重提轉自哀。澗上垂垂泥路滑，愁中番番竹
> 輿來。同聞病榻聲三喚，忍棄前言土一堆。不道肝腸無分吐，吳船
> 風雪又空迴。
>
> 按：此言亂後心情慘痛之最者。濛濛舊事破山雷，痛定重提轉自哀
> 　　一句，說亡國之悲，真有腸一日而九迴之痛也。〔註110〕

詩中表露出黍離之悲。又〈丁未八月同三峰僧兄宿靈巖大鑑堂之東軒，深更往返，感慨系之〉曰：

> 聯床話離空階雨，倒像東軒與雪堂。老大情懷同作惡，江山今古各

〔註107〕高桂惠：〈《西遊補》文化形態的考察〉，頁369～371、379。收錄於中國古典文學研究會主編：《古典文學第十五集》（台北：臺灣學生書局，2000年9月）。
〔註108〕魯迅：《中國小說史略》（釋評本），頁149。
〔註109〕高桂惠：〈《西遊補》文化形態的考察〉，收錄於中國古典文學研究會主編：《古典文學第十五集》（台北：臺灣學生書局，2000年9月），頁382。
〔註110〕吳興劉氏嘉業堂刊：《叢書集成續編第一五〇冊》（台北：新文豐出版公司，未載日期），其中刊有董說：《寶雲詩集七卷》，見《寶雲詩集卷三·洗藥池編》，頁383。

> 飛揚。六書苦論銷茶汁，寶鏡平提鬥燭光。欠我華亭舊船樣，幾時
> 點筆付滄浪。
>
> 按：「江山今古各飛揚」句，似乎亦皆有所指涉，指向國仇家恨。
> 〔註111〕

詩中對明代亡國的沉痛感思，對明末家國破滅，異族入侵的景況傷痛至深。
可見董說對明代有著深深的眷戀，對家國破滅悲痛至極。

《西遊補》中頗寓亡國之痛，如第九回，未來鏡上的〈弔岳將君詩〉，詩
云：

> 誰將三字獄，墮此萬里城。北望真堪淚，南枝空自縈。國隨身共盡，
> 相與虜俱生。落日松風起，猶聞劍戟鳴。

此詩雖是抒發岳飛被秦檜所害的悲痛之情，然又兼敘著董說對祖國破滅的哀
痛，其沉痛之情於字裡行間明顯透露出來。

許多學者亦認為《西遊補》具有「滅清復明」之主張。如蔣瑞藻認為：「鯖
魚指平西而言。蕪湖方音，吳魚二字，並讀若痕。又倒掛天山，鑿開天口等
詞，亦影射吳字。且逆數歷日，孤臣心事，於無可奈何之日，猶冀天地之旋
轉。」〔註112〕劉大杰言：「依照書中的某些描寫，似作於明亡之後，寄寓他的
亡國之痛。小月王似指明朝，青青世界似指清朝，『韃子』、『臊氣』等等似乎
也是一種暗示」。〔註113〕黃芬絹認為，《西遊補》既作於明亡之後，然董說卻
安排象徵作者自己的悟空進入夢中，在夢中，象徵中國的唐僧被象徵滿清的
鯖魚精所滅，後來悟空夢醒後，殺了鯖魚精。這樣的安排，正說明了作者不
肯承認明亡之事實，是對桂王能滅清復明的期待。〔註114〕蠻（黃人）亦於《小
說小話》中表明《西遊補》的創作主題有暗指明亡和復興明朝的思想。〔註115〕

〔註111〕吳興劉氏嘉業堂刊：《叢書集成續編第一五〇冊》，其中刊有董說，《寶雲詩集
七卷》，見《寶雲詩集畫石編》，頁362。

〔註112〕蔣瑞藻：《小說考證》（上海：上海古籍出版社，1984年7月）。

〔註113〕劉大杰：《中國文學發展史》（台北：漢京文化事業有限公司，1992年6月20
日），頁1052～1053。

〔註114〕黃芬絹：《董說《西遊補》新論》（國立臺灣師範大學國文碩士在職專班研究
所，碩士論文，2005年6月），頁193、325。

〔註115〕蠻（黃人）在《小說小話》中指出《西遊補》的創作主題是暗指明亡和復興
明朝的思想云：「董若雨《西遊補》一書，點竄《楞嚴》，出入《三易》，其理
想如〈逍遙〉、〈齊物〉，其詞藻如〈天問〉、〈大招〉。身丁陳沈之禍，不得已
遁為詭誕，借孫悟空以自寫其生平之歷史，云謫波詭，自成一子。……而於
《西遊》原旨，固毫無關涉也。其係於三調芭蕉後者，以火焰山寓朱明焉。

由上所論，筆者認為《西遊補》並非戲謔之作，除了寓有「破情悟道」之外，還具有「諷刺性」，如皇帝不理朝政、縱慾女色、文化腐朽等，又借嚴懲秦檜的情節來寄託懲惡揚善的理想。除此，尚有對「反清復明」的期待。

四、《後西遊記》

《後西遊記》主要描寫玄奘取經返唐後百餘年，時當唐憲宗、穆宗年間，因前次取經未能求得真解，所以寺院主事們爭相仗皇帝好佛，而到處以福禍因果聚斂施財，聳惑愚民。對此亂象，如來遂命玄奘求取真解，希冀能解真經以濟世度民，讓邪魔外道一歸於正，並引出唐半偈、小行者、豬一戒和小沙彌師徒等一行人赴靈山求取真解。書中描繪了許多貪婪虛偽的佛門弟子，以及妄想因果、誤解佛法之徒，並且塑造出許多慾望之魔，如七十二塹、六賊、十惡、不老婆婆情欲、造化小兒的圈套等。

對於《後西遊記》的寓意，〈後西遊記序〉中說明了《後西遊記》的續作原因及其隱寓意涵，言：「匪我招愆！深憫有生之失教；是誰作側？追尤無始之立言。」〔註116〕作者感於世風「失教」，故欲續《西遊記》的情節和人物，以表達其思想意涵。又言：「聽有聲，觀有色，雖猶狀嘻笑怒罵之文章；精不思，妙不議，實已參感應圓通之道法。」〔註117〕採用原著《西遊記》中嘻笑怒罵的調侃、幽默、荒誕方式來呈顯圓通之道法。故《後西遊記》帶有「修心證道」之意涵。書中關於七十二塹、六賊、十惡、不老婆婆情欲、造化小兒圈套等的描繪，便是強調慾望的束縛，以考驗心性，藉以闡明禪宗「不立文字」、「即心即佛」、「自性自度」之佛教義理。除了對佛教義理的重視之外，作者亦強調儒家的仁義道德，有調和佛儒的意味。如第六回，從唐三藏與孫

俗稱本朝為清唐國，故曰《新唐世界》。大禹之戮防風，始皇之逐匈奴，皆為漢種摧伏異族之代表，故欲向之乞驅山鐸及治妖斬魔秘訣，以逐郭清之志。由崧溺於聲色，唐桂二藩皆制於豔妻，故托西楚霸王以隱諷之。綠珠請客，而有西施在座，讖當時號稱西山餓夫、洛邑頑民者，不免與興朝佐命往還也。西施兩個丈夫之招詞，其即洪邍陽之兩朝行狀乎？天門不開，靈霄寶殿被人偷去，而在未來世界中，殺卻百秦檜，請得一武穆。而天門大刊，寶殿再造，蓋不勝恢復之將來希望也。……偶與友人論及，覺其一字一意，皆無泛設。」此段言論，參見阿英：《晚清文學叢鈔》，頁356～357。

〔註116〕見〈《後西遊記》序〉，天花才子評點：《後西遊記》（台北：老古文化事業有限公司，1996年8月），頁1。

〔註117〕同上註，頁2。

悟空的交談中可以看出，唐僧言：「我佛萬善法門，不過要救世度人，實與孔子道德仁義相表裏……今日韓愈這一道佛骨表文，雖天子不聽，遭貶而去，然言言有理，垂之史冊。」這應當是作者對韓愈的肯定。

故《後西遊記》以禪的哲學爲主，加入儒家思想，作者把「心即是佛」的命題和儒家的「求其放心」結合起來，強調破除心魔，修心養性的功夫。

《後西遊記》又具「諷刺性」，作者除了用小說形式來宣揚佛教哲理之外，對於佛教的弊病，如迷信的舉動，亦能以客觀的立場痛掃之，藉以刺世疾邪。文中對專會咬文嚼字，外雖仁義，內實奸貪的世儒，以及佛教中聚斂財物、殘害民眾的僧徒極爲不滿。故作者雖崇信儒佛思想，然其眞正用意乃在借儒、佛眞諦來闡除當時社會之醜惡面相，此也與明末社會思潮相符。所以李漢秋、胡益民明確指出，《後西遊記》並非一部純粹的神魔小說，而是一部以諷刺現實爲基本主旨的寓言作品。〔註118〕林辰亦言：「與其說《後西遊記》是《西遊記》的續書，毋寧說是它發展了《西遊記》哲理性的特徵而創造的一部寓有深刻哲理的諷刺小說。」〔註119〕對於那鄙陋世儒和佛門斂財的揭露，朱一玄、劉毓忱認爲這是作者有意諷世的最佳力證，言：「《西遊》借三藏取經，寫出許多胡說；《後西遊》乃捏造出大顛求眞解解眞經，又寫出許多胡說，皆可以噴飯之作也。但《西遊》之文，諷刺世人處尚少，《後西遊》則處處有諷刺世人之詞句，其寫解脫大王、十惡大王、造化小兒、文明天王、不老婆婆等，無非罵世而已。於此，可見作者之一肚皮不合時宜也。」〔註120〕王增斌與田同旭亦認爲此說法，認爲作者實有意以儒、佛眞諦，借佛門弊端和世儒亂相來改變明末醜惡的社會。〔註121〕

第三節　寓意一「修心破情以證佛道」

《西遊記》「修心」的意味濃厚，於第十三回中可看出端倪，當眾僧於燈下議論佛門宗旨時，三藏答道：「心生，種種魔生；心滅，種種魔滅。……不

〔註118〕李漢秋、胡益民：《清代小說》（合肥：安徽教育出版社，1997），頁137。

〔註119〕林辰：《神怪小說史》，頁392。

〔註120〕朱一玄、劉毓忱編：《《西遊記》研究資料》（河南：中州書畫社，1983），頁333。

〔註121〕王增斌、田同旭：《中國古代小說通論綜解》（上）（北京：中國文聯出版公司），頁426。

由我不盡此心。」〔註122〕雖然小說的情節主要在求取佛經到修成正果,為佛家之事,但書中也夾雜著「心猿意馬」之玄門妙諦,統合了「修心」的主題。

《西遊記》中有關「心性」之描寫,可從目錄及小說內容中呈顯出來,在目錄方面,如「心性修持大道生」(第一回);「五行山下定心猿」(第七回);「心猿歸正」(第十回);「四聖試禪心」(第二十三回);「意馬憶心猿」(第三十回);「外道迷真性,元神助本心」(第三十三回);「心猿正處諸緣伏」(第三十六回);「嬰兒戲化禪心亂」(第四十回);「心猿遭火敗」(第四十一回);「情亂性從因愛慾,神昏心動遇魔頭」(第五十回);「心猿空用千般計」(第五十一回);「心猿定計脫烟花」(第五十四回);「道昧放心猿」(第五十六回);「二心擾亂大乾坤」(第五十八回);「滌垢洗心惟掃塔,縛魔掃正乃修身」(第六十二回);「脫離穢垢道心清」(第六十七回);「心主遭魔幸破光」(第七十三回);「心猿鑽透陰陽竅」(第七十五回);「心神居舍魔歸性」(第七十六回);「心猿護主識妖邪」(第八十回);「鎮海寺心猿知怪」(第八十一回);「心猿識得丹頭」(第八十三回);「心猿妒木母」(第八十五回);「心猿木土授門人」(第八十八回)等,先不管回目的小說內容,僅從目錄來看,小說與「心」或「心性修煉」應有極大關聯。

在小說內容方面,描寫「心」及「心」之修煉者,如寫沙悟淨「洗心滌慮,再不傷人,專等取經人」(第八回,頁75);三藏曰:「心生,種種魔生;心滅,種種魔滅。我弟子曾在化生寺對佛設下洪誓大願,不由我不盡此心。」(第十三回,頁120);三藏研讀《定心真言》(第十四回,頁138);烏巢禪師有《多心經》(第十九回,頁190);三藏向國王道:「若乃堅誠知覺,須當識心;心淨則孤明獨照,心存則萬境皆浸。」又言:「但使一心不動,萬行自全。」(第七十八回,頁786);假僧剖開胸膛,露出許多心,包括「慳貪心、利名心、嫉妒心、計較心、好勝心、侮慢心、殺害心、狠毒心、邪妄心」等諸多不善之心。(第七十九回,頁790)更甚者,文中敘述文字更有明載「明心見性」者,如第九十四回(頁941);第九十八回,記「見性明心參佛祖,功完行滿即飛昇」(頁990)。

以上從目錄及小說內容對「心」及「修心」的描寫,可以看出《西遊記》寓有修心之意涵。

〔註122〕吳承恩:《西遊記》(上)(台北:台灣古籍出版有限公司,2005年5月),頁120。

在證佛道方面，《西遊記》以求取佛經爲主要目的，文中有佛教經典的用語及神佛描述，雖然描寫的並不多，表面上與佛教的關係似乎不深，但從小說中的事例來看，仍可顯露佛教的思想。書中的三藏因佛祖有不忍人之心，欲傳三藏眞經以度人的目的而西行，如第八回中佛祖對座下表述：「南贍部洲者，貪淫樂禍，多殺多爭，正所謂口舌凶場，是非惡海。我今有三藏眞經，可以勸人爲善。」第三十八回，三藏向八戒告誡道：「徒弟啊，出家人慈悲爲本，方便爲門。你怎得這等心硬！」可見佛祖命令三藏西行取經的目的是爲了慈悲度世。又唐僧師徒都以「悟」字排行，此「悟」字有領會、心解之義；「空」、「淨」亦都有虛無之意，所以不管是「悟空」、「悟淨」或「悟能」，都蘊含著領會塵世的虛無或色即是空的道理。

可見，《西遊記》是一個修道歷程的展現，表現出「空」的智慧，是一部張揚佛法無邊，中興佛教成大道，深具釋家本色。清代俞樾曾於《九九消夏錄》中曰：

> 宗泐字季潭，臨安人，洪武初，舉高行沙門，命往西域求遺經，還授左善世。《西遊集》蓋其奉使求經，道路往還所作，見聞既異，記載亦必可觀。今俗有《西遊記演義》，托之邱長春，不如托之宗泐，尚是釋家本色。雖金公木母，意近丹經，然意馬心猿，未始不可附會梵典也。〔註123〕

張靜二亦言：「《西遊記》一書的主題就是『空』這個字，而『悟』則是達致『空』的過程。」〔註124〕余國藩亦言：「作者雖然不分仙佛，狠狠嘲弄了天界權力結構裡惺惺作態的官僚作風及其軟弱無能，不過，佛祖的般若智慧和慈悲心腸，仍然是他大力強調的主題。」〔註125〕就三藏取經而言，西行取經是他藉以修身修道，修持功果，以更新生命的一趟旅程。然而這另一方的意涵是「我佛慈悲」、「福國淑世」的主題，即成佛的重要課題。所以悟空和八戒每次在去除劫難之後，便轉化爲沿途百姓的救命泉源，造福鄉里，以致於三藏後來也逐漸重視和體認到悟空的濟世之心。〔註126〕

〔註123〕俞樾：《九九消夏錄》卷 12（北京：中華書局，1995），第 1 版，頁 140。

〔註124〕張靜二：〈論《西遊記》的結構與主題〉，《中華文化復興月刊》第 13 卷第 3 期（1980），頁 19～26。

〔註125〕余國藩著、李奭學編譯：《《紅樓夢》、《西遊記》與其他》（北京：生活・讀書・新知三聯書店），頁 288。

〔註126〕余國藩著、李奭學編譯：《《紅樓夢》、《西遊記》與其他》，頁 290。

　　《續西遊記》有關「明心見性」的主旨，可從小說中幾段試禪心和情慾誘惑的情節中凸顯出，如（一）、第六十九回至第七十一回，靈山之寶經閣上有一尊古佛，問白雄尊者爲何唐僧取經回東土的途中會遇上種種妖魔爲難？尊者言：「眞經功德眞乃人天利益，衆生得見聞，果是萬劫難遇。但來取之易，而去之不難，只恐人情視爲輕易；所以唐僧們來，也使他萬苦千辛，眞經去，也顯出許多靈應，方爲濟度衆生。只是道路多逢妖怪。」佛云：「不遇妖魔，靈驗何見？況路途本無妖魔，衆等種種防禦妖魔，即生種種妖魔。汝當傳諭衆聖，誰肯保護眞經，與比丘衆等助些道力，莫教他逢妖作怪，自己先動了妖怪機變，則行道坦坦，何妖作耗也？」後來，四大比丘僧自願去試唐僧師徒的志誠及老實、恭放之心，希望唐僧師徒勿心存機變之心。當四大比丘僧試完禪心之後，對三藏說：「師父，你只把原來志誠心莫改，縱遇妖魔自然蕩滅。我四僧實是來暗試你禪心，看你志誠，若終守不變，不生疑懼，經文方爲托付得人。我已知迎接你們的都是妖魔，須要正了念頭相待，自是無礙。」隨後，四大比丘僧返古佛處，向佛言唐僧師徒果能尊經，「只是孫行者機變心生，未免道路多逢妖魔便犯，因而保護諸弟子也動了滅妖降怪之心，用出機謀智巧之變，雖無傷於唐僧德行，只恐褻慢了經文」，後來衆優婆塞前往，糾正了孫行者的志誠之心。（二）、第七十四回至第七十五回，衆優婆塞糾正了孫行者，返靈山前向孫行者述：「孫悟空機心莫要過用太刻」。以上兩處，可以看出作者宣揚滅機心，以明心之佛家理念。又（三）、第五十五回，消陽魔、耗氣魔、鍊陰魔因戲弄比丘僧與靈虛子，先後變爲賣酒客、路人、貌美婦與老婆子，欲以酒色迷惑二僧，卻被二僧識破。（四）、第八十二回、八十三回，善慶君、慌張魔王、孟浪魔王分別幻化爲賣酒漢、凶惡漢、美貌婦，欲迷亂唐僧師徒，導致豬八戒因貪邪淫亂而被陷。後來妖魔們欲再以財氣迷惑唐僧師徒，卻反被孫行者所變的女子以酒色財氣迷惑。（五）、第五十八回，於西梁國界，有一群女怪領著衆婦奪人財物，若遇青春年少者便留之相匹配，若遇醜陋者就割其肉做香囊。唐僧師徒因而化爲女僧而被女怪捆去，後來，比丘僧、靈虛子化爲青年僧人及俊俏漢子欲解救之，卻反被女怪們強奪去，並爭相婚配成親，幸而在孫行者的協助之下才解除危難。

　　以上有關情慾情節的安排，應是爲了明心見性的主題而設計的，故第八十三回詩云：「爲甚皈依三寶門，不貪酒色不沾葷。清心寡欲存眞性，種德施仁固善根。割斷愛河無可戀，揮開慧劍豈能昏。任他妖孽來迷亂，護得如如

一點真。」又第五十九回詩云:「不貪淫欲戀塵華,淨此身心是出家。莫道嬰兒婚姹女,丹家道合莫疑差。」可見具有《續西遊記》「明心見性」之寓意所在。

　　《西遊補》以夢幻的架構來表現情欲的虛妄,描寫得極為深刻,此於第一回首已開宗明義表明,言:「鯖魚擾亂,迷惑心猿,總見世界情緣,多是浮雲夢幻。」行者被鯖魚所吐之氣所迷惑後進入鯖魚腹中,在鯖魚的引誘下逐次展開了一連串的「思夢」、「噩夢」、「正夢」、「懼夢」、「喜夢」、「寤夢」六夢,在夢幻中,行者經歷一場情欲的爭鬥交戰。〔註127〕對此夢境,夏濟安曾言:

> 《西遊補》並不企圖再現一個真的發生過的夢;董說半滑稽半認真地重建的行者的夢境是假設由於鯖魚精的魔力所引發的,與任何有關夢的理論並沒有必要的關係。我們最好把他的小說當做一篇「奇文」看待,一件利用作者超人的豐富的想像所提供的材料,並基於《西遊記》裏所呈現的行者的生活及性格,所創造的璀璨的藝術品。
> 〔註128〕

夏濟安認為《西遊補》不在描寫一個真正的夢,而是在凸顯鯖魚精的引誘,因著鯖魚精的誘惑,使行者陷入情欲所幻化的夢境中。

　　董說以夢境來凸顯旨趣,而關於旨趣,靜嘯齋主人於〈西遊補答問〉中言:「悟通大道,必先空破情根;空破情根,必先走入情內;走入情內,見得世界情根之虛,然後走出情外,認得道根之實。」〔註129〕董說以「夢」書寫的是為了「破情」。而〈西遊補答問〉中亦言:「《西遊補》者,情妖也;情妖者,鯖魚精也。」「《西遊補》,情夢也。」明顯表明了《西遊補》的創作意旨是在「點破情魔」。至於破情的目的,童瓊曾言:

> 全書儘管貫穿了佛家破幻、悟空的思想,重點卻不像「真假猴王」故事一樣糾纏於分清真假之心,而是用夢境的形式來鋪敘描寫由行者情幻化的「鯖魚世界」以及行者「歷幻」的過程,展現行者即作者的「妄心」。〔註130〕

〔註127〕董說撰、楊家駱編:《西遊補》,見嶷如居士之〈西遊補序〉,頁13～15。
〔註128〕夏濟安著、郭繼生譯:〈《西遊補》:一本探討夢境的小說〉,收錄於幼獅月刊編輯委員會主編:《中國古典小說論集》第2輯(台北:幼獅文化事業公司,1988年7月),頁190。
〔註129〕董說撰、楊家駱編:《西遊補》,見靜嘯齋主人之〈《西遊補》答問〉,頁35。
〔註130〕童瓊:〈從「真假猴王」到「鯖魚世界」──《西遊補》寓意淺論〉,《中國文

童瓊認為《西遊補》充滿佛教悟「空」的思想，但重點不在分辨真假猴王的真假心，而是除「妄心」，對於妄心的體悟，是作者的親身體悟，僅藉由行者來呈現罷了，故破情的目的是在「悟道」。龔鵬程亦有所闡發，言：

> 偶一動情，即須遭譴，是文學中常見的天庭律則。稱為「凡心」，足證愛與情欲都不屬仙鄉之事業，而是人間的纏繫。若要證道，先得「無情」。文學中表現此一觀念和過程最精采的，當數《西遊補》。

〔註131〕

其認為一切情根皆屬於虛幻，只有無情方能入道。

從《西遊補》的情節內容可看出其呈顯的意涵。書中安排孫行者受鯖魚精的引誘入夢，之後造歷了三界六夢，沉浸於情幻之境中，孫行者最終殺死鯖魚精，走出情外，並悟通大道。此乃借由佛家破除情緣夢幻之象徵手法，以「破情悟道」為要旨，此「情」是對修心入道的磨練和考驗。

《後西遊記》的內容雖是求取真解，然主要的情節卻在「修心證道」的描寫上，希求人能去除迷妄之心。《後西遊記》卷首之〈後西遊序〉中言：

> 蓋聞天何言哉？而廣長有舌，久矣嚼破虛空；方心寸耳！而芥子能容，悠然遍滿法界。造有造無，三藏靈文縣茲演出；觀空觀色，百千妙義如是得來。耳之希有，諦聽若雷；目我未曾，靜觀如鏡。故花吐拈香，泠泠般若之音；月呈指影，滴滴菩提之味。悟入我聞，萬緣解脫；猛登彼岸，千佛證盟。無如聾瞶渺茫，失之覿面；遂至痴嗔固結，誤也當身。已饑而貪割他人，鷹虎麋我佛之軀；獲罪而倖求自免，苦難費觀音之力。佛心著淨而莊嚴，假相佞入迷途；性體光明而撲滅，慧燈錮居闇室。淨蓮出口，障作藤烟；亂棘叢心，詫為花雨。施開妄想，首禍究及慈悲；果炫詿言，下根因之墮落。諸佛菩薩喚醒我，無過夢幻須臾；鬼判閻羅嚇殺人，也只死生苦惱。豈知去也如來恆性，顯金剛於不壞；觀之自在靈光，妙舍利於常明。匪我招愆！深憫有生之失教；是誰作俑？追尤無始之立言。蓋津水甚深，無濟半沉半浮之淺渡；法門至正，難供百出百入之旁求。袖觀不忍，於焉苦瀝婆心；直口誰聽，無已戲拈公案。曲借麻姑指爪，遍搔俗腸之痛癢；高懸秦臺業鏡，細消矮腹猜疑。悲世道古今盲，

學研究》第1期（2001），頁53。
〔註131〕龔鵬程：《中國小說史論》（台北：臺灣書局，2003），頁141～142。

> 毒加天眼之針；憂靈根旦暮死，硬著佛頭之糞。聚魔煉聖，筆端弄
> 水火神通；挾獸驕人，言外現去存航筏。以敬信而益堅敬信，善緣
> 永不入於輪迴；就沉淪而超拔沉淪，惡趣早同歸於極樂。活機觸竅，
> 木石生情；冷妙刺心，虛無出血。聽有聲，觀有色，雖猶然嘻笑怒
> 罵之文章；精不思，妙不議，實已參感應圓通之道法。大事因緣謂
> 不信，請質靈山；真誠造就如涉誣，願沉阿鼻。

從序文來看，應當是作者自序。序文中已闡明唐半偈師徒求解之行的原由，並表明強調禪宗「清淨無為」之精神。書中有相關的描寫，如第九回，唐半偈進朝拜辭唐憲宗時，憲宗欲御駕餞行，唐半偈卻以「非佛門清淨之道」辭卻憲宗。又第十回，唐半偈對慧音言：「佛家清淨為本，淡薄為宗。」又言：「清淨無為，佛教之正也。莊嚴參佟，佛教之魔也。」回末又有詩云：「尊佛豈在多言？驅邪惟有一正。理屈難免辭窮，道高自然人敬。度世方見慈悲，施財邪魔諂佞。從來不染高僧，只是身心清淨。」這些都說明了「清淨無為」乃佛教正旨，並視文字語言為一種障礙。另外，第十三、十四回中的「缺陷大王」；第十七、十八回中的「閉不住先鋒」；第二十四回中文明天王以《春秋》筆壓在唐半偈頭上；第三十七回中笑和尚傳給唐半偈兩句偈語，為「嚼爛舌頭，虛空不受」二句，此也都含有「不立文字」的禪宗佛理。

禪家雖主張「不立文字，不落言詮」，但並非不用文字和語言，而是教人不應受到語言文字的束縛，才能達到「有句皆活，無機不靈」的自得境界。這種將自在活用發揮到極致的境界，便是「妙存默中」的主張，所謂「不著一字，盡得風流」，以不說為說，促使言外有著無窮的意味。

關於「修心」的主題，在《後西遊記》的內容描寫中是極明顯的，如第十三回，葛滕二村的村民因不耕心田而任其荒蕪，使得村民怨天尤人，好逞口舌之快的歪風日益加劇，終於招致缺陷大王及獥子妖精的迫害，此災害是因人心放失所生，故應時時修心反省以杜絕之。又唐半偈師徒延途遭遇了許多邪魔，然而這些邪魔多為「情慾之魔」，如第十七回，於「情慾塹」上遇到「七十二塹魔君」，包括「喜塹」、「怒塹」、「哀塹」、「樂塹」、「酒塹」、「色塹」、「財塹」、「氣塹」、「悲塹」、「痛塹」、「傷塹」、「嗟塹」、「愛塹」、「惜塹」、「歡塹」、「悔塹」、「愁塹」、「苦塹」、「怨塹」、「恨塹」、「憐塹」、「念塹」、「思塹」、「想塹」、「慚塹」、「愧塹」、「笑塹」、「罵塹」、「咀塹」、「咒塹」、「仇塹」、「謗塹」、「疑塹」、「慮塹」、「昏塹」、「迷塹」、「貪塹」、「嗔塹」、「狂塹」、「妄塹」、

「邪塹」、「淫塹」、「蠱塹」、「惑塹」、「謟塹」、「佞塹」、「媚塹」、「誕塹」、「暴塹」、「虐塹」、「殘塹」、「忍塹」、「騙塹」、「詐塹」、「陷塹」、「害塹」、「驕塹」、「傲塹」、「矜塹」、「誇塹」、「驚塹」、「慌塹」、「和塹」、「詭塹」、「慘塹」、「刻塹」、「毀塹」、「譽塹」、「酷塹」、「惱塹」、「慾塹」、「夢塹」等，這些邪魔都與情慾有關，以往唐半偈一行人能安渡難關，是因為心正，而此處卻心散著魔，被凡情所纏擾，導致為邪魔所縛，故唯有修心才能以正伏邪。又第二十六回，一行人遇到「十惡大王」，包括「纂惡大王」「逆惡大王」「反惡大王」、「叛惡大王」、「劫惡大王」、「殺惡大王」、「殘惡大王」、「忍惡大王」、「暴惡大王」、「虐惡大王」等，欲掃除此十惡大王，唯有歸并一心一途，故小行者言：「一妖一條心，心多勢必亂。我聞二人同心，其利斷金。」說明了如欲關除萬難，唯有堅定之心而已，此亦是追求佛教真解的途徑。又第三十回，造化小兒之圈套實亦寓含深意，其圈套有「名圈」、「利圈」、「富圈」、「貴圈」、「貪圈」、「嗔圈」、「嗤圈」、「愛圈」、「酒圈」、「色圈」、「財圈」、「氣圈」、「妄想圈」、「驕傲圈」、「好勝圈」、「昧心圈」，唐半偈師徒的求道之心可藉由這些圈套的考驗堅定之，正如造化小兒所言：「從來道心必經磨難而後堅，圈留者正堅你道念耳。」（第三十一回）另第三十二回、三十三回，回中不老婆婆顏如少女，其「玉火鉗」與小行者的「如意金箍鐵棒」有場激烈的交戰場面，然二者卻富有象徵意義，皆象徵男女的生殖器官，於兩人的對話與決鬥當中，充滿了情慾的遐想空間，寓含有「洗欲火」、「斷情絲」之意。因此，唐半偈有段對不老婆婆闡述有關性命之樂的看法，言：「蒙老菩薩以性命之樂見誨，深感慈悲，但性非一境，樂亦多端，也難執一而論。譬如糞裡蛆蟲，未嘗不融融得意，倘欲強人入而強之，必掩鼻吐殘不顧。」說明性命中自有樂地，人應克制任合欲望妄想，修心定性，才能求取佛經真解之道，也才能尋求本來的樂處。又第三十四回，描寫唐半偈等人入蜃妖肚中，於歷生死之難之後，方知為夢幻一場，然此幻境竟是自心所造，蜃言：「不是天地自然生成的，都是人心造出來的一重孽海，是非冤業，終日播弄波濤，世人一墮其中，大多便沉淪不出，後來我佛過此，憐念眾生墮落，大發慈悲，遂將恆河沙填平了，故俱是一片平洋，沒有高山。」說明幻皆為空，且幻境是人心迷妄所造，故只有本心清明方能去除種種迷亂。

以上的情節描繪與人物對話，皆能顯露作者講求「修心定性」之佛家義理。

第四節 寓意二「諷刺人性與社會亂象」

綜觀《西遊記》、《續西遊記》、《西遊補》、《後西遊記》的諷刺意涵，約可歸類於如下四類。

一、諷朝廷

吳承恩曾自述幼時即愛好小說，尤好神怪，其於自撰之〈禹鼎志序〉中曰：

> 余幼年即好奇聞。在童子社學時，每偷市野言稗史，懼爲父師訶奪，私求隱處竊之。比長，好益甚，聞益奇。迨於既壯，旁求取致，幾貯滿胸中矣。嘗愛唐人如牛奇章、段柯古輩所著傳記，善模寫物情，每欲作一書對之，嬾未暇也。轉嬾轉忘，胸中所貯者消盡。獨此十數事，磊塊尚存。日與嬾戰，幸而勝焉，於是吾書始成。因竊自笑，斯蓋怪求余，非余求怪也。〔註132〕

吳承恩因爲愛好神怪小說，故在晚年歸隱後撰寫《西遊記》以自遣，這當是吳承恩創作《西遊記》的動機之一。加上吳承恩生逢嘉靖之世，當時社會政治昏亂，明世宗又因迷信仙道而誤國。其又懷才不遇，這鬱悶的胸懷無從紓解，只能從小說的字裡行間來諷刺當道，挪揄世態。其曾在〈贈王侯章君履任序〉中批評時政，曰：「行伍日凋、科役日增、機械日繁、奸詐之風日竟。」又在〈送郡伯古愚郡公擢山東憲副序〉中表明不忍的心迹，曰：「近世之風，余不忍詳言之也。」字裡行間有著對明代政治的腐敗與世風墮落的憤慨感嘆。他又在所著的〈二郎搜山圖歌〉中言：

> 我聞古聖開鴻濛，命官絕地天之通。軒轅鑄境禹鑄鼎，四方民物俱昭融。後來群魔出孔竅，白晝搏人繁聚嘯。終南進士老鍾馗，空向宮闈啗虛耗。民災翻出衣冠中，不爲猿鶴爲沙蟲。坐觀宋室用五鬼，不見虞廷誅四凶。野夫有懷多感激，無事臨風三嘆息，胸中磨損折邪刀，欲起平之恨無刀。〔註133〕

通過歌頌二郎神搜山除妖來寄寓自己的理想。詩中對殘害人民的「五鬼」和「四凶」表達出強烈的憤恨，也對追捕妖魔的二郎神給予熱情的讚美，寄予

〔註132〕載於葉慶炳：《中國文學史》（下冊）（台北：臺灣學生書局），頁328。
〔註133〕王增斌、田同旭：《中國古代小說通論綜解》（下），頁380。

英雄人物除妖斬魔的高度企盼，凸顯出對時政的高度不滿。並於〈禹鼎志序〉中公開揭櫫：「雖吾書名爲志怪，蓋不專明鬼，時紀人間變異，亦微有鑒戒寓焉。」這些都明顯表達出吳承恩欲借鬼怪神話故事來批判現實的創作意圖。明代齊東野人在〈隋煬帝豔史·凡例〉中，就將《西遊記》視爲是唐三藏小史，認爲作者的寫作目的是「或揚其芳，或播其穢，以勸懲後世。」〔註134〕視《西遊記》爲勸懲的著作。學者徐君慧亦認爲吳承恩身處苦難時代，懷才不遇，因而羅織文網，希借神佛外衣來闡述人間事。〔註135〕可見吳承恩創作《西遊記》的動機乃在自娛自遣，並藉此譏諷時政。

　　關於政治的諷刺性，李辰冬從吳承恩的生平及當時的政治背景中，挖掘《西遊記》更深的意涵，認爲明世宗殺戮忠良、任用奸邪、沉迷仙道、聽信讒言，都符合《西遊記》中寶象國、車遲國、祭賽國、獅駝國、比丘國的背景。又書中許多人物與明代歷史人物相似，如唐僧的性格似明世宗；豬八戒奸邪的性格似嚴嵩；沙僧忠厚無用的性格似明代那些尸位素餐之輩。這些都是吳承恩對現實社會的不平與牢騷，以及對國家政治憂國憂民的反映。〔註136〕其他如鄭振鐸、胡震翼、張其昀、葉慶炳、劉大杰、徐季子、李劍國、馬積高、黃鈞等人，亦認爲《西遊記》非有意宣揚宗教哲理，而純粹是借剷除妖魔來諷刺朝廷或地方勢力，以此抨擊世態，寓有諷世貶俗之意。〔註137〕

〔註134〕劉蔭柏：《《西遊記》研究資料》（上海：上海古籍出版社，1990年8月），頁534。

〔註135〕徐君慧：《中國文學史》（南寧：廣西教育出版社，1991年12月），頁269。

〔註136〕李辰冬：〈《西遊記》的反映〉，收錄於李辰冬：《文學欣賞的新途徑》（台北：三民書局，1970），初版，頁88～107。

〔註137〕鄭振鐸：《插圖本中國文學史》（北京：人民文學出版社，1982年3月），頁912。胡雲翼：《中國文學史》（台北：三民書局，1966年8月），頁253。張其昀：《中國文學史論集》（台北：中華文化出版委員會，1958年4月），頁878。葉慶炳：《中國文學史》（下）（台北：臺灣學生書局，1987年8月），述《西遊記》雖是吳承恩晚年的自遣之作，「然以承恩生逢嘉靖之世，明世宗迷信仙道，昏庸誤國，政治極爲黑暗，自身又懷才不遇。故字裏行間，不免諷刺當道，揶揄世態。承恩所作〈二郎搜山圖歌〉中有句云：『我聞古聖開鴻濛，命官絕地天之通。軒轅鑄鏡禹鑄鼎，四方民物俱昭融。後來群魔出孔竅，白晝搏人繁聚嘯。終南進士老鍾馗，空向宮闈啗虛耗。民災翻出衣冠禍，不爲猿鶴爲沙蟲。坐觀宋室用五鬼，不見虞廷誅四凶。』其對時政之不滿至爲明顯。」頁328。劉大杰：《中國文學發展史》（台北：漢京文化事業有限公司，1992年6月20日），述「吳承恩只是借神魔來寫人間，在幻想中寄寓著諷刺詼諧的筆調」，頁1049。徐季子、姜光斗主編：《中國古代文學》（上海：華東師範大學出版社，2000年5月），第1版，頁236。李劍國、陳洪：《中

　　同樣，《續西遊記》、《西遊補》、《後西遊記》亦有諷刺政治之意涵。如《續西遊記》第三十六回，餓鬼林中有妖精作怪，此妖精乃是三國時魏王曹操，文中寫他死前「篡漢，陷害忠良」，且曹操自地上拾起的一張帖兒上寫著「義不食周粟，寧甘首陽餓。清風萬載香，高節千年大。可恨汝奸回，把漢坐奇貨。死後不含羞，飢餓求誰個。」此處諷那些對國家不忠之奸賊。於第三十七回中，魔王更明言曹操是「貪生恤命」之人。《續西遊記》除了對臣子的嘲諷之外，亦有對君王審美觀的批判，如第三十六回中，有兩個因節食而病亡的寵姬，自述其生前承大王寵愛，養在宮中，享用無盡的珍饈百味，後因享用過度而變得肥怕不堪，只因大王喜愛窈窕細腰，遂終日不食，最後餓傷成病而亡，而許多婦女原本都是楚宮美婦，也都和這兩位寵姬一樣，為細腰所誤。可見世人崇尚纖細的審美觀其來有自，而此處的描寫，實是對風俗審美觀的一大諷刺，尤其是針對君王的喜好而諷。

　　《西遊補》的故事情節插接於《西遊記》三調芭蕉扇之後，然而內容描寫孫悟空走入「六夢」和行經「三界」的經歷卻實有用意，曾永義就認為《西遊補》是「通過佛家情緣夢幻的思想，以寓現世諷刺之意。」〔註138〕透過孫行者的夢遊，對歷史人物與人生社會展開敏銳的諷刺與批判。高玉海亦於《古代小說續書序跋釋論》中解題《西遊補》為：「作者托筆見聞，於明季世態，予以嘲諷。」〔註139〕如第二回，行者言：「若是一年一個皇帝，不消四年，三十八個都提到了。」又言：「朝廷之上有此等小臣，哪得皇帝不風流。」宮人亦道：「皇帝也眠，宰相也眠，綠玉殿如今變作眠仙閣哩！昨夜我家風流天子替傾國夫人暖房，擺酒在後園飛翠宮中，酣飲了一夜。」這些似在顯露明代中葉以後君臣昏庸的情況。而明武宗與明世宗時，或耽於遊樂，或荒淫貪色，或奢華無度，或迷崇道教。明神宗又晏居深宮二十餘年，不理朝政。熹宗醉生夢死，寵信太監魏忠賢，以致於國政疲弱，世風頹唐。行者此言正是對明

<hr>

國小說通史》（明代卷）（北京：高等教育出版社，2007 年 6 月），頁 1025，述《西遊記》在「托寫神魔而有所諷喻，作者在小說中或抨擊世態、或敘寫心志」。馬積高、黃鈞：《中國古代文學史》（4——明清卷）（台北：萬卷樓圖書有限公司，1998 年 7 月），述《西遊記》是「諷刺揶揄則取當時世態」，「隨時對當時世態和社會人生加以鋒利而又深刻的揭露和抨擊」，頁 164。

〔註138〕曾永義：〈董說的鯖魚世界——略論《西遊補》的結構、主題和技巧〉，此文收入劉世德編：《中國古代小說研究》（上海：上海古籍出版社，1983 年 5 月），頁 240。原載於《中外文學》第 8 卷第 4 期（1971 年 9 月）。

〔註139〕高玉海：《古代小說續書序跋釋論》（北京：中國社會科學出版社），頁 104。

代昏庸貪色的君主與誤國奸臣的極力譴責。又第九、十回，描寫「嚴懲秦檜」的情節，其中對一代奸相秦檜的鞭撻，實是對明朝奸宦魏忠賢的控訴。文中把秦檜當作所有奸臣的代表，作者對於具有忠臣形象的岳飛極為崇敬，此秦檜似是魏忠賢的寫照。明代熹宗時，魏忠賢弄權，掌東廠並仇殺異己，朝臣如左光斗、魏大中、楊漣等皆慘死於酷刑之下，董若雨以刑秦檜來發洩對魏忠賢等奸臣之憤恨，此因董說處於國家內憂外患之際，卻沒有像岳飛的忠臣良將來保家衛國，故隱含著深沉的歷史慨嘆。許多學者亦有相同的見解，魯迅就曾言：

> 其云鯖魚精，云青青世界，云小月王者，即皆謂情矣。或以中有『殺青大將軍』，「倒置曆日」諸語，因謂是鼎革之後，所寓微言，然全書實于譏彈明季世風之意多，于宗社之痛之迹少，因疑成書之日，尚當在明亡以前。〔註140〕

劉大杰則認為，《西遊補》是一部富於現實性的明末社會書，時代背景與社會意識，反映得非常明顯，主要在攻擊明末的腐敗政治、墮落輕浮的士風，以及那些求和投降的大官。故風趣、尖刻、譏諷和滑稽，兼而有之。〔註141〕傅世怡也認為董說：「時值明末，亡兆畢露，朝綱廢弛，小人馳騖，唯利是圖，教化不振，民風日壞，奢侈荒淫，莫此為甚，君子處斯時，不欲直言招禍，而以稗史委曲道焉。」故《西遊補》「于奸臣造冊，殘害忠良，頗有隱射焉。」〔註142〕

　　《後西遊記》關於政治黑暗的顯露，如第三回，孫小聖在地獄向十王道：「陽世貪官吏弊，故設陰司，不知陰司判書亦有弊否？」十王道：「恐才力不及，為鬼判蒙蔽，今前案俱在，求上仙慧眼照察，倘有弊端，乞為檢舉，以便改正。」此處將人世間官吏貪財的弊端顯露出來，此弊端又延及陰間鬼判。孫小聖又要十王減唐憲宗二十年壽數，以折抵崔判官作弊使太宗增壽二十年所衍生的問題，十王聞言大喜道：「『又蒙檢舉，又蒙周旋，感德不淺！但憲宗彼至四十三歲，精力未衰，如何得晏駕？』孫小聖道：『這有何難，近日皇帝多好神仙，愛行房術，崔判官既私延太宗之壽，何不即將他罰作方士，獻丹藥，以明促憲宗之壽，承行作弊本該正法典刑，姑念盡忠故主，合令杖殺，

〔註140〕魯迅：《中國小說史略》（釋評本），頁149。
〔註141〕劉大杰，《中國文學發展史》，頁1055、1053、1055。
〔註142〕傅世怡，《西遊補初探》，頁103。

以了此段公案。』」此情節是將明代帝王好道，生活淫蕩，以致於許多道士獻房中術而得貴之亂象，予以辛辣的嘲諷。又第十三回，缺陷大王為了私利而到處擾民，村民遂舉辦豬羊賽會以求安居，但村民若違了賽會限期或牛羊不豐，缺陷大王就會食村民，並對那些不供獻的人，讓其跌入路面坑陷之中，頭破血流，至於那些不去求者，就讓其落入萬丈深坑，永世不得翻身。這「缺陷大王」，似乎是在影射那些潛藏於陰暗角落，專以陷害人民，製造不幸的當權者。〔註143〕

二、諷世儒

《西遊記》中雖無明顯刻劃世儒的情節，然而清代戲曲家焦循曾於《劇說》中云：

> 今揆作者之意，則亦老於場屋者憤鬱之所發也。黃袍怪為奎宿所化，其指可見。〔註144〕

焦循舉《西遊記》中黃袍老怪為奎宿星所化一事，認為「作者之意，則亦老于場屋者憤鬱之所發耳。」將《西遊記》視為是作者傾吐科舉不第，以洩胸中塊壘之作。

《西遊補》對科名之幻與科舉制度的諷刺是明顯的，如第四回，孫行者見到萬鏡樓鏡中的榜單上寫著：「第一名廷對秀才柳春，第二名廷對秀才烏有，第三名廷對秀才高未明」，頃刻間，有一群人齊來看榜，百態盡出，後來，行者又憶起五百年前太上老君的一番話，曰：「哀哉！一班無耳無目、無舌無鼻、無手無腳、無心無肺、無骨無觔、無血無氣之人，名曰秀才，百年只用一張紙，蓋棺卻無兩句書！……你道這箇文章叫做什麼？原來叫做『紗帽文章』！會做幾句便是那人造運，便有人擡舉他，便有人奉承他，便有人恐怕他。」董說藉由榜上前三名秀才之名，來諷刺科舉制度無益於國計民生。又由看榜眾人的各種行為表情，來諷刺那些競逐科舉之人的醜態，其不知時已亂，國將亡，卻仍在為一己功名費盡心力，不禁叫人愁悶憤慨。對此，王旭川認為《西遊補》對科舉制度下的知識份子確實作了極大的嘲諷，然而，《西遊補》與《儒林外史》卻有其不同之處：

> 《西遊補》是以大夢已醒兒出夢境者的角度來看待尚在幻境與夢境

〔註143〕王增斌、田同旭，《中國古代小說通論綜解》（上），頁427。
〔註144〕焦循《劇說》卷5（台北：廣文書局，1970），筆記三編，頁97。

世界中的芸芸眾生可笑的眾生相，具有豐厚的哲理意味，而不是《儒
林外史》那樣表現對科舉制度摧殘人才，桎梏人心的批判。但是其
中所表達的對科舉制度下知識份子被扭曲的心態的嘲諷是強有力
的。〔註145〕

董說對科舉的諷刺，當是其際遇的寫照。這樣的描寫方式，對蒲松齡《聊齋
誌異》之〈司文郎〉、〈王子安〉，以及吳敬梓《儒林外史》中對科舉的諷刺實
有啟發的作用。魯迅在談《儒林外史》以前的諷刺小說時，比較肯定的也只
有《西遊補》這一部。林景隆亦言：

董說經歷過仕途的挫折，對於人生有著深刻的體認，也曾經注名復
社，顯示出其改革現狀，不滿現實的心態，屬於當時的名士，與退
居山林的隱士有別，名士們往往有強烈的用士之心，希望能改革現
實政治的弊端，董說在小說中對科舉制度的諷刺，可以說是吳敬梓
《儒林外史》的嚆矢。〔註146〕

此明顯表露出《西遊補》對世儒的諷刺，顯示董說身處於科舉制度下的無奈，
借孫悟空所見來揭露社會弊端，並對醉心於仕途的士人各種醜態，表現出在
科舉制度的引誘、迫害下文人可悲的命運。

《後西遊記》中對於儒生的諷刺，如第二回，長臂仙對小行者道出對儒
家的譏諷，其言：「儒教雖是孔仲尼治世的道法，但立論有些迂闊。」「衣冠
禮樂頗有可觀，只是其人習學詩書，專會咬文嚼字；外雖仁義，內實奸貪。」
第九回，西海龍王對開儒教的功臣「龍馬」，有感而發說：「近日的文人墨士，
那一個不瞌頭禮拜，去奉承和尚，何況畜生？」對世儒賣弄學識，卻無實才，
以及對為了得到賞識，而奉承阿諛的醜態予以嘲諷。

《後西遊記》所諷刺的儒者大致可分為兩類，一類為呆板守舊，不明事
理的腐儒；一類為以位制人，無德無才的迂儒。以呆板守舊，不明事理為代
表者，如弦歌村中的村塾先生及其弟子，如第二十二回，當唐僧至滿村皆為
讀書君子，人人知禮，個個能文的弦歌村化齋時，塾師聽到門外有人叫喚，
遂命塾生到門外打探，塾生一見到唐長老時大喫一驚，慌忙向塾師報告，言：
「弟子奉先生之教，聞人頭之有髮，猶山陵之有草木也。而此人，遠望之口、

〔註145〕王旭川：《中國小說續書研究》，頁205。
〔註146〕林景隆：《《西遊記》續書審美敘事藝術研究》（高雄：國立中山大學中國文學
　　　研究所，碩士論文，2000年6月），頁57。

耳、舌，儼然丈夫，得不謂之人乎？及迫視之，而頭無寸毛，光光乎，若白日之照其頂，豈有人而若是者哉？衣冠之謂何？弟子少而未見未聞，是以駭然而返，請先生教之！」此處，可見村塾學生只知書中經義，對外界之事卻茫然不知，一見出家人竟驚恐萬分，凸顯其見識不廣之失。後來，塾師見此佛門異端，當唐僧向其致禮時，塾師始終不予理會，向唐僧曰：「吾聞道不同，不相爲謀。無論稽首，即叩頭流血，予亦不受。」又曰：「禮尙往來者，言乎平施也。予文士也，子異端也。以進賢之冠，而與不毛之頂同垂，不亦辱朝廷而羞士子哉？非予拒絕，禮當拒絕，尊天王之教也。」可以看出連塾師都迂腐不通，其僅沉迷於書中，竟連應對進退都呆守教條，混沌無知，烘托出世儒的膚淺無知與腐朽，此對儒生的諷刺充滿著詼諧性。另外，以位制人，無德無才爲代表者，如文明天王的化身，於第二十三回、二十四回中，文明天王由麒麟的陰魂所化生而成，他曾竊取孔子的《春秋》筆，並以孔教繼承人自居，大興文明之教，自詡握有《春秋》史筆，以金錢和文筆當作武。又命石、黑二將軍輔佐之，此石、黑二將軍實爲「硯」與「墨」的象徵。文明天王以筆、硯、墨作爲制人的武器，獨缺「紙」，足見文教之虛僞，從文明天王口中可看出此諷刺意味，其云：「文人越有名越是假的。」諷刺那些有權勢的儒士，僅知以權位服人，而無眞才實學。又當文昌君派遣魁星收服文明天王時，只見魁星長得「頭不冠，亂堆著幾撮赤毛；腳不履，直露出兩條精腿。藍面藍，身似從靛缸裡染過；黑筋黑，骨如在鐵窯內燒成。走將來，只是跳，全沒斯文體面；見了人，不作揖，何曾有詩禮規模。」這與小行者所認爲的文人極不相同，行者本以爲秀才應當生得「白面孔，尖尖手，長指甲，頭帶飄飄巾，身穿花花服，走路搖搖擺擺」才對，但顯然並非如此。帝君對行者道：「那些人外面雖文，內中其實沒有；魁星外面雖奇奇怪怪，內實滿腹文章。」闡明出一個擁有滿腹經綸的人，並不能僅由外貌得知。又第二十三回及二十四回中，將文明天王象徵虛「假文人」，外表雖然斯文，彬彬有禮，然而卻無眞才實學，只知以權勢害人。魁星則象徵「眞文人」，外表雖然醜陋，不善言語，然而卻飽讀詩書，有滿腹學問。此運用對比書寫，告誡世人不應僅以貌取人，並對儒人士者那惺惺作態的虛假樣貌予以極力的譴責和諷刺。

三、諷人性

　　《西遊記》及其續書有對人性的嘲諷，然以《續西遊記》最爲明顯。《西

遊記》，如第七十九回，假僧持一把牛耳短刀剖開肚腹，露出一堆心來，都是些「紅心、白心、黃心、慳貪心、利名心、嫉妒心、計較心、好勝心、望高心、侮慢心、殺害心、狠毒心、恐怖心、謹慎心、邪望心、無名隱暗之心、種種不善之心」，雖然對此諸心並無其他議論，但這許多心似是在間接對世間人心的控訴與批判。

《續西遊記》中書寫了大量的妖魔，且這些妖魔都象徵著人的心理欲念和外界的倫常觀念。王增斌和田同旭並將這些邪魔分爲「心理魔」和「倫常魔」。其中「心理魔」多爲人心的反映，如三尸魔、〔註147〕七情魔、六慾魔、六鯤妖怪〔註148〕等。其中「倫常魔」多是由人生前所造之惡所致，如富貴村和烏鴉國的村民，個個或因不忠不孝、或邪淫貪利、或奸盜怨天，導致疾病纏身。《續西遊記》中其他有關人性的書寫，如第三回，描寫人有許多心，包括「姦心、盜心、邪心、淫心、詐心、僞心、詭心、欺心、忍心、逆心、亂心、歹心、誣心、騙心、貪心、嗔心、惡心、瞞心、昧心、誇心、逞心、凶心、暴心、偏心、疑心、奸心、險心、狠心、殺心、痴心、恨心、爭心、競心、驕心、媚心、諂心、惰心、慢心、妒心、嫉心、賊心、讒心、怨心、私心、忿心、殘心、獸心、惡心」等，雖然只是舉例，並無明顯論述，但這似乎是在對世間人性的譏諷。又第五十一回，迷識林中的妖魔設筵慶功，筵席上擺的不是珍饈百味，而是那貪名逐利，被利慾所惑的人心，邪魔後來吸吞了這些人的精神意氣，這應是在諷刺那些意志薄弱，易被名利所誘惑的人性。又五十六至六十九回，文中平妖里及西梁女國，以妖變的形式擺脫不了男女情欲；百子河中孫員外所生的九子成賊，諷人對錢財的貪得無厭；通天河之老黿精，諷人以不正當的手段追求永恆的生命；元會縣卜學莊，凸顯人世間愛慾情思的糾葛難斷。這些都是由人的心理欲念所衍生出來的弊端。又七十七回，猴、鶴、猩化身的「福緣君」、「善慶君」、「美蔚君」，三者雖都是潛名不仕的隱士，然而實爲三個妖君，諷山中隱居君子的沽名釣譽。〔註149〕這些妖魔都是因人心被邪惡蒙蔽而產生出來的，書寫邪魔主要的用意，應是在諷刺人性，具有啓發人性的深刻意涵。

〔註147〕季跪撰，鍾夫、世平標點：《續西遊記》，頁 205。在第二十九回的總批中，述「三尸魔」：一好飲食，一好車馬衣服，一好色慾。
〔註148〕季跪撰，鍾夫、世平標點：《續西遊記》，頁 595。第八十六回中，寫「六鯤妖怪」爲司視魔、司聽魔、逐香魔、逐味魔、具體魔、馳神魔。
〔註149〕王增斌、田同旭：《中國古代小說通論綜解》（上），頁 410～413。

　　《後西遊記》亦有對人性的嘲諷，如第十三回，文中描寫「不滿山」中有一位「缺陷大王」，此大王喜歡人有缺陷。葛村和滕村中有許多不肖之徒，因村中有一股乖戾之氣而盤旋不去。兩村人不耕不種，即使窮困無法過活亦不抱怨，但看他人衣食飽暖就怨天恨地，若是良善之家遭逢禍害，則以為快意，表露出鄙陋狹隘的人性。又第十七回，老怪對閉不住先鋒道：「七十二塹將領不過是小聰明，歪擺佈、假悲傷、虛撮腳，唬嚇威風，狐媚伎倆。」閉不住先鋒回答道：「這些小聰明，歪擺佈、假悲傷、虛撮腳，也不知陷害了多少英雄。」這是對那虛假使詐的人性所作的諷刺。回中，「七十二塹」的塹名，亦都以人之情緒及七情六慾名之，如「怒塹、怨塹、罵塹、嗔塹、妄塹、傲塹、惱塹」等等，這亦是對人性的嘲諷。又第二十二回，老院公嘲諷世人虛假，言：「原到東土，那邊人貪痴心重，往往以實摶虛，以真易假。」第三十回，造化小兒有許多圈兒，這些圈兒名為「名圈、利圈、富圈、貴圈、貪圈、嗔圈、痴圈、愛圈、酒圈、色圈、財圈、氣圈、妄想圈、驕傲圈、好勝圈、昧心圈」等，造化小兒說這些圈兒雖小，但一時卻跳不出，這亦是對人性的諷刺。另第三十七回，小行者到森羅殿問十王，到底沙彌及猪一戒身在何處？從十王的言談中可顯露出對人性的諷刺，其言：「死也有幾等，若是命盡被勾，魂便來了，氣便斷了，便是真死。倘或是不達天命，怨恨死了；或是不明道理，糊塗死了；或是性子暴戾，氣死了；或是貪得無厭，撐死了；或是思想前後，愁死了；或是欠債無償，急死了，此等之死，皆人自取。」這不明道理、性子暴戾、貪得無厭、思想前後不一、欠債無償等，皆顯露出人世間負面的人性。

四、諷宗教

　　《西遊記》中有關宗教的諷刺，是描寫神佛貪財和向僧人索取人事費用，如第九十八回，三藏一行人來到靈山，阿儺、伽葉引領唐僧看經卷名目，對唐僧道：「聖僧東土到此，有些什麼人事送我們？快拿出來，好傳經與你去。」行者生氣地欲向如來告知此索財作弊之事，佛祖卻笑道：「你且休嚷。他兩個問你要人事之情，我已知矣。但只是經不可輕傳，亦不可以空取。向時眾比丘聖僧下山，曾將此經在舍魏國趙長者家與他誦了一遍，保他家生者安全，亡者超脫，只討得他三斗三升米粒黃金回來。我還說他們忒賣賤了，教後代兒孫沒錢使用。」此說明了僧人貪財之弊端。其他有關君王沉迷宗教的事例

及弊端，而可參見本論文第四章第一節，在此不再舉例說明。學者齊裕焜就認為，《西遊記》是在對宗教的嘲諷，揭露教義與行為之間的矛盾，戳穿宗教的虛偽面。〔註150〕

　　而《續西遊記》中，許多情節雖是描述僧人的弊端，但亦可顯露出作者對文士官吏的嘲諷態度，如第十一回，八戒因見到一個「齋」字而前去化齋，結果被妖怪陷害，而吃了許多石饅饅。作者以為這是修道者「以名色求人」所導致的禍害，認為人時常只著重外在而忽略實質，故於第十一回文末總批處言：「八戒真老實，見了一個『齋』字，便思量化齋。落得吃了許多石饅饅，畢竟受了妖怪齋也。如今人見秀才便求文章，見和尚便叩內典。其實，肚裏空空，求一塊石頭不可得矣。以名色求人者，不可不知。」藉由僧人受到名色之誘，來諷刺秀才虛有其表，有名無實，此與和尚一樣，看似飽讀詩書與真經，實則內裡卻才疏學淺，空無一物，諷刺意味濃厚。又第二十一回，描寫脫凡長老和三昧長老，其中脫凡長老敬信經文，卻禁不住美色的誘惑和言語的挑弄而興起偷經的念頭。而三昧長老則貪婪，喜銀錢米布，好向人乞化，對於真經靈文卻不能看誦。此二者，一個敬信經文，卻禁不起誘惑；一個貪婪，卻無敬道之心。由此段情節，可以明顯看出作者對僧人的嘲諷之意。故作者於二十一回的總批處言：「和尚敬信經文，反不知妖怪。和尚只知銀米布是好的，不知正是經文作福，才向施主人哼得一兩聲，便受用十萬矣。如今作官，做秀才的，哪個不是經文換來的，況和尚乎？」將和尚與汲汲於功名利祿的秀才和官吏等同視之，藉以諷刺此等之人，其常以名位取得他人好處，而迷失於物質欲望中。

　　《後西遊記》較深刻地揭露出宗教神權的虛偽，書中處處顯露著禪機佛理，以佛理為本。然並不盲從，描繪了佛門弟子聚斂施財、搖惑愚民，以及宗教因果宿命觀的虛偽，凸顯出佛教迷信、貪婪等弊端。這似乎是在抨擊唐憲宗崇佛，以及明代崇佛佞道、僧侶斂財的社會亂象，這種對佛門世界的諷刺，也間接影射出明清之際是非顛倒、善惡不分的黑暗弊端。除了對佛教的諷刺之外，亦有對道教的嘲諷。如第二回，道士聽了孫履真的祖宗是已證果成佛的孫悟空，其今欲修仙了道做個世家，遂妒忌萬分；又一老道士在夜深時，擁著三四個粉白黛綠的少女飲酒作樂，這是對道士好淫樂，善嫉的嘲諷。

〔註150〕齊裕焜、陳慧琴：《鏡與劍——中國諷刺小說史略》（台北：文津出版社，1995年9月），頁37。

第二回中，又提到南贍部洲之人崇信佛法，法侶講經開會，不過是借焚脩名義募化錢糧罷了，實並無高深知識，這是對佛門以化募爲名，來行貪財之行的諷刺。又如第五回，對佛教世俗化予以諷刺，言：「崇佛教又不識那清靜無爲善世度民之妙理，卻只以禍福果報，聚斂施財，莊嚴外像，聳惑愚民，使舉世之人，希圖來世，妄想他生，不貪即嗔，卻將眼前力田行孝的正道，都看得輕了。」又唐三藏於佛蓮座前爲眾生消愆滅罪，言：「眾生貪嗔痴詐，轉借真經，妄設佛骨佛牙之名，上愚帝王，下惑臣民，使我佛造經慈悲，與弟子求經辛苦，都爲狡僧詐騙之用。」又阿難迦葉對唐三藏言：「你前番取經，你說不知道規矩，不曾帶得人事，只送我一個紫金鉢盂，輕賤取去，所以度不得世，救不得人。今番求取真解人來，須先與他說明，須多帶些人事來送我，方有真解與他。」這是對俗僧貪財與惑民之諷刺。第六回，更誇張描寫君王因好佛，導致僧家愚民騙財的惡行，描述和尚們倚著皇帝好佛，逞弄佛法，詿騙民財，有將香焚頂的，有澆油撚指的，有妄言斷臂的，有誦經懺悔的，有裝佛造像的，哄得信徒散金錢、解簪珥、捨米麥、施布帛，全不顧父母饑寒、妻兒凍餒，以爲今日施財，明日便可獲福。第十回，點石法師性極貪淫，專以講經說法來哄騙愚人。第十二回，自利和尚「喜入怕出」，又假耕種佛田之名，到處行騙布施，以致於佛田荒蕪，豬八戒對此無奈地說：「這佛田雖說廣大，其實只有方寸之地。若是會種的，只消一瓜一豆，培植善根，長成善果，終身受用不盡，連我這釘鈀也用不著。不料這自利和尚，志大心貪，不肯在這方寸地上做工夫，卻思量天下去開墾，全依利齒動人，故借我釘鈀去行事。」此佛田喻指心田，藉由對自利和尚的諷刺，進而嘲諷那些受外物所惑的僧人，因不願在修道上下工夫，以致於人心虛浮，佛理不明。又第二十四回，文明天王言：「佛家經典，雖說奧妙，文詞卻劣而且拙，又雷同，又艱澀。」「好硬嘴和尚，爭口舌之利，此佛法之所以亂天下也。」此諷佛教經典艱澀拙劣，以及僧佛易以言語惑人。又第三十六回，蓮花村的冥報和尚，以佛法行騙村民，讓村民們妄想能得富貴繁華，唐僧遂有感而發，言：「度人度世之道，在清淨而掃絕貪嗔；正性而消除惡業。誰知愚頑不解，只知佞佛，不返修心，但欲施財以思獲報，是欲貪嗔而貪嗔愈甚，要除惡業而惡業更深，豈我佛立教之初意哉？」此皆描寫和尚貪婪、以佛法行騙、對佛理不明的現象，凸顯出作者諷刺宗教虛偽的意圖。第三十九回，唐半偈對世尊說：「愚僧不知真解，漸漸墮入貪嗔，誣民惑世。」這是對佛僧哄騙世人的諷刺。因此

　　王增斌、田同旭言：「《後西遊記》充滿對宗教、神權和封建政治法律制度的強烈譴責。」〔註151〕

　　綜觀上述，《西遊記》、《西遊補》、《續西遊記》、《後西遊記》的寓意眾說紛紜，既含有宗教與哲學思想，亦有對社會的批判意識，更具有濃厚的趣味性。陳惠琴曾讚譽《西遊記》、《續西遊記》、《西遊補》、《後西遊記》是前所未見，是不可多得的哲理寓言小說，認為嚴格說來，中國古代小說史上還沒出現過真正的哲理小說。從這個意義上來看，《西遊記》的續書是一組不可多得的哲理性小說。〔註152〕

　　故《西遊記》、《續西遊記》、《西遊補》、《後西遊記》是屬於哲理寓言小說，不僅在描寫上能各展幻想曲折之變化藝術，其主題思想亦頗令人玩味，故可謂為寓言小說中之佳作。

〔註151〕王增斌、田同旭：《中國古代小說通論綜解》（上），頁426。

〔註152〕陳惠琴：〈善取善創，別開生面——《西遊記》續書略論〉，見《明清小說研究》第3期（總第9輯）（1988年7月30日），頁167。